황금광시대
THE GOLD RUSH

황금광 시대

THE GOLD RUSH

표명희
장편소설

자음과모음

차례

마닐라에 비는 내리고

꽁무니에 빨간 선의 항로를 그리며 비행기는 목적지를 향하고 있었다. 푸른 바다가 바탕화면으로 깔린 모니터 하단에는 비행 속도와 고도, 바람의 세기를 알려주는 수치들이 수시로 바뀌고 있었다. 어지러이 변해가는 숫자를 보며 그는 항로를 이탈한 비행기가 푸른 바다로 곤두박질치는 아찔하고도 감미로운 상상을 하곤 했다. 울트라 마린 바다 빛은 그만큼 유혹적이었다.

그의 불온한 상상이 조화라도 부리듯 기체가 심하게 흔들렸다. 물잔을 든 여승무원이 좌석 등받이를 붙잡고 몸을 가누느라 애쓰는 모습이 보였다. 심한 흔들림에도 여승무원은 손에 든 컵의 물을 한 방울도 흘리지 않았다. 빼어난 순발력과 균형 감각, 거기다 미소 어린 표정도 한 치 일그러짐이 없었다. 도도하고 날렵하게 뻗친 스

카프 끝자락만큼이나 그녀의 일거수일투족에는 직업적 자존심과 노련미가 배어 있었다.

"고객님, 물입니다."

여승무원이 그에게 유리잔을 내밀었다. 세번째 청한 물이었음에도 그녀는 여전히 밝고 상냥한 목소리였다. 그녀의 손에서 물잔을 건네받으며 그의 달콤한 상상은 극에 달했다. 이 여자와 함께라면……. 비행기가 당장 짙푸른 바다로 추락한대도 두렵지 않을 것 같았다. 그만큼 화려한 결말은 없어 보였다.

냉수로 속부터 차리시지. 차가운 유리잔의 감촉이 현실을 일깨웠다. 그런 파괴적 상상은 적어도 목선에서부터 손가락 끝까지 자신감으로 넘치는 이 젊은 여승무원에게 기대할 일은 아니었다. 자신의 일을 마무리한 그녀는 가벼운 바람을 일으키며 돌아섰다. 플로럴계 향수의 상큼한 향이 여운으로 남았다.

— 절망이 뭐라고 생각해?

— 글쎄, 모든 걸 걸었지만 빈손만 확인하는 것?

— 홋, 그건 사랑이지.

— 그럼 절망은?

— 그건…… 다 걸고도 버림받는 것.

냉수를 들이켜며 그는 조금 전 끝난 기내 영화의 한 장면을 떠올렸다. 남녀의 연애 환상을 다룬 영화였다. 물잔을 말끔히 비웠으나 갈증이 완전히 가시지 않았다. 영화도 그랬다. 결말이 기대를 충족시키지 못했다. 하긴 처음의 기대를 마지막까지 만족시키는 작품이 얼마나 되는가……. 그는 세번째 비워낸 물잔을 바라보며 아쉬운 대로 만족하기로 했다. 갈증이 목에서 느껴지는 것만은 아닌 것 같았다.

면세점 쇼핑백과 가방들이 허공에서 난무하기 시작했다. 비행기가 착륙하고 승객들이 자리에서 일어나 짐을 챙기면서였다. 명품 브랜드 로고와 영문 글자들이 어지러이 떠다니더니 짐을 챙겨 든 사람들이 통로에 일렬로 늘어섰다. 그는 사람들이 거의 빠져나가고 난 다음에야 자리에서 일어났다. 연결 통로로 들어서자 열대의 후텁지근한 공기가 달려들었다. 유리창 벽으로 내다보이는 비행장 바닥은 빗물이 고여 있었다. 서울처럼 이곳도 비가 뿌린 모양이었다.

입국 심사대를 통과한 사람들은 짐이 나오는 벨트컨베이어 주위로 모여들었다. 타원형의 벨트컨베이어가 천천히 돌아가며 짐들을 쏟아놓기 시작했다. 가방 공장의 생산 라인이라도 되듯 쏟아져 나오는 짐 가방의 색깔과 모양이 획일적으로 보였다. 아주 간간이 색이 다른 가방이 이물질처럼 섞여 있었다. 사람들은 비슷비슷해 보이는 짐들 속에서 용케도 자신의 것을 알아보았다.

탑승객 중 어떤 사내가 컨베이어에서 내린 짐을 이리저리 살펴보며 불평을 쏟아냈다. 사내 곁으로 가이드가 다가섰고 가이드는 공항 직원을 부르는 등 부산을 떨었다. 그 옆을 지나치는데 양주 냄새가 진동했다. 가방 속에 챙겨 넣은 술병이 깨진 모양이었다. 그 외에는 각자 자신의 짐을 찾아 챙겨 들었다. 탑승객 수의 몇 배나 되는 짐들이 카트에 실리거나 손에 쥐어진 채, 또는 바닥에 끌리면서 출구 쪽으로 물결을 이루었다. 사람이 짐처럼, 짐이 사람처럼 보이는 흐름에 그도 섞여들었다. 등에 멘 작은 배낭 하나가 전부인 그는 짐들의 행렬을 바라보며 걸음을 옮겨놓았다. 그리고 생각했다. 짐이란 어쩌면 삶의 의욕과 비례하는 것인지도 모른다고.

출구에는 마중 나온 사람들이 겹겹이 에워싸고 있었다. 그들은 이름이 쓰인 종이나 피켓, 플래카드를 들고 출구로 나오는 사람들을 하나하나 눈여겨보았다. 자신의 이름을 발견한 탑승객들은 마중 나온 사람들과 함께 사라졌다. 그는 몇 차례나 피켓을 훑어보았지만 자신의 이름을 찾을 수 없었다.

"누가 픽업하러 나올 거요. 그 친구 따라가면 돼요."

인천공항에서 마지막으로 그를 배웅하던 사내의 말이었다. 사내는 선물 포장된 작고 납작한 상자를 그에게 건네며 공항에 마중 나온 이에게 전해주라고 했다. 선물용 홍삼이라는 사내의 말을 입증하듯 포장지 사이로 인삼 냄새가 풍겼다. 배낭에 그것을 챙겨 넣는 것을 보고 난 뒤 사내는 사라졌다.

허공에서 떠돌던 이름과 글자들이 주인을 찾아 하나둘 사라져갔다. 그는 자신의 이름도 마중 나온 이도 찾을 수 없었다. 출구는 점점 한산해졌고 마침내 그 혼자 덩그러니 남았다. 예기치 않은, 납득할 수 없는 상황이 그 앞에 펼쳐져 있었다. 시계를 보았다. 열시. 현지 시간은 서울보다 한 시간 늦다는, 기내에서 들었던 안내 멘트가 문득 생각났다. 그는 손목시계의 시간을 맞추기로 했다. 한 시간 전으로 돌아간다는 것, 그건 원치 않는 한 시간이 더 생긴다는 얘기였다. 바늘 손잡이가 뻑뻑한 느낌으로 간신히 돌아갔다. 되돌린다는 건 작은 시곗바늘조차 쉽지 않았다.

비가 뿌리기 시작했다. 마닐라에 비는 내리고……. 그는 감상에 젖은 목소리로 중얼거리며 하늘을 올려다보았다. 비에 젖어가던 서울의 마지막 모습이 떠올랐다. 소강상태를 보였던 장마가 다시 시작할 조짐이었다. 차가 한강 다리로 접어들 무렵 빗줄기는 더 거세졌다. 무수한 빗줄기가 강 위로 투신해 흔적도 없이 사라져갔다. 거침없는 낙하, 정갈한 소멸이었다. 다리를 건너는 내내 그는 강물에서 시선을 떼지 못했다. 한강을 건너고 나자 도로가 한산해지면서 서울을 벗어난다는 사실이 실감났다. 돌아올 수 있을까……? 그럴 가능성도 없지만 그러고 싶지도 않았다. 가족도 집도 일도, 자신과 관련한 건 아무것도 남아 있지 않았다. 서른여섯 해를 살아오고도 실오라기 한 가닥의 연고조차 없게 돼버린 곳, 그런 곳으로 돌아올 이유는 없었다. 돌아온다는 것 자체가 말도 안 되는 얘기였다. 스스로 초래한, 말도 안 되는 이 상황을 그는 선선히 받아들이기로 했다.

추적이는 빗줄기를 바라보며 그는 담배에 불을 붙여 물었다. 그리고 이 납득하기 어려운 상황에 대해 생각해보았다. 첫 모금의 연기가 목구멍 깊이 들어오자 마음이 가라앉았다. 그는 빨아들인 연기를 천천히 내뿜었다. 눅눅한 공기 속으로 담배 연기가 스미듯 번져나갔다. 오래전 읽었던 소설이 떠올랐다. 『나는 에스컬레이터에서 있는 것을 좋아한다』. 제목 길이에 비해 내용은 터무니없이 짧았던, 2차 세계대전을 배경으로 한 독일 소설이었다. 주인공 남자가 에스컬레이터에 올라서서 담배를 피우는 잠시 동안이 소설의 절정이었다. 그는 동지인 여자를 기차에 태워 보내고 막 돌아가려던 참이었다. 에스컬레이터에 올라선 그는 가을비 냄새 물씬 나는 레인코트 차림의 사람들 사이에서 담배를 피운다. 연기처럼, 서서히 상승하는 에스컬레이터 위에서의 시간을 그는 좋아했다. 아래 혹은 위쪽 계단에 발을 딛고 선 사람들이 그에게 말을 걸어올 일은 없으므로, 그때만큼은 오롯이 담배 피우는 일에만 몰두할 수 있는 것이다. 그는 자신이 배웅했던 여자가 무사히 목적지에 도착하기를 바라며 담배 연기와 함께 천천히 위로 올라갔다.

○○○ 씨? 계단 마지막에 다다랐을 때, 남자는 자신을 호명하는 낯선 사내의 목소리를 듣는다. 두 명의 사내가 기다리고 있었다는 듯 남자의 양쪽에 바싹 붙어 선다. 남자는 비밀경찰인 두 사내를 선선히 따라간다. 그러면서 한 가지 사실을 더 알게 된다. 그가 배웅했던 여자가 도착하는 역, 그곳에서도 누군가 그녀를 기다리고 있을 거라는…….

마지막 계단에서 자신의 이름을 듣는 순간, 에스컬레이터에 선 그 남자는 어떤 기분이었을까? 그는 소설 속 사내의 처지와 다를 바 없는 자신을 떠올려본다. 누군가의 호명이 자신에겐 구속이며 족쇄일 뿐이라는 것도 잘 알고 있다. 그럼에도 누군가 자신을 불러주길 갈망하는 이 이율배반은 무엇일까?

누군가 자신을 호명해주는 것. 지금은 그것이 존재감을 나타내는 유일한 것으로 보였다. 그러니 자신은 지금 이곳에 존재하지 않는 것이나 다름없었다.

─ 정현, 그는 지금 이곳에 없다.

그는 극적인 기분으로 자신의 처지를 되뇌었다. 새삼스런 일도 아니다. 서울에서부터 예정된 운명이었다. 현은 다시 한 번 주위를 둘러보았다. 여기저기서 서성이던 제복 차림의 공항 직원도 전혀 눈에 띄지 않았다. 시멘트 바닥 위로 비만 추적이고 있었다. 그는 원점에서 다시 생각해보았다. 정말 끝끝내 아무도 나타나지 않는다면, 그래서 이 낯선 곳에서 완전히 혼자가 된다면, 그거야말로 자유 아닌가. 호명당하지 않는다는 건 속박당하지 않는다는 얘기였다. 어떤 상황이든 자신이 밑질 것은 없었다. 몸마저 자신의 것이 아닌 것이 돼버린 마당에⋯⋯. 이 낯선 땅에 적응하기까지의 불편 혹은 위험을 감수한다면, 전혀 새로운 삶, 새로운 출발을 할 수 있다. 생각이 거기에 미치자 묘한 흥분이 느껴졌다. 슬금슬금 탈출 욕구가 생겼다.

여행이나 실컷 하는 거지. 단지 모험을 필요로 하는 여행이라고 생각했다. 이 낯설고 물선 곳이라면 해볼 만할 것이다. 7000개의 크고 작은 섬으로 이루어진 나라 아닌가. 문명과 담 쌓고 사는 소수 부족을 찾아다니는 여행을 할 수도 있고, 내키면 토착민들 세계에 그대로 눌러앉을 수도 있을 터였다. 그는 자신의 꿈이 한때 『내셔널지오그래픽』 사진작가였음을 떠올렸다. 배낭에는 유일한 귀중품이라 할 수 있는 카메라도 하나 들어 있다. 밑질 건 없었다. 아무리 극단적 상황에 처한다 할지라도……. 포기 각서에 사인을 한 순간부터 어차피 이후의 삶은 덤이라고 생각했다. 덤!

그는 도로 쪽으로 조심스레 눈길을 돌렸다. 갓길에 정차해 있는 택시 한 대가 눈에 잡혔다. 저걸 잡아탈까? 그러다 주춤했다. 혹시 보이지 않는 누군가에 의해 감시당하고 있는 건 아닐까? 그는 주위를 다시 한 번 찬찬히 둘러보았다. 바리케이드 주위와, 빗물로 젖은 보도와 거리 저 너머까지. 의심을 살 만한 아무런 정황도, 사람도 보이지 않았고 어떤 낌새도 느껴지지 않았다. 어쨌든 밑져야 본전이다. 그림자마저 팔아 치운 마당에……. 그는 마음을 가라앉혔다. 좀더 침착해지기로 했다. 주머니에서 동전 하나를 꺼내 들었다. 그것에 길을 묻기로 한 것이다. 숫자가 나오면 그냥 저 택시를 타고 가버리는 거다. 확률은 반반이다.

그는 허공을 향해 동전을 던졌다.

은빛 동전이 포물선을 그리며 공중에서 반짝였다.

"혹시, 서울서 온, 정현……?"

누군가 그를 호명하는 소리가 들렸다.

빌어먹을. 그는 떨어진 동전을 확인도 못 하고 돌아섰다.

선택

현은 마중 나온 사내가 몰고 온, 형편없이 낡은 닛산에 올랐다. 찌그러진 문에다 손잡이도 시원찮아 탈 때부터 애를 먹었다. 에어컨도 도대체 작동이나 되고 있는지 의심스러울 정도였고 시트에서는 퀴퀴하고 역한 냄새까지 풍겼다. 그쳤던 비가 시내로 들어서면서 다시 흩뿌리기 시작했다.

현을 픽업한 곱슬머리 사내는 라디오를 켜놓은 채 묵묵히 운전만 했다. 팔구십 년대 유행하던 팝송이 지직거리는 잡음과 함께 흘러나왔다. 마닐라 시내는 꽤나 혼잡했다. 군용 지프차를 개조한 듯 무지막지해 보이는 차들이 짙은 매연을 내뿜으며 거칠게 내달렸다. 주유소를 낀 24시간 편의점만 뺀다면 시간을 훌쩍 거슬러 삼사십 년 전의 세계로 들어와 있는 것 같았다. 숨 막히는 실내 공기, 잡음인지 음악인지 헷갈리는 소리를 연신 뱉어내며 차는 어딘가를 향해 달렸다.

대로를 달리던 차가 어느덧 슬럼가 분위기 나는 이면도로로 빠지는가 싶더니 인적이 드문 좁은 골목을 헤집고 들었다. 넓은 공터를 가운데 두고 띄엄띄엄 낡은 건물이 서 있는 으슥한 곳으로 접어들었다. 헤드라이트 불빛이 한쪽에 쌓여 있는 쓰레기 더미를 비췄다. 먹이를 찾아 어슬렁거리던 고양이들이 불빛에 놀라 슬금슬금 도망치는 모습이 보였다. 악취가 코를 찔렀다. 차는 쓰레기 더미를 지나 어느 허름한 콘크리트 건물 앞에 멈췄다.

건물 앞에 작은 체구의 사내 하나가 서 있었다. 헤드라이트 불빛에 어렴풋이 비친 사내는 한국인이 아니라 필리핀 사람처럼 보였다. 사내가 손짓으로 뭔가 신호를 보내왔다. 한쪽에 차를 세운 다음 곱슬머리는 옆자리에 놓인 쇼핑백을 챙겨 들었다. 거기에는 현이 전해준 것도 들어 있었다. 서울에서 배웅 나온 사내의 부탁으로 건네받은, 선물용 홍삼 상자.

"잠깐이면 돼요."

운전석에서 내리기 직전 곱슬머리가 말했다. 물건을 챙겨 든 사내는 차에서 내려 이내 건물 속으로 들어갔다. 낡은 건물 계단을 타고 희미한 불빛이 흘러나왔다. 건물 한쪽 담벼락에는 길게 쳐진 빨랫줄에 옷가지들이 어수선하게 널려 있었다. 근처 쓰레기 더미에서 나는 악취가 매연과 뒤섞여 코를 찔렀다. 속이 메슥거리고 머리가 지끈지끈했다. 어디선가 고양이 울음이 날카롭게 들렸다. 쓰레기 더미 쪽에서 나는 소리가 분명했다. 위협을 느낄 때 내는 짐승들의 원초적 으르렁거림. 먹이를 사이에 두고 고양이 두 마리가 대치해 있는, 처절한 생존 현장이 떠올랐다. 놈들의 상황이 눈에 선히 그려졌다. 상대의 허점을 포착한 놈이 잽싸게 몸을 날려 발톱으로 공격하고 날카로운 송곳니가 상대의 목을 물고 늘어진다. 공격당한 놈은 벗어나려 발버둥치고……. 물고 뜯기고 할퀴고 찢기면서 내뱉는 울부짖음, 소리의 생생한 결이 놈들의 일거수일투족을 살려냈다. 그 살벌한 울음을 들으며 현은 곱슬머리가 사라진 건물을 뚫어지게 바라보았다. 뭔가 은밀하고 위험한 거래가 그 안에서 이루어지고 있는 것 같았다. 그 거래에 분명 자신이 연루돼 있을 것만 같은…….

  서울에서부터 이미 결정된 운명이었다. 그림자를 판 사나이. 싸인하쇼. A4 용지 하나가 내밀어졌다. 건너편에 앉은, 검은 양복 차림의 두 남자 중 오른쪽 남자였다. 삶에 대한 스스로의 권리를 포기하는 각서. 실감이 잘 나지 않는 현실을 굵은 글자체가 또렷이 일깨워주었다. 철제 책상 몇 개에 커다란 구형 모니터를 가진 컴퓨터가 두어 개 놓여 있는 사무실은 조악해 보였다. 사무실 분위기와는 따로 노는 장미 화병과 입구 생수통 옆 바닥에 놓인 포개진 짜장면 그릇에서 풍기는 짜장 냄새가 아니었더라면 그곳은 더 살풍경하게 보였을 것이다. 현은 담담하게 펜을 들었다. 막다른 곳까지 온 마당에 주눅 든 모습을 보이고 싶지 않았다. 지극히 단순 명료한, 스스로 초래한 계약. 그럼에도 펜을 쥔 손이 희미하게 떨렸다.

'본인은 약속한 날자까지 체무를 갑지 못하였기에……'.

철자법 틀린 글자와 어법에 맞지 않는 문장이 눈에 들어왔다. 내심 실소가 났다. 팽팽했던 긴장이 풀어지면서 숨통이 틔는 느낌이었다. 지문이 흰 종이 위에 붉은 얼룩처럼 자리 잡으면서 각서는 마무리되었다. 절차는 술값 계산서 주고받듯 무심하고 간단하게 이루어졌다. 포기나 체념도 하기까지가 힘든 것, 각서에 사인을 하고 나니 차라리 홀가분했다. 몸을 포기하고 나자 영혼만 남은 것처럼 가벼웠다. 냉소가 아니었다. 냉소도 눈곱만큼의 여유나 희망이 있을 때 가능한 것 아닌가. 가치 판단이 개입할 여지도 필요도 없는 '비존재'적 상황이 가져오는 복잡 미묘한 심정을 어떻게 설명할 수 있을까. 나는 존재하지 않는다. 고로 나는 생각하지 않는다. 그렇다면 지금의 나는 무엇인가, 따위의 생각조차 할 필요가 없다. 나는 그들의 지시대로 움직이기만 하면 된다. 생각은 그들이 하고 판단도 그들이 한다. 그는 스스로에게 판단 중지를 선언했다.

그때였다. 건물 계단에 그림자가 비치더니 곱슬머리 사내가 튀어나왔다. 그는 재빨리 차에 올라 시동을 걸고 차를 출발시켰다. 그의 몸에서 유독성 화학 약품 냄새 같은 게 맡아졌다. 차가 방향을 바꾸면서 불빛이 건물 벽면에 비쳤다. 현은 움찔했다. 건물 벽, 빨랫줄에 걸려 있는 것은 옷가지가 아니었다. 피투성이 고양이의 사체, 아니 고양이 가죽이었다. 아니, 그것은 동물의 사체가 아니라 사람의 것이었다. 냐아옹~ 앙칼지고 괴기스런 고양이 울음소리와 함께 검은 그림자가 그를 향해 덮쳐왔다. 현은 반사적으로 몸을 숙였다.

차가 이리저리 흔들리며 어지럽게 골목을 빠져나오는 게 온몸으로 느껴졌다. 그는 달라붙는 그림자를 떨쳐내려 몸을 바싹 웅크린 채 꼼짝도 하지 않았다. 얼마 뒤 평탄한 아스팔트로 들어선 느낌이 들었다. 정신을 차리고 몸을 폈다. 곱슬머리 사내도 그제야 한숨 돌리는 눈치였다. 룸미러에 사내의 얼굴이 비쳤다. 이마는 땀으로 번들거렸고 눈은 충혈돼 있었다.

"잠깐 쉬었다 갑시다."

그는 주유소 딸린 어느 휴게소에 차를 세웠다. 사내는 건물에서 튀어나올 때 안고 나온 가방에서 뭔가를 꺼냈다.

"한잔하겠소?"

사내가 작고 납작한 휴대용 술병을 들어 보이며 물었다. 현은 고개를 저었다. 곱슬머리는 병마개를 돌려 따고는 병째 들이켰다. 독한 위스키 냄새가 풍겼다. 공항 나올 때 벨트컨베이어 앞에서 맡았던 냄새랑 비슷했다.

"목적지가 아까 거기 아니었던가요?"

현의 물음에 사내는 룸미러로 흘끗 눈길만 던질 뿐이었다. 그러더니 다시 술병을 입으로 가져갔다.

"뭐든 너무 알려고 하지 마쇼. 그게 훨씬 속 편하고, 또 안전하니까."

사내가 조언하듯 한마디 했다. 생각해보니 맞는 말 같았다.

"형씨, 무엇이 당신을 이곳으로 오게 한 것 같소?"

난데없는 질문에 현은 눈을 치켜떴다. 사내의 충혈된 눈이 룸미러를 가득 채우고 있었다. 뒤룩거리는 눈동자가 섬뜩하면서도 왠지 현실감이 없어 보였다. 현은 사내가 정말 자신에게 한 질문인지 의심스러웠다. 그것은 충혈된 눈을 가진 이 거칠고 무뚝뚝한 사내가 할 질문의 성격이 아니었다. 그것은 현 자신의 내면 깊은 곳에서 나온, 스스로에게 던진 질문이어야 했던 것이다.

"하긴, 그걸 알았더라면 당신이 여기 있을 이유도 없지."

사내는 대답은 기대하지도 않았다는 투였다. 그러고는 다시 술을 들이켰다. 서부 영화의 총잡이들이 총상의 고통을 참아내기 위해 마시는 술 같았다. 그러니까 그것은 술이 아니라 마취제로 보였다.

"이거, 실은, 축하주요. 당신과 나를 위한……."

사내가 술병을 들어 보이며 말했다. 그러고는 마지막 모금까지 깨끗이 비웠다. 술병을 내려놓고 입술을 훔치며 사내는 결단력 있는 어조로 말했다.

"선택의 기회를 주겠소."

현이 놀라 눈을 치켜떴다.

"놀랄 것 없소. 당신이 해낸 일에 대한 작은 선물이니까."

현은 자신이 '해낸 일'에 대해 생각해보았다. 공항에서 부탁받은 물건을 전달한 것, 그리고 사내가 시키는 대로 차 안에서 기다린 것 그게 다였다. 그중에 뭔가 보상받을 만한 일이 있었던 모양이다. 하지만 묻지 않았다. 사내의 조언 때문인지 이상하게도 궁금증이 생기지 않았다.

"아까 당신이 던졌던 동전의 결과가 궁금하지 않소?"

사내가 의미심장한 웃음을 지어 보였다.

현은 확인도 못 하고 돌아섰던 동전을 떠올렸다. 가로등 불빛을 받아 허공에서 반짝이던…….

사내는 말끔히 비운 술병을 내려놓고 현을 돌아보며 말했다.

"둘 중 하나 택하시지. 몸을 파는 일, 아니면……."

라운딩

　손흥수는 여느 날보다 일찍 운동을 하러 나섰다.

　"삼십 분 뒤, 그곳에 짐 내려놓으라고."

　그는 숙소를 나서면서 기사에게 일렀다. 골프장까지 걸어가기로 한 것이다. 골프장은 그의 사무실 겸 숙소가 있는 리조트에서 도보로 이십여 분 거리였다. 아침 일찍 소나기 세례를 받은 야자수와 잔디는 싱싱한 초록을 뿜어내고 있었다. 초록이 이토록 도발적이라는 걸 그는 이곳에 살면서 알게 되었다. 열대의 강렬한 태양 때문인지도 몰랐다. 늘 푸르기만 한 것 같은 열대 식물도 눈여겨보면 주기적으로 낙엽이 졌다. 그걸 접할 때마다 그는 신선한 감동에 사로잡혔다. 봄꽃을 보듯 반가웠다. 사계절 뚜렷한 나라 출신이라는 태생적 기질은 어쩔 수 없었다. 차들은 리조트 안을 서행하며 오가고 열대 식물들 사이로 정원사들의 분주한 모습이 보였다. 잠을 설친 탓인지 몸이 찌뿌드드했다. 서울에서 걸려온 전화에 아침 일찍 잠을 깼던 것이다.

"선생님, 드디어 공소 시효가 만료되었습니다."

김 변호사였다.

잠기운이 걷히면서 김의 목소리가 가깝고 또렷하게 들렸다. 김은 한시라도 빨리 소식을 전하고 싶었던 모양이다. 올빼미형 체질인 손흥수에게는 단잠을 깨우는 시간이라는 걸 모를 리 없었다.

"내년 봄에는 고국 땅을 한번 밟아보시죠. 직접 보시면 감회가 새로우실 겁니다."

김의 목소리에는 자신의 전언이 손에게 상쾌하고 즐거운 아침을 선사할 거라는 확신이 담겨 있었다.

수시로 YTN이나 아리랑 채널의 실시간 뉴스를 접하므로 한국 사정이야 시시콜콜한 것까지 알고 있었지만, 그건 화면 속 세상에 불과했다. 김의 말대로 직접 땅을 밟는 것과는 다른 차원인 것이다. 내년 봄, 고국 땅……. 오랫동안 잊고 지냈던 말들이 손의 귓전에 맴돌았다. 더는 잠이 올 것 같지도 않아 그는 일찌감치 침대에서 몸을 일으켰다. 좀체 일희일비하지 않는 성격의 그였지만 고국 땅에서 날아온 낭보에 감회가 없을 수 없었다.

그는 세면대 거울 앞에서 자신의 얼굴을 한참이나 들여다봤다. 희끗희끗한 머리칼이 오늘따라 유난히 눈길을 끌었다. 십오년……. 이곳에 첫발을 들여놓은 지 엊그제 같건만 세월이란 놈이

저 혼자 훌쩍 앞질러 가 있었다. 그는 희끗희끗한 머리칼을 손으로 천천히 빗어 내렸다. 이곳에 정착할 무렵 자신의 모습을 떠올려보았다. 변화라면 희끗해진 머리, 열대의 태양에 그을려 가무잡잡해진 얼굴 정도일 것 같았다. 얼굴의 주름이나 뱃살 같은 건 아직 걱정거리가 아니었다. 그의 얼굴은 여전히 윤기와 탄력을 잃지 않았으며 운동으로 단련된 몸은 십오 년 전 몸무게를 그대로 유지하고 있었다. 그는 어깨까지 내려오는 머리를 손으로 빗어 넘겨 묶었다. 며칠 전 구레나룻을 완전히 밀어버렸더니 아직도 얼굴이 맨송맨송한 게 영 낯설었다.

싱그러운 녹색 잔디 위로 푸른 하늘과 하얀 구름층이 눈부시게 펼쳐져 있다. 36홀의 이 대규모 골프장은 필리핀에서도 손꼽히는 곳으로, 이전 대통령이었던 에스트라다가 타이거 우즈와 함께 라운딩했던 곳으로 유명했다. 얼마 전 한국 기업이 이곳을 인수하면서 대대적인 개보수 작업에 들어갔고 재개장 이후 관광객이 몰리고 있었다. 그건 이곳 사람들에겐 그리 달갑지 않은 일이었다. 골프 환경이 나빠지는 걸 의미했다. 부킹도 힘들어지고 캐디 팁부터 다른 물가까지 덩달아 오르기 때문이다.

"헤이, 미스터 쏜!"

특유의 굵직하고 느린 목소리의 주인공, 마이클이 벌써 준비를 갖추고 손을 기다리고 있었다.

노친네, 부지런하기도 하지. 손은 속으로 중얼거리며 그에게 다가갔다. 그와 같이 라운딩하는 것도 오랜만이다. 마이클은 새벽이

나 아침 골프를 주로 했으므로 손흥수와는 시간대가 잘 맞지 않았던 것이다. 마이클은 미국인 퇴역 군인이다. 예전에 이곳 클라크가 미 공군 기지였던 까닭에 이 지역에 거주하는 늙은 미국인들은 마이클 같은 퇴역 군인이 많았다. 1991년 인근의 피나투보 화산 폭발을 계기로 미군이 철수함으로써 지금은 특수 경제 구역으로 지정되었다. 마이클은 퇴역 후 고향인 캘리포니아에서 쓸쓸히 지내다 이곳으로 옮겨와 제2의 인생을 시작한 경우였다. 미국의 다운타운 하나를 그대로 옮겨다 놓은 것 같은 이 클라크 지역은 필리핀 속의 작은 미국 동네나 다름없었다.

"이곳은 내 고향 캘리포니아랑 비슷해. 고향에 살고 있는 기분이라고."

쭉쭉 뻗은 야자나무들을 바라보며 마이클이 말했다.

"나랑 반대네. 난 고향 분위기 안 나서 좋은데. 늘 여행 온 기분이라."

손이 대꾸했다.

"젊은 마누라와 어린 딸 없으면, 우주여행을 한대도 헛거야."

마이클이 받아쳤다. 삼 년 전, 그는 딸 같은 필리핀 여자와 결혼해서 손녀 같은 세 살짜리 딸을 두고 있었다. 독신으로 생을 마감할 생각이었던 그는 일흔을 앞두고 처음으로 가정을 꾸린 것이다. 얼핏 보면 손녀와 딸과 아버지, 삼대가 한집에 사는 가족 구성처럼 보였다.

"그래도 바람난 마누라는 하나도 안 부러운걸."

손이 짓궂게 받아쳤다. 최근 들어 마이클의 아내가 젊은 남자랑 바람났다는 소문이 돌았던 것이다.

"바람기라면 내 발뒤꿈치나 따라오겠어?"

마이클은 눈 하나 깜짝하지 않았다. 자신이야말로 자타가 공인 하는 타고난 카사노바였던 것이다. 클라크에 주둔하던 젊은 시절 부터 앙헬레스 비키니 바 단골이었던 그는 결국 바에서 일하는 여 종업원과 결혼했다.

'내 와이프, 프로 정신 하나는 끝내주지.'

신혼 초, 자고 나면 꼭 돈을 요구하는 아내 때문에 마이클은 황당 했다는 것. 결국 그는 아내에게 한동안 잠자리 값을 꼬박꼬박 지불 해야 했다.

'한동안 생활비를 그런 식으로 지불했지. 내가 십 년만 젊었더라 도 완전히 거덜났을걸.'

그가 너스레 떨듯 말했다.

아내가 젊은 남자와 바람이 났다는 소문에도 마이클은 크게 개 의치 않았다.

"마누라가 에너지 쏟을 데가 있다는 게 얼마나 다행이야. 나는 요즘 딸내미랑 온종일 놀고 나면 기운이 하나도 남아 있질 않거든."

그는 세 살짜리 딸에게 흠뻑 빠져 아내의 외도 따위엔 관심도 없 다고 했다.

"성인군자 뺨칠 말씀이시네."

"사십 년 나이 차 나는 여자와 결혼한 수컷은 성인군자 아니면 날강도, 둘 중 하나야. 이 나이에는 날강도보다야 성인군자 되는 게 훨씬 쉽거든."

"은퇴한 카사노바의 경지는 놀랍군."

빈정거리면서도 손은 마이클의 의연한 태도에 내심 탄복했다. 그는 새 삶이 아니라 새로운 차원의 삶으로 접어든 것 같았다.

"오늘은 편한 코스로 돌자고. 이따 오후에 딸내미 데리고 수영장 가야 하거든."

전화 통화에서 그가 미리 부탁했던 말이기도 했다.

그들은 편한 레이크 코스로 접어들었다. 호수를 끼고 있는 평지라 경관을 즐기며 몸을 풀기 좋았다. 티업 샷에서 마이클이 먼저 스타트를 했다. 자신감 넘치는 첫 샷. 마이클답게 역시나 비거리가 많이 났다. 라운딩하다 보면 그의 노익장을 실감할 수 있었다. 외모나 샷하는 힘으로 보나 그를 일흔의 노인으로 치부하기는 어려웠다.

티업 샷을 마친 손은 마이클 뒤를 따라 천천히 페어웨이를 걸어갔다. 잔디의 매끈한 감촉이 좋았다. 땅바닥에 착 달라붙어 서로 엉겨 있는 열대 품종의 버뮤다 잔디는 샷보다 페어웨이에 좋았다. 라운딩에서 잔디 밟기와 조경 감상도 빼놓을 수 없는 즐거움이었다. 곳곳에 아카시아나무가 우람하게 서 있는 이 레이크 코스는 특히나 조경이 수려했다. 아름드리 아카시아나무는 고향 마을 어귀에 있는 정자나무를 보는 것 같았다.

'내년 봄에 한번 다녀가시죠.'

김 변호사의 말이 귓전에 맴돌았다. '봄'이라는 한 마디가 손의 마음에 균열을 일으켰다. 건기와 우기로 나뉘는 이곳 아열대 기후에 적응해 살면서 계절 변화 같은 건 까맣게 잊고 지낸 그에게 사계의 기운을 생생하게 일깨운 것이다. 혹한의 겨울에서 봄으로 옮겨갈 때의 아지랑이 가물거리는 들판, 봄날 오후의 나른한 춘곤증……. 얼었던 땅이 풀리면서 다투어 꽃들을 피워내던 봄날이 눈에 선했다. 북한산 자락의 조용한 주택가에 살았던 그는 사시사철 계절의 변화를 온몸으로 느낄 수 있었다.

꽃샘추위 지나고 맨 먼저 피던 꽃이 목련이던가……. 아니, 그 전에 산수유가 있지. 산수유 꽃이 피고, 얼마 뒤면 앞집 마당 목련나무에서 순백의 봉오리들이 툭툭 터뜨려졌다. 탐스럽던 목련 꽃송이가 한동안 마당을 밝히고 있다가 후드득 지고 나면 건너편 산등성이에 개나리, 진달래가 피어나기 시작했다. 그다음에는 놀이터 녹슨 미끄럼틀 옆에 서 있던 라일락이, 그다음은 경로당 담장에 기대 선 아카시아 꽃이 차례로 피어나 도발적인 향을 내뿜었다. 건너편 집 축대 담장을 따라 장미가 유혹하듯 피어나는 오월이 오고 그달이 갈 무렵이면 뒷산의 밤꽃이 흑설탕처럼 진득한 향을 내뿜기 시작했다. 아내가 유난히 화초와 식물 가꾸기를 좋아했던지라 그역시 잦은 귀동냥으로 꽃 피는 순서를 정확하게 꿰고 있었다. 다투어 피는 꽃들로 봄이면 그의 집 정원은 물론 골목 곳곳이 다채로웠다. 그 기억들이 엊그제 일처럼 선명한데 벌써 십수 년 세월이 흐른 것이다.

젠장, 팔자에도 없는 고향 생각이라니. 그는 지난 기억에 젖는 자신을 깨닫고 놀랐다. 좀체 과거를 떠올리는 법이 없는 그였다. '전全 지구적 향수'라는 말에 걸맞게, 타고난 방랑벽으로 한때 온 세계를 신들린 듯 떠돌아다녔던 자신이 아니었던가. 나이 탓인가? 나이 문제에 부닥치면 그는 어김없이 마이클을 떠올리며 힘을 얻었다. 먼 이국땅에서 노후 아닌 신혼 생활을 보내고 있는 그를.

"나이스 샷!"

마무리 퍼팅이 한 번에 성공함으로써 마이클은 세번째 홀에서 버디를 잡아냈다.

기세등등한 마이클을 따라 손은 다음 홀로 걸음을 옮겨놓았다.

"여기가, 예전엔 미군 장교들 숙소였어."

네번째 홀로 향하는 페어웨이에서 마이클이 말했다.

"지금이야 흔적도 찾아볼 수 없지만 한때 이곳도 화산재로 완전히 덮였지."

피나투보 화산 폭발을 일컫는 말이었다. 그 일이라면 손홍수도 잘 알고 있었다. 자신이 맨 처음 필리핀에 발을 들여놓던 해에 일어났던 일이다. 화산재가 태양광을 가리는 바람에 지구 연평균 기온을 0.5도 떨어뜨려놓았다는 지구적 재난이었다. 폭발 당시, 두 시간 떨어진 곳에 있는 마닐라 하늘까지 부옇게 흐려놓을 정도였으니 인근에 위치한 이곳의 피해야 말할 것도 없어 보였다. 그 사고로 미군과 필리핀 정부 간에 주둔지 계약 문제가 불거졌고 결국 원만한 협상은 이루어지지 않았다. 미군 철수는 그렇게 이루어졌다.

화산 폭발 지역 피나투보도 격세지감이긴 마찬가지다. 폭발로 생겨난 분화구가 맑은 호수로 변해 이제는 유명 관광지로 탈바꿈했다. 요즘은 관광객들을 태운 경비행기가 피나투보 화산 호수 상공을 한가로이 떠다니고 있다.

손은 라운딩 내내 지난 기억에 젖어 골프는 하는 둥 마는 둥이었다. 마이클이 버디를 세 개나 잡아내며 위력을 떨치는 데 비해 자신은 평소 실력에 훨씬 못 미치는 점수였다. 어린 딸과 젊은 아내 덕인지 마이클은 이 나라에 완전히 뿌리를 내린 것 같았다. 손 역시 지구라는 고향에 산다고 생각했을 뿐 지금껏 고국에 대한 향수 따윈 잊고 지내왔다. 아침에 김 변호사의 전화를 받기 전까지는.

18홀 라운딩을 마무리하고 숙소로 향하는 도중 손흥수는 또 한 통의 전화를 받았다. 이번에도 서울에서 걸려온 전화였다.

"차 선생께서 돌아가셨답니다."

손은 둔기로 뒷덜미를 한 대 맞은 느낌이었다.

두 소식이 같은 날 전해지다니…… 우연치고 너무도 기막힌 일이었다. 공소 시효가 만료돼 고향 땅을 밟을 희망을 품게 된 날, 한국에 가면 제일 먼저 만나려 했던 사람이 세상을 떠난 것이다.

나는 에스컬레이터에 서 있는 것을 좋아한다

"내리쇼."

사내가 술 냄새를 풍기며 말했다. 차가 멈춘 곳은 이전의 장소와는 완전히 다른 분위기였다. 휘황한 불빛의 호텔 앞. 취한 사내가 모는 차를 타고 정신없이 달려와 지구 반대편에 툭 떨어진 기분이었다. 현은 얼떨떨해하며 사내를 따라 호텔 회전문을 들어섰다. 시원하고 쾌적한 공기와 함께 격조 있는 실내 분위기가 펼쳐졌다. 넓고 한적한 로비 한가운데에는 사람 키만 한 중국식 도자기가 조명을 받으며 화려하게 서 있었다.

곱슬머리 사내는 실내를 두리번거렸다. 누군가를 찾는 모양이었다. 한적한 호텔 로비 한쪽 구석 소파에 남녀 커플이 앉아 있었다. 한국인 같았다. 그때였다. 난데없이 남자의 고함 소리가 들렸다. 도

자기에 쩡 하고 금이라도 갈 것처럼 난폭하고 큰 소리. 그와 동시에 사내가 여자의 뺨을 사정없이 후려쳤다. 현은 자신이 얻어맞기라도 한 듯 정신이 번쩍 들었다. 뺨이 얼얼한 느낌이었다. 자리를 박차고 일어난 사내는 거친 발소리를 남기고 사라졌다. 순식간의 일이었다.

곱슬머리는 뜻밖의 광경에 멈칫했고 현 역시 그 뒤에 엉거주춤 서 있었다. 여자는 꼼짝도 하지 않았다. 자주색 벨벳 패브릭 소파에 둘러싸여 있는 그녀 주위로 정적이 무겁게 드리웠다. 눈앞의 광경이 정지 화면으로 바뀌었다. 여자는 정물화 속 오브제 같았다. 사각의 프레임 한가운데 단단하게 자리 잡고 있었다. 미동도 않은 채. 숨 막히는 정적의 시간이 지나고 정지 화면이 움직이기 시작했다. 여자는 고개를 들고 손으로 부스스한 머리를 빗어 내렸다. 그때 곱슬머리와 여자의 눈이 마주쳤다. 그녀는 상황을 파악한 듯 주섬주섬 자리를 정리하고 일어났다. 마르고 키가 큰 여자였다. 여자는 그들을 향해 로비를 가로질러 왔다. 하이힐 소리가 또각또각, 건조하게 들려왔다. 사막을 지나오기라도 하듯.

"생각보다 늦었네요."

여자의 목소리는 의외로 생기가 있었다. 자주색 소파에 무기력하게 앉아 있던, 그리고 사막을 건너온 그 여자가 아닌 것 같았다.

곱슬머리는 그녀를 한쪽 구석으로 이끌고 가서는 나직한 소리로 얘기를 주고받았다. 대화 도중 둘은 각자 휴대폰으로 통화를 하기도 하면서 한참 만에야 이야기를 끝냈다.

"형씨, 당신 정말 행운아요."

현에게 다가온 곱슬머리는 그 한마디로 인사를 대신했다. 손을 들어 행운을 기대한다는 제스처를 해 보이고 사라졌다. 이제 맘껏 마실 일만 남았다는 듯 사내는 홀가분한 걸음이었다.

"오느라 고생 많았어요. 제니라고 해요."

여자가 다가서며 손을 내밀었다. 엷은 코발트 빛 매니큐어가 칠해진 긴 손톱이 인상적인 희고 매끄러운 손이었다. 비행기에서의 바다 빛 유혹을 떠올리며 현은 그녀의 손을 잡았다. 관절 마디가 느껴질 정도로 야위고 차가운 감촉이었다. 이런 여자에게 뺨을 날린다는 건 어떤 경우라도 합리화될 수 없을 것 같았다. 도회풍의 세련미를 갖추었음에도 여자는 그에 어울리지 않는 신산함이 우러났다.

"여권부터 줘요."

사무적인 어조였다. 현은 바지 뒷주머니에서 여권을 꺼내 그녀에게 건넸다. 여자는 그것을 받아 들고 프런트로 향했다.

"먼저 짐부터 들여놓아야겠네요."

프런트에서 키를 건네받은 여자가 현의 배낭을 흘끗거리며 말했다. 그러더니 앞장서서 엘리베이터 쪽으로 걸어갔다. 여자는 승강기에 오른 다음 층 번호를 눌렀다. 18층.

승강기에서 내린 그녀는 오른쪽 복도로 접어들더니 맨 끝에 있는 방 앞에 멈추었다.

"이 방이에요."

문이 열리자 눅눅한 곰팡내가 끼쳤다.

"바닥 카펫에서 나는 냄새예요. 이곳 날씨로는 특급 호텔이라도 어쩔 수 없는 일이죠."

여자가 덧붙였다.

입구 키 꽂이에 카드키를 꽂자 전등이 들어오고 에어컨이 돌아갔다. 에어컨 작동과 함께 곰팡내도 누그러들었다. 객실 내부는 앤티크풍 가구에 은은한 조명 효과로 아늑하고 차분해 보였다.

"이곳에서 묵는 겁니까?"

여자는 가볍게 고개를 끄덕였다.

현은 보조 테이블에 자신의 배낭을 내려놓았다.

"이제 어르신께 인사드리러 가야죠."

여자는 다시 앞장서서 문 쪽으로 걸어갔다.

"어르신이라 하심은……?"

엘리베이터를 기다리고 있던 현이 그녀에게 물었다.

"아, 우리 보스요……. 보면 알아요. 이곳에서는 '미스터 손'으로 불리죠."

그녀의 말이 엘리베이터처럼 아래에서 천천히 올라와 그대로 위로 가버리는 것 같았다. 호텔 회전문을 통과한 순간부터 모든 것이 실재감을 잃었다.

그들은 1층 로비를 가로질러 건너편 복도로 접어들었다. 기본 조명만 켜져 있고 문이 닫힌 명품 부티크 숍들이 좌우로 늘어서 있었다. 복도에서 자칫 길을 잃을 수도 있을 것 같은, 거대한 규모의 호텔이었다.

"참, 이곳에서 쓸 영문 이름이 하나 있어야 하는데."

그녀가 현을 흘끗 돌아보며 말했다.

"아까 여권 봤더니 나보다 아래더군요. 동생처럼 생각하고 내가 영문 이름 하나 지어줄게, 어때요?"

그러면서 제니는 현의 대답을 기다리지 않고 말을 이었다.

"나한테는 앞으로 '제니' 하고 부르면 되고요. 그러니까, 내 이름 제니의 '제' 자에, 자유(free)를 담아 제프리…… 줄여서 제프, 어때요?"

'자유'라는 말이 낯설긴 했으나 현은 고개를 끄덕이지 않을 수 없었다. 즉흥적으로 지었어도 재치와 감각이 묻어나는 이름이었다.

제니는 복도 맨 끝에서 걸음을 멈췄다.

"다 왔어요. 제프."

중후한 초콜릿색 목조 문이 그들 앞에 놓여 있었다. 문은 기다리고 있었다는 듯 활짝 열리며 그들을 맞았다. 안으로 발을 들여놓는 순간, 현은 눈이 휘둥그레졌다. 천장의 휘황한 크리스털 조명이 맨먼저 눈에 들어왔다. 다음으로 높은 천장과 벽을 장식하고 있는 거대한 벽화가 보였다. 미켈란젤로의 〈천지창조〉에 버금갈 만한 대형 벽화였다. 기하학 무늬의 부드러운 카펫, 여기저기 테이블을 지키고 있는 딜러들의 화려한 의상이 그들을 반겼다. 카지노였다. 영원히 벗어났다고 생각했던 곳……. 숨 막혔던 지금까지의 상황이 다이 황홀한 꿈의 세계로 인도하기 위한 통과의례였던 것처럼 보였다. 환희와 불안이 동시에 엄습했다. 금단 증세에 시달리던 마약중독자가 다시 마약을 접하는 순간처럼.

"이쪽이에요."

몇 개의 게임 테이블을 지나니 홀 중앙에 위로 향하는 에스컬레이터가 있다. 두 개의 층으로 이루어진 카지노였다. 제니를 뒤따라 그도 에스컬레이터에 발을 올려놓았다. 에스컬레이터가 서서히 위로 올라갔다. 나는 에스컬레이터에 서 있는 것을 좋아한다. 소설 장면이 다시 떠올랐다. 각자 비극적 운명의 궤도에 올라 있다는 사실도 모른 채, 주인공 남자가 애틋해하며 역에서 배웅했던 여자. 그 여자가 지금 현 바로 앞에 서 있었다.

이건 시험대인지도 몰라. 오를수록 더 큰 추락이 기다리고 있는……. 에스컬레이터 마지막 계단에는 분명 자신의 신체에 대한 권리를 가진 사람들이 기다리고 있을 것이다. 그러니 이 모든 눈부심은 함정이거나 늪이다. 그는 환각에서 깨어나려 애썼다. 제니에게 같이 탈출하자고 말하고 싶었다. 그녀와 함께 이 에스컬레이터에서 내려서야 한다. 그곳에 닿기 전에.

무슨 소리, 당신은 이미 이곳을 택했잖소. 그것도 다행스러워하며 기꺼이……. 곱슬머리 사내가 나무라듯 말했다.

악의 꽃, 바카라

"좀 기다려야겠는걸……. 게임 끝내실 때까지."

제니가 중얼거리듯 말했다.

VIP룸, 맨 안쪽 테이블에서 게임이 이루어지고 있었다. 희끗한 머리의 신사가 테이블에 앉아 있고 그 뒤로 남자 네댓 명이 둘러서서 게임을 지켜보고 있었다.

게임 테이블에 앉은, 매끈하고 가무잡잡한 피부를 가진 오십 대 중후반으로 보이는 남자는 엷은 회색빛 차이나 칼라 셔츠를 입은 신사였다. 눈매가 날카로웠으나 희끗희끗한 옆머리가 그나마 인상을 부드럽게 했다. 다채로운 카드가 펼쳐지는 녹색 테이블 앞에 실버 톤으로 앉아 있는 그의 모습은 보스다운 카리스마가 풍겼고, 갬블러라면 한 경지에 오른 고수로 손색없어 보였다. 그가 '미스터 손'이었다. 그가 하고 있는 게임은 바카라. '카지노의 꽃'으로 불리는 게임이었다.

꽃은 꽃이되 '악의 꽃'이지.

바카라를 해본 사람들은 그렇게 말했다. 룰이 단순하고 진행 속도가 빠르며 베팅 금액이 높아 하이롤러들이 좋아했다. 베팅액이 큰 만큼 극적인 결과를 초래할 가능성이 높은 도박성 강한 게임, 그만큼 스릴 있는 게임이기도 했다.

방법은 간단했다. 뱅커 혹은 플레이어, 둘 중 하나에 베팅을 하는 것. 두 장 혹은 세 장의 카드 숫자의 합이 9에 가까운 카드가 이기는 것이다. 스코어 카드에 뱅커와 플레이어를 구분하는, 빨강과 파랑 동그라미를 그려가면서 게임을 한다는 점이 특이했다. 그걸 보면서 게임의 흐름을 잘 읽는 것이 핵심이라고 고수들은 말했다.

매니저로 보이는 남자가 무전기를 들고 서서 테이블을 들여다보고 있었고, 남녀가 한 조를 이룬 딜러가 게임을 진행하고 있었다.

미스터 손은 이따금 곁에 놓인 와인을 마셨다. 보조 테이블에 놓인 포도주 병이 이미 반 넘게 비워져 있었다. 카지노에서 음주는 흔한 경우는 아니었다. 하이 베팅의 경우라면 더더욱.

칩의 단위는 달러였다. 제일 작은 단위인 동전형 칩 하나가 100달러, 명함 크기만 한 사각형 칩은 레드와 블루가 각각 1000, 1만 달러였던 것이다. 말로만 듣던 엄청난 고액 베팅이었다.

"흐음, 줄이 생긴 것 같은데……."

그가 중얼거렸다. 스코어 카드는 파란 동그라미 다섯 개가 세로로 길게 줄을 이루는 그림이었다. 스트리크(streak) 현상. 플레이어가 연속해서 다섯번째 나오고 있었다.

그는 확신이 들었는지 푸른 사각형 칩 두 개를 플레이어에 베팅했다. 2만 달러. 리미트가 2만인 테이블이었으니, 최고 베팅이었다. 카드 한 번 뒤집기에 2만 달러의 향방이 결정 나는 것이다.

딜러가 슈에서 카드를 뽑아 각각 뱅커와 플레이어 앞에 놓았다.

그는 카드를 조심스레 들여다보고 난 다음 자신 있는 목소리로 딜러에게 말했다.

"오픈."

딜러는 그의 요청에 따라 뱅커의 두번째 카드를 뒤집어 보였다.

"뱅커 세븐."

다이아몬드 7이었다.

그는 자신의 카드 두 장을 자신 있게 테이블 위에 펼쳐놓았다.

하트 7과 클로버 2였다.

"내추럴 나인!"

둘러서 있던 사람들이 환호했다.

딜러는 게이머의 승리를 인정하고는 카드를 거두어 함에 집어넣었다. 옆에 앉은 여자 딜러가 2만 달러짜리 칩을 미스터 손에게 내주었다.

다음 게임에서도 그는 플레이어에 베팅했다. 역시 2만 달러.

고액 베팅에 그가 연속해서 이기자 카지노 측에서는 긴장하는 기색이 역력했다.

"익스큐즈 미, 써……."

매니저가 딜러를 교체하겠다는 뜻을 비쳤다. 게이머의 기세를 꺾으려는 카지노 측의 상투적인 수법이다.

"이놈들이 슬슬 긴장하기 시작하누만."

그가 여유 있는 표정으로 포도주 잔을 집어 들었다.

이때다 싶은지 제니가 그에게로 다가섰다.

"미스터 손, 이 친구가 서울에서 온……."

제니가 현을 그에게 소개했다. 그는 현에게로 몸을 돌렸다.

"아, 그래. 반가우이. 나, 손흥수라고 하네."

그가 손을 내밀었다.

"정현이라고 합니다."

현은 그의 손을 잡으며 공손하게 인사했다. 살집이 많은 그의 손에서 푸근하면서도 힘 있는 악력이 전해왔다. 풀려나고도 여운이 길게 남는, 유난히 커 보이는 손이었다.

"그럼 저는 이만."

제니는 자신의 역할은 다 끝났다는 듯 미스터 손에게 살짝 목례를 해 보이고 자리를 떴다. 사라져가는 그녀를 보면서 현은 휑한 상실감을 느꼈다. 옆에서 우산을 받쳐주던 사람이 우산과 함께 사라진 느낌이었다.

딜러가 교체되고 게임이 다시 시작되었다.

손은 베팅 액수를 반으로 줄였다. 상황이 바뀌었으니 흐름을 지켜보자는 의도 같았다. 그는 이전처럼 다시 플레이어에 베팅했다.

"플레이어 원."

그의 베팅이 또 적중했다. 확신이 들었는지 그는 다시 2만 달러 베팅에 들어갔다.

칩을 놓고 카드를 뒤집는 그의 손은 확실히 기형적일 만큼 컸다.

"플레이어 원."

플레이어가 연속 열 번이나 나왔다. 확실한 '스트리크'였다.

그는 신중한 표정으로 스코어 카드를 들여다보았다. 스트리크가 계속될 것인지 흐름이 바뀔 것인지 고민하는 기색이었다.

"꺾어야겠는걸."

지금까지와는 반대로 그는 뱅커에 베팅했다. 액수는 4분의 1로 줄었다.

"뱅커 원."

와아! 둘러섰던 사람들에게서 환호가 터져 나왔다. 신기神技에 가까운 적중률이었다. 확률적으로 도무지 믿기지 않는 일이었다. 현이 지금까지 지켜본 열한 번의 베팅이 지금까지 한 번도 어긋나지 않은 것이다. 열 번 내내 플레이어에 베팅을 하다가 흐름을 꺾어 그 반대에 걸었더니 그것까지 적중한 것이다.

"잠가라. 오늘은 여기까지만."

그가 짧게 한마디 하고 일어났다.

현은 또 한 번 놀랐다. 승승장구하는 중에 게임을 끝내다니. 게이머의 심리상 그것이 얼마나 힘든 일인지 현은 잘 알고 있다. 계속 따고 있을 때나 반대로 지고 있을 때, 게임을 중단한다는 건 사실 불가능하다. 그건 고수라도 쉽지 않다. 카지노에서 따는 사람은 있어도 그 돈을 들고 나가는 사람은 없다는 말이 괜히 있는 게 아니다.

"롤링 커미션이 얼마 나왔는지 알아봐."

미스터 손이 자리에서 일어나며 지시했다.

그의 한마디에 둘러섰던 사람들이 일제히 흩어지며 각자 분주하게 움직였다. 한 사람은 테이블 위의 칩을 챙겨 들고 환전 창구로 사라졌고 또 한 사람은 따로 동전 칩을 챙겼다. 다른 이는 미스터 손이 마시던 포도주 병을 챙겨 들었다.

"정현이라고 했나……?"

룸 한쪽에 마련된 휴식용 소파에 앉으며 손이 물었다.

"네. 그렇습니다."

"이곳에서는 한 가지만 지키면 돼."

미스터 손이 와인 잔을 집어 들면서 다짐하듯 말했다.

"절대 카드에 손대지 않을 것. 그거 어기면 나하고의 인연은 끝이네."

현은 그의 눈과 정면으로 마주쳤다. 눈자위가 불그레했으나 눈빛이 형형했다. 거부할 수 없는 카리스마가 뿜어져 나오는 눈빛이었다. 큰손 도박사로서가 아니라 현에 대한 모든 권리를 갖고 있는 자의 권위 바로 그것이었다.

"미스터 손, 롤링 커미션이 2만 2500…… 그러니까 오늘 딴 건 모두 23만 달러…….

정장 차림의 남자가 와서 수치를 정확하게 짚어가며 보고했다.

그러자 미스터 손은 나직한 목소리로 그에게 뭔가를 지시했다.

"차영빈 선생님요?"

남자는 고개를 갸웃했다.

"그분 돌아가셨잖습니까, 오늘, 아니 어제네요. 자정이 지났으니……."

"부의금이야. 기부 형식으로 보내는 거지."

남자는 그제야 무슨 뜻인지 알았다는 듯, 가볍게 목례를 하고 자리를 떴다.

"내 친구이자 스승이 돌아가셨거든. 그 기념으로 벌인 판이었다네."

손이 쓸쓸한 미소를 지어 보이며 현에게 말했다.

체인징 딜러

"마카티로 가주세요."

제니가 택시 기사에게 행선지를 알렸다. 도심의 단골 술집으로 갈 생각이었다. 이대로는 잠이 올 것 같지 않았다. 뺨 맞은 충격이 아직도 가시지 않았다. 그와의 신경전이야 새삼스러울 것도 없지만 손찌검은 처음 있는 일이었다. 그가 벼랑 끝에 다다랐음을 직감한 것, 실은 그것이 더 큰 충격이었다. 뺨 한 대 맞는 것쯤이야 일도 아니었다. 그와의 질긴 인연을 생각한다면 다른 쪽 뺨이라도 기꺼이 들이댈 수 있었다.

"제니, 이번이 마지막이야. 딱 5만, 5만 달러면 돼."

며칠 전에도 그는 제니에게 애원하며 돈을 요구했다.

딱 5만……? 제니는 어이없어하며 혀를 찼다.

"데이브, 지금 나랑 숫자 놀음 하자는 거야? 그건 이 나라 사람들이 평생 뼈 빠지게 일해도 만져보기 힘든 돈이야."

이 나라 물가로 집 한 채에 해당하는 액수였다. 그걸 '딱 5만'이라고 하다니. 그는 자신이 한창 잘나가던 때의 환상에서 여전히 벗어나지 못하고 있었다. 막다른 골목길에 내몰린, 의지가지없는 신세라는 걸 아직도 깨닫지 못하고 있는 것이다.

"제니, 이번 한 번만 도와줘. 너라면, 그 정도 할 수 있잖아."

"나, 밥줄 끊기는 거 보고 싶어?"

"지난번에도, 몽땅 되찾는 거 봤잖아, 제니. 금방 만회할 거라고. 그러고 나면 정말 손 털 거야. 나도 이젠 이 생활 넌덜머리 나. 딱 한 판, 정착할 자금만 마련하면 돼."

그는 제니가 앉은 소파 앞에 무릎까지 꿇었다. 돈을 주겠다고 바닥을 기라고 하면 그렇게라도 할 기세였다.

"그게 힘들면 제니, 5000이라도."

그는 선심이라도 쓰듯 액수를 10분의 1로 뚝 떨어뜨렸다. 그가 언제 이렇게까지 변해버렸을까. 제니는 서글펐다. 한때 투자의 귀재라 불리며, 탁월한 숫자 감각과 주도면밀함을 자랑하던 유능한 펀드 매니저였던 그가 말이다. 대책 없이 망가져가는 그를 보는 일이 제니는 점점 견디기 힘들었다.

"오죽했으면 내가 여기까지 널 찾아와서 이러겠냐고. 제니, 그럼 5000 아니면 500이라도."

애걸이 아니라 구걸이었다.

"데이브, 가당찮은 소리 마. 나도 팔려온 몸이라고. 한낱 계약직일 뿐이야."

제니는 매몰차게 잘랐다.

연민은 금물이다. 처음부터 단호하게 나왔더라면 그도 이 지경까지는 오지 않았을 것이다. 뿌리 깊은 부채감 때문에 우유부단하게 끌려다닌 게 잘못이었다. 맨 처음부터 그의 청을 거절했어야 했다. 하기야 그런 생각도 부질없다. 삶이란 게 어디 한 치 앞을 내다볼 수나 있어야 말이지.

"나쁜 년!"

그는 자리를 박차고 나가버렸다.

제니는 피식 웃음을 흘렸다. 낯가림 심한 수줍고 여린 심성의 그가 거침없이 상소리를 내뱉는 노름꾼 아저씨로 변했다니. 날카로운 콧날과 맑고 반짝이는 눈, 세련된 매너와 자존심을 자랑하던, 한때 라스베이거스 카지노 한인 에이전트들 사이에서 칭송이 자자했던 '젠틀맨 데이브'가 말이다.

처음엔 제니도 그의 변해가는 모습이 싫지 않았다. 살면서 누구나 한 번쯤은 삶의 저 밑바닥에 발을 붙여볼 필요가 있다고 생각했다. 스물다섯까지 음지에서만 살았던 제니 나름의 확신이었다. 하지만 그것도 누구에게나 모범 답안은 아니었다. 끝내 그 수렁에서 헤어나지 못하는 나약한 인간도 있는 것이다.

질기고 오랜 인연이었다. 풋풋했던 첫 만남은 십수 년, 시간의 굴곡 앞에서 악연으로 변해 있었다. 그를 처음 만나던 날, 제니는 라스베이거스 카지노의 딜러 견습생이었다.

"제니, 딜러 역할 잘해낼 수 있겠지?"

매니저의 배려로 그녀가 테이블에 앉을 기회는 생각보다 빨리 찾아왔다. 딜러들의 해외 연수로 일손이 부족했던 날이었다. 매니저는 교육 기간 내내 우수한 성적이었던 견습생 제니를 마침 한국 손님 테이블에 앉힐 좋은 기회라고 판단한 모양이었다.

제니가 테이블 앞에 막 앉으려 할 때였다. 게이머 뒤에 둘러서 있던 사람들이 웅성거리며 불평을 쏟아놓기 시작했다.

"아니, VIP룸에서 어떻게 초짜를 쓸 수가 있어."

그들은 견습 딜러를 금세 알아보았다. 딜러들이 입는 화려한 조끼를 입을 수 없었던 견습은 외양에서부터 눈에 띄었다. 제니는 딜러 자리에 앉지도 못하고 서 있었다.

"뜬금없이 웬 낙하산 딜러야. 이 아가씨, 매니저랑 각별한 사이인 모양이지."

그들은 제니가 한국인이라는 걸 아는지 모르는지, 서슴없이 막 말을 늘어놓았다. 그들의 말을 들으면서도 제니는 표정 하나 흐트러지지 않았다. 웬만한 경력자 못지않게 게임을 진행할 자신이 있었다. 누구보다 소양 교육을 잘 받은 우수 견습생으로서의 자부심이 있었다. 차이라면 조끼 하나의 차이일 뿐이라고 생각했다.

"야, 딜러 바꿔달라고 해! 딜러 체인지!"

누가 목소리를 높였다. 이전 게임이 잘 안 풀렸던지 그들은 지나치게 예민하게 반응했다. 매너도 수준 이하였다. 하지만 제니는 표정 하나 흐트리지 않았다. 유능한 딜러라면 게이머 못지않은 포커페이스를 유지할 수 있어야 한다. 딜러가 고객의 농담이나 모욕적인 언사 몇 마디에 얼굴을 붉히거나 싫은 내색을 할 수는 없는 일이다. 지금껏 그녀를 단련시켜온 삶의 이력이 힘이 돼주었다. 이 정도면 모욕이라고 할 수도 없었다. 예전에 웨스턴 바에서 일할 때는 취한 늙은이의 지팡이에 스커트가 들춰진 적도 있었다. 이곳은 그런 곳과는 비교도 안 되는, 엄격한 원칙과 룰에 따라 거액의 돈이 오가는 카지노 게임 테이블이다. 테이블은 딜러 외에도 매니저와 피트보스와 통제실 카메라로 여러 단계에 걸쳐 철저하게 관리되고 있었다. 그녀는 이런저런 생각을 떠올리며 거듭 마음을 다잡았다. 기회가 왔을 때 남들과 차별화되는 실력 입증이 필요했다. 이곳에서도 한국인 딜러는 손끝 야물기로 정평이 나 있는 터라 잘만 하면 발에 맞는 유리 구두를 차지할 수 있었다. 둘도 없는 기회였으나 넘어야 할 산은 결코 만만치 않아 보였다.

"베이비, 고 홈."

누군가의 짓궂은 한마디에 주위 사람들 얼굴에서 느물느물 웃음이 번져갔다. 제니는 다잡았던 마음이 조금씩 흔들리는 걸 느꼈다. 기회의 여신이 등을 보이며 멀어져가는 게 보였다. 그때였다.

"됐어, 그만하라고. 난 이 딜러, 마음에 들어."

테이블에 앉은 게이머가 단호하게 말했다. 술렁거림은 금세 멎었다.

"노 프라블럼."

그는 매니저에게 괘념치 말라는 뜻으로 손을 들어 보였다. 상황은 간단히 정리되었고 제니는 딜러 자리에 앉을 수 있었다. 노 프라블럼! 맑고 또렷한 목소리, 거침없이 한 손을 들어 보이던 모습이 제니의 뇌리에 깊이 새겨졌다. 벼랑 끝에서 구원의 손길을 내밀던 젠틀맨 게이머, 그가 데이브였다.

매니저로부터 들은 정보에 따르면 그는 서른셋, 투자의 귀재로 불리는 한국의 유수 증권회사 펀드 매니저였다. 한국의 몇몇 큰손이 은인처럼 떠받들며 모시고 온, 카지노 입문 일 년 안팎의 매너 있는 게이머였다. 그와 같이 온 큰손들은 그에게 한 번씩 거액의 판돈을 대주며 기꺼이 후원자를 자청했다.

"초짜답지 않은 당돌함도 매력적이었지만, 더 마음에 들었던 건 수수한 블라우스 차림이었어. 딜러들의 현란한 의상이야 게이머에게 방해만 될 뿐이지."

데이브는 제니를 택한 이유를 나중에 털어놓았다.

"초짜인데도 손놀림이 침착하고 정확하더군. 하기야 매니저가 생각 없이 초보를 앉혔겠어."

그는 자신의 판단이 빗나가지 않았음을 이내 확인할 수 있었다고 했다.

그날, 제니는 데이브가 따기를 바랐다. 아무리 딜러라 해도 자신을 구해준 은인이 지기를 바랄 수는 없었다. 제니의 바람과는 상관없이 데이브는 크게 날렸다. 5만 달러. 지금도 제니는 그 액수를 또렷이 기억하고 있다. 어린 견습 딜러에게는 어마어마한 돈이었다. 미국행을 위한 5000달러를 마련하기 위해 호프집 웨이트리스를 일 년이나 했던 지난 일을 떠올려보면 결코 잊기 힘든 액수였다. 5만 달러가 카지노로 흘러 들어왔으니 결과적으로 행운의 여신은 제니 편이었다. 견습 딜러 제니의 첫 테이블에서의 기록은 화려한 꼬리 표가 되어 따라다녔다. 그 황금빛 꼬리는 제니가 카지노 딜러로 정 식 채용되는 데 결정적 역할을 했을 뿐 아니라 VIP룸을 배정받는 데도 도움이 되었다.

그때의 상황이 제니에겐 한편으론 딜레마였다. 데이브의 불행이 자신에겐 행운으로 비치면서 그녀는 카드를 돌리는 내내 혼란스러 웠다. 천국과 지옥이 오락가락했다. 그 강렬했던 기억이 그와의 인 연을 끈질기게 했다. 운명적으로 악연일 수밖에 없는 게이머와 딜 러의 관계……

그때만 해도 데이브는 라스베이거스를 자주 찾는 게이머는 아니 었다. 일 년에 두어 번 나타나 일주일 정도 머물며 게임을 했다. 카 지노에 발을 들여놓은 지 얼마 안 되는 초보자였지만 그는 냉정하 고 치밀한 셈법으로 최소한 잃지 않는 게임을 펼쳤다. 그만큼 자기 관리에 철저했다. 투자 전문가였던 그는 돈의 생리와 흐름을 누구 보다 잘 꿰고 있었다. 베팅도 전략적이었다. 베팅액 조절에도 능했 고 상승과 하강의 흐름도 잘 읽어냈다. 그는 제니의 첫 테이블 게임 에서 비록 크게 잃었지만 얼마 뒤 다시 나타나 잃었던 돈을 고스란 히 되찾아 돌아갔다.

하지만 아무리 뛰어난 갬블러라고 해도, 도박은 한 개인과 거대한 공룡인 카지노와의 싸움이다. 시간이 길어지면 어떤 도박자에게도 승산은 줄어든다. 무엇보다 카지노는 도박자 개인의 자금과는 비교도 안 될 정도로 엄청난 자본을 갖고 있다. 게이머는 올인한 판으로 끝장나는 순간이 오지만 카지노는 기본적으로 올인이란 게 없다. 거기서 이미 승자와 패자는 정해져 있는 셈이다. 그뿐인가. 게임에서의 두뇌 싸움이란, 게이머 개인과 카지노가 확보하고 있는 다수 브레인과의 싸움이다. 그러니까 그것은 운동 경기에서처럼 같은 체급과 겨루는 것이 아니다. 더욱이 게이머는 시간이 지날수록 중독 증상을 보이므로 냉철하고 합리적인 판단에서 점점 멀어진다. 게이머는 판돈과 게임 운용력, 다시 말해 물심양면에서 고갈되므로 상황은 불리해질 수밖에 없다. 상대적으로 우월한 위치에 있는 카지노는 게이머가 불리한 상황에 처해지기만 기다리면 된다. 게임이 길어질수록 카지노는 확실히 유리해진다. 카지노가 겁내는 것은 '돈을 잃는 것'이 아니라 게이머가 '떠나가버리는' 상황이다.

이 바닥에서 그 정도야 상식이다. 문제는 그걸 알고 있다고 해서 피해 갈 수 있는 게 아니라는 것. 삶 또는 연애와 마찬가지로 도박 심리의 아이러니도 거기에 있다. 데이브도 그런 사실을 누구보다 잘 알았지만 그 역시 중독자의 길을 갔다. 그가 카지노를 찾는 횟수는 많아졌고 머무는 시간은 길어졌다. 베팅액은 높아졌고 그만큼 잃는 액수가 컸다. 손실이 클수록 그는 냉정과 분별력을 잃어갔으며 조급해했다. 친구이자 후원자였던 큰손들은 그에게서 멀어지고, 그는 점점 외톨이가 되었다.

제니는 그의 변화를 생생하게 지켜본 증인이었다. 그가 카지노의 수렁에서 벗어나기를, 그래서 자신의 삶에서 영영 사라져주기를 바랐으나 희망 사항에 그쳤다. 결국 라스베이거스를 먼저 떠난 건 그가 아니라 제니였다.

"손님 다 왔습니다."

기사가 제니를 일깨웠다. 차는 벌써 마카티 한복판에 와 있었다. 늦은 밤의 어두운 도심 거리에서 웨스턴 바 '비틀즈'의 네온사인은 여전히 화려하게 반짝이고 있었다.

호텔 마닐라 베이

VIP룸을 나오면서 현은 자신이 처한 현실을 깨달았다. 그토록
벗어나려 발버둥 쳤건만, 다시 카지노였던 것이다.

'자넨 한동안 나를 따라다니게 될 걸세.'

미스터 손, 그를 따라다닌다는 건 카지노의 유령들 사이를 맴돌
아야 한다는 말이나 다름없었다. 망망대해를 네 시간이나 날아오
고도 결국 한 발자국도 벗어나지 못한 것이다.

'거길 왜 또 간 거냐?'

K의 다그침이 떠올랐다.

의지와는 무관한 일들이 있다. 우연히 맞닥뜨리거나 운명처럼
닥치는 그런 일들. 지금의 상황이 그걸 잘 보여주고 있지 않나. K로
서는 충분히 그럴 만했다. 신용 불량자 신세를 벗어나게 해준 것만

으로도 K는 현에게 베풀 만큼 베풀었다.

'내가 할 수 있는 게, 그것밖에 없었거든.'

그때 자신이 했던 대답은 돌이켜 생각해도 실소가 났다. 그건 K의 말을 그대로 흉내 낸 것에 불과했다. 전혀 다른 상황을 두고 어이없게도 같은 대답을 했던 것이다. 어쭙잖고 몰염치한 일이었으나 진심이었다. 그때 자신이 할 수 있었던 일은 그것밖에 없었다. 다시 카지노를 찾는 것. 끝까지 한번 가보고 싶었다. 그 끝에 무엇이 있을지, 예측할 수 없는 건 아니었으나, 어쩌면 그 예측이 전혀 근거 없는 것일 수도 있다는 생각이 들었다.

엘리베이터가 멈췄다. 18층. 룸 번호를 떠올리며 현은 방향을 잡았다. 오른쪽으로 접어들자 붉은 카펫이 깔린 복도가 펼쳐졌다. 맨 끝에 있는 방이었다. 1851. 낯익은 숫자를 보며 문을 열었다. 훅 끼쳐오는 곰팡내에 얼굴이 찌푸려졌다.

'이 냄새가 익숙해지면 이곳 생활에 적응했다는 얘기예요.'

제니의 말을 떠올리며 그는 안으로 발을 들여놓았다. 냄새는 바닥 카펫에서부터 그의 발등을 타고 스멀스멀 기어오르더니 폐부 깊숙이 파고들었다. 에어컨이 돌아가기 시작하면서 곰팡내는 차츰 희미해졌다. 냄새만 뺀다면 실내는 더없이 아늑하고 격조 있는 공간이었다. 은은한 조명, 고전미 물씬 풍기는 앤티크풍 가구…… 창밖으로 거리의 야경이 내다보였다. 비에 젖은 거리를 따라 일정한 간격으로 늘어선 가로등, 그 아래로 차들이 오갔다. 도로 너머 저 멀리에는 마닐라 베이가 펼쳐져 있고 그 너머에는 선착장 불빛도

보였다. 여행이라도 온 듯한 착각에 빠지게 하는 이국의 밤 풍경이
었다. 영문을 알 수 없는 눈앞의 호사에 현은 얼떨떨했다. 욕실부터
찾았다. 땀과 매연으로 범벅이 된 몸을 씻고 싶었다. 샤워기를 틀자
물이 시원스레 뿜어져 나왔다. 비누 거품과 함께 물은 욕조 구멍으
로 끊임없이 흘러들었다. 〈사이코〉의 한 장면이 떠올랐다. 그걸 본
사람이라면 한 번쯤은 욕조나 하수구 구멍을 공포로 느낀 경험이
있을 것이다. 현도 그랬다. 하지만 지금은 그 검은 구멍이 탈출구처
럼 보였다. 물줄기에 몸을 내맡긴 채 현은 한참이나 그 검은 구멍을
내려다보며 서 있었다. 심신이 같이 녹아내리는 기분이었다. 그대
로 물과 함께 녹아내려 하수 속으로 사라져도 좋겠다는 생각이 들
었다. 흔적 없이 말끔하게.

하지만 사라진 건 거품과 물뿐이었다. 하수구 구멍은 받아들일
수 있는 것과 그렇지 않은 것을 정확하게 구분했다. 그는 욕실을 나
와 타월로 몸을 닦았다. 몸이 한결 가벼워진 느낌이었다. 침대에 몸
을 뉘었다. 천장에 달린, 앤티크풍 실링팬 날개가 느릿느릿 돌아가
며 엷은 바람을 일으켰다. 몸은 바닥으로 꺼져들 것 같았으나 잠은
오지 않았다. 삼 분, 오 분, 십 분…… 시간이 지날수록 의식은 더
또렷해졌다.

무엇이 당신을 이곳으로 오게 한 것 같소?

곱슬머리 사내의 말이 생각났다.

하긴…… 그것만 알았더라도 당신이 여기 있을 이유가 없지.

사내의 비웃음도 떠올랐다.

현은 실소가 났다. 가당찮은 일이라고 생각했다. 자신을 이곳으로 이끈 다른 그 '무엇'의 존재가 있다는 것 자체가……. 갈 데까지 한번 가보자, 라는 치기에서 비롯한 일이었다. 그러니 결과에 대한 책임은 전적으로 자신에게 있었다.

'자존심 같은 거 아니겠어. 마지막으로 남은 자존심.'

K는 현의 태도를 그렇게 지적했다. 그 말이 맞는지도 몰랐다. 치기라는 것도 비틀린 자존심의 한 형태일 수 있었다. K의 날카로운 지적은 그에 대한 부채 의식과 뒤섞여 현을 불편하게 만들었다. 수렁에 빠진 자신을 몇 번이나 구해준 은인이라는 사실 외에도 현은 K의 삶을 떠올릴 때면 왠지 주눅이 들었다. 최악의 상황에서도 K는 늘 모험을 선택했지만 그것은 어김없이 적중했다. 시간이 지나면 그의 선택은 반드시 현실적 성공으로 나타났다.

'여행한다고 생각해라. 일생에 한 번 있을까 말까 한 여행.'

K는 마지막까지도 낙관적이었다.

하지만 K는 K일 뿐 현 자신이 K가 될 수는 없지 않은가. 쫓기고 쫓겨 세상의 막다른 골목길에서 주저앉은 사람, 그들 가운데 재기에 성공할 사람은 몇이나 될까. 현의 은인이자 한때는 삶의 이상형이기도 했던 K, 그와의 관계 또한 이제는 지난 기억일 뿐이다.

'내 친구이자 스승이 돌아가셨거든. 그 기념으로 벌인 판이었다네.'

미스터 손의 말을 들으면서 현은 그에게서 얼핏 K를 떠올렸다. 오랫동안 알아온 듯한 친근함, 그리고 아무리 친해도 결코 가까워지지 않는 거리감이 동시에 느껴지는 인물이었다. 또한 그는 K와 마찬가지로 한 걸음 물러난 곳에서 세상을, 그리고 현 자신과 같은 나약하고 소심한 인간을 연민 또는 조롱의 시선으로 바라볼 수 있는 힘을 가진 이였다.

창밖은 다시 비가 흩뿌렸다.

실링팬이 느릿느릿 돌아가면서 엷은 바람을 일으켰다. 나무 한 그루 없는 벌판에 누워 있는 기분이었다. 황량했다. 제니 생각이 났다. 그러자 휑한 들판에 한 그루 나무의 그늘이 드리워지는 듯했다. 사내에게서 그녀에게로 안내되던 순간이 떠올랐다. 거친 자갈밭을 달리다 아스팔트로 들어선 느낌이랄까. 자신의 선택이 순간적으로 만족스러웠다. 그 여자의 목소리, 손의 감촉, 그늘진 눈빛, 체취까지 생생하게 살아났다. 어이없게도 그의 몸이 반응을 보였다. 수컷이 불쑥 고개를 쳐든 것이다. 녹초가 된 몸 어디에 그런 기운이 남아 있는지 놀라웠다. 넓은 침대 탓이라고 생각했다. 아니면 수시로 비를 뿌려대는 이 아열대성 기후의 변덕스러움 때문이거나.

놈은 쉽게 누그러들 것 같지 않았다. 최소한의 처분을 기다리는 듯했다. 얼마 만의 일인가. 그것이 제 기능을 했던 때의 기억조차 가물가물했다. 어느새 현의 손은 자신의 수컷을 달래듯 어루만지고 있었다. 죽어가는 식물이 피워내는 꽃이 떠올랐다. 꺼져가는 생명체의 마지막 몸부림 같은 것. 피식 웃음이 났다. 자조적인 기분을 떨쳐내며 그는 놈을 부드럽게 어루만졌다. 서서히 피스톤 운동이 시작되었다. 손놀림이 점점 빨라졌다. 호흡이 가빠오고 거칠어졌다. 전력 질주…… 그리고 마침내 절정! 놈은 희부연 점액질을 거침없이 내뿜었다. 반쪽짜리 생명을 토해놓은 그의 페니스는 이내 축늘어졌다. 온몸이 나른해지고 졸음이 몰려왔다.

온통 눈 세상이다. 흰 눈과 고요에 묻혀 있는 시골 마을. 정물화 같은 풍경이다. 건듯 바람이 분다. 쌓인 눈이 사금처럼 반짝이며 날린다. 순백의 풍경 속으로 불쑥 뛰어드는 그림자 하나. 낯선 사내다. 사내는 어지러이 골목을 헤집고 다닌다. 화선지 위의 붓처럼 사내의 동선이 골목에 검은 선을 또렷이 그려낸다. 마을이 깨어나고 골목이 술렁인다. 순백의 풍경이 베일을 벗는다. 시커먼 석탄 더미가 여기저기 둔덕을 이루고 있다. 눈 덮인 마을이 탄광촌으로 바뀌면서 흑과 백의 강렬한 대비가 일어난다. 그림자는 흰 눈과 석탄 더미를 어지럽게 넘나든다. 풍경이 가까워지고 그림자의 정체가 드러난다. 그림자의 주인은 K. 흑과 백을 어지러이 넘나들며 자신의 존재를 과시한다.
'어떻게 소설 쓸 생각을 했어요?'
뜬금없는 질문이 그림자를 향해 날아든다.
'내가 할 수 있는 게, 그땐 그것밖에 없었거든.'
그림자가 답한다.
그림자의 주인은 K에서 현으로 바뀐다. 길을 찾지 못하고 흑과 백 사이를 방황하는 그림자.
'왜 그곳엘 다시 간 거냐?'

K의 물음이 풍경 위로 퍼진다.

'내가 할 수 있는 게 그것밖에 없었으니까요.'

대답이 메아리가 되어 골목을 헤집고 다닌다.

흰 눈이, 때때로 탄가루가 날린다. 흑과 백이 무심히 서로 엇갈리는가 싶더니 눈 덮인 마을이 탄광촌으로, 탄광이 폐광으로 바뀐다. 기차가 달려간다. 시커먼 연기와 기적 소리를 길게 내뿜으며. 눈 덮인 선로를 지난 기차는 갱도 속으로 사라진다. 풍경이 레일 위의 바퀴처럼 다시 반복해 흘러간다.

'컷!'

모든 것이 사라진다.

고요 속의 긴 암전暗轉…….

톡 톡 톡.

노크 소리.

톡 톡 톡. 톡 톡 톡.

꿈이 아니라 실제다. 소리는 점점 또렷해졌다.

현은 무거운 몸을 간신히 일으켰다. 누굴까?

"누, 누구세요?"

둔중하고 떨리는 목소리가 번져간다.

분명치 않은 말소리가 문 너머에서 들려왔다. 여자 목소리다. 제니……? 의문이 확신으로 자리 잡으면서 불안이 앞섰다. 문을 여는 순간, 그는 놀라 뒷걸음질 쳤다. 검은 망토 같은 그림자가 확 다가셨던 것이다. 어두운 담벼락에 걸려 있던, 검은 고양이 가죽. 순간적으로 그렇게 보였다. 정신을 수습하고 눈앞의 대상을 다시 찬찬히 보았다. 제니가 맞았다. 마스카라가 물기에 얼룩져 뺨에 번져 있었던 것이다. 그녀는 쓰러지듯 현의 품에 안겼다. 독한 술 냄새가 났다. 당혹스러웠다. 불과 얼마 전까지만 해도 그녀의 몸을 탐했건만, 눈앞의 현실에 환상은 멀찍이 물러나 있었다. 현은 먼저 그녀를 안으로 이끌어 소파에 앉혔다.

"드 데이, 데입 브렙버버……."

그녀의 입에서 뜻 모를 소리만 되풀이되어 흘러나왔다. 현에게 뭔가 도움을 청하기 위해 찾아온 것 같았다. 반복되는 단어와 두서없이 흘러나오는 단편적인 말들을 이리저리 나열하고 짜 맞추며 직업병에 가까운 상상력을 발휘했다. 즉흥적으로 엮은 시나리오에 의하면 카지노 고객의 사고 소식에 관한 것이었다. 데이빗, 혹은 데이브라는 이름을 가진 남자……. 직감적으로 호텔 로비에서 보았던 사내가 떠올랐다. 제니의 뺨을 사정없이 후려치고 사라졌던 남자. 둘의 관계도 대충 그려졌다. 제니는 카지노의 에이전트, 사고를 낸 남자는 제니의 클라이언트. 이 바닥에서 흔히 볼 수 있는 관계다. 다 날린 남자는 본전을 되찾으려 돈을 계속 끌어다 썼을 것이고, 부담을 느낀 제니는 그의 청을 거절했을 터였다. 거기서 다툼이 생겨났고, 남자에게 손찌검까지 당한 제니는 울적한 기분을 달래기 위해 혼자 술을 마셨고, 뒤늦게 사고 현장을…… 둘이 단순히 고객과 카지노 에이전트 관계가 아님은 말할 것도 없고.

현은 자신의 가상 시나리오가 크게 빗나가지 않았을 거라고 생각했다. 끈질긴 물음 끝에 그는 제니에게서 룸 번호를 알아냈다. 현장부터 확인해야 할 것 같았다. 자리에서 일어났다. 룸을 나서면서 그는 비로소 이곳에서 자신의 역할을 짐작할 수 있었다. 해결사. 그것도 끔찍하고 처참한 일의……

복도는 갱도처럼 아득하게 뻗어 있다. 다른 세상으로 이어지는 연결 통로 같다. 중간쯤 가다 그는 흘긋 뒤를 돌아보았다. 뭔가가 자신을 쫓아오는 낌새 때문이었다. 붉은 카펫이 깔린 복도는 차분한 조명 속에 숨 막히도록 고요했다. 그는 마음을 가라앉히고 다시 가던 걸음을 재촉했다. 몸은 앞으로 향했으나 생각은 지난 기억 속으로 자꾸 뒷걸음질했다.

아카시아 꽃향기가 어지러이 떠다니는 오월의 밤. 그는 답답하고 우울한 술자리에서 막 뛰쳐나온 참이었다. 나날이 변신해가는 고향 한복판에 그는 서 있었다. 이방인처럼 어디가 어딘지 갈피를 잡기 어려웠다. 그때 멀리 불빛이 보였다. 밤바다의 등대처럼, 높은 언덕에 우뚝 선 빛의 왕국. 그것이 그에게 속삭였다. 지난날의 고향 따윈 잊어버려. 밤이면 휘황찬란한 빛에 밀려 사막은 완전히 사라지는 라스베이거스처럼 고향의 밤에도 폐광촌의 흔적은 찾아볼 수 없었다. 휘황한 빛의 세계로 변신해 있었다. 부드러운 카펫을 밟으며 그는 신세계로 들어섰다. 화려한 의상을 한 딜러들과 눈부신 샹들리에, 기계에서 흘러나오는 경쾌한 멜로디가 그를 맞았다. 화려한 영상을 뿜어내며 도열해 있는 슬롯머신, 모니터마다 신나는 효과음과 다채로운 그림이 어지러이 흘러나왔다. 동전 쏟아지는 소리, 터져 나오는 환호.

일생에 단 한 번, 예기치 않은 행운이 당신을 찾아온다.

오늘 밤의 주인공은 바로 당신!

꿈의 궁전으로 들어선 그는 고향의 골목을 거닐듯 어슬렁거리기 시작했다. 사람들은 저마다 자신의 꿈의 상자 앞에 기대에 찬 표정으로 앉아 있었다. 여기저기서 탄성과 환호가 끊이지 않았다. 고향의 골목길이 이렇듯 활기 넘쳤던 적이 있었던가. 그의 기억에 뿌리 깊이 남은 고향이란 단조로운 잿빛 일색이었다.

빼애앵- 기차의 기적 소리가 길게 울려 나왔다. 검은 열차가 모니터 화면을 가로지르고 있었다. 칙칙- 칙칙- 연기와 기적 소리를 내뿜으며 기차는 달렸다. 나를 키운 건 팔 할이 기적 소리였지. 빼애앵- 칙칙칙칙- 탯줄을 타고 들려오던 그 소리는 세상에 나왔을 때는 탄생을 축하해주는 팡파르였다. '고향 따윈 잊어버려'라고 속삭이던 빛의 왕국, 그 심장부에서 고향의 소리가 울려 나왔다. 그는 꿈의 상자 앞에 앉았다. 행운의 예감이 손끝으로 전해졌다. 가진 것 모두를 쓸어 넣었다. 행운의 번호가 맞을 때마다 크레디트 숫자가 어지럽게 올라갔다. 열차의 기적 소리는 행운을 예고하는 신호탄이었다. 빼애애앵- 보물 상자가 열리고 휘황한 빛이 뿜어져 나오고 팡파르가 울려 퍼졌다. 칸마다 쌓이는 금궤들. 눈이 부셨다. 금궤가 폭죽처럼 터뜨려지면서 모니터 숫자가 어지러이 바뀌어갔다. 다섯 자리 수가 여섯 자리로, 여섯 자리 수가 일곱 자리로…….

　잭팟이다. 잭팟! 팡파르가 울리고 환호가 터져 나왔다. 사람들
이 모여들었다. 축하합니다. 말쑥한 차림의 매니저도 나타났다. 행
운의 주인공은, 바로 현 자신이었다. 거짓말, 아니면 음모라고 생각
했다. 행운은 불운보다 낯설었다. 그는 땀으로 축축해진 자신의 손
을 들어보았다. 황금을 만들어낸 그 손의 주인이 자신이라는 사실
이 믿기지 않았다. 꿈이라면 깨어나고 싶었고 속임수라면 얽혀들
고 싶지 않았다. 황금빛, 그 속에 도사리고 있는 음모와 기만을 그
는 누구보다 잘 알고 있었다. 친구도 동료도 순식간에 적으로 만들
어버리는 놀라운 술수. 봐요, 이 숫자! 잭팟이라고요. 잭팟! 화면을
가리키며 누군가 소리쳤다. 부러움과 경탄의 눈빛이 자신에게 쏠
렸다. 사람들이 몰려들었다. 누구도 부정할 수 없는 현실이었다. 하
지만 두려웠다. 사람들 물결, 그것은 늘 불행의 전조였다. 갱이 무
너졌대! 그 한마디에 사람들은 일제히 갱도 입구로 몰려갔다. 동네
는 술렁이기 시작했다. 그는 자리에서 꼼짝도 할 수 없었다. 환호와
팡파르와 빛의 세례에 숨이 막혔다. 손에서 땀이 났다. 사람들 벽은
높고 두터웠다. 틈도 출구도 찾을 수 없었다.

　복도 맨 끝 방, 살짝 열린 문틈으로 불빛이 흘러나오고 있었다. 현
은 조심스레 문을 열고 들어갔다. 곰팡내와 뒤섞인 시큼한 냄새가
훅 끼쳐왔다. 순간적으로 뒷걸음질했다. 냄새에 적응하는 건 늘 쉽
지 않다. 그것만 뺀다면 은은하게 밝혀진 실내는 더없이 평온해 보

였다. 허공에 도사리고 있는 비극의 끔찍한 실체를 보기 전까지는.

맨 먼저 보인 건 허공의 맨발, 그리고 종아리와 엉덩이, 어깨선의 실루엣……. 벌거벗은 남자의 몸이 차례로 눈에 들어왔다. 목욕 가운의 허리끈이 그의 목을 감고 천장을 가로지르는 서까래 같은 목조 장식에 매달려 있었다. 바닥에는 가운과 보조 의자와 쿠션이 나뒹굴고 하얀 침대 시트 위에는 카드가 흩뿌려져 있다. 클로버와 다이아몬드와 하트, 퀸과 킹과 에이스……. 바람에 날린 꽃잎처럼 카드가 침대 위를 화려하고도 어지럽게 수놓고 있다. 생과 사를 걸고 마지막 판이라도 벌이고 간 것인가. 남겨진 세상을 비웃기라도 하듯 남자는 혀를 쑥 내민 채였다. 치기가 깃든 여유와 오만. 그리 나빠 보이지 않았다.

카드 한 장이 사내의 배꼽에 붙어 있다. 꽃을 손에 쥔 왕비가 그려진 클로버 퀸. 주검을 완성하기 위한 화룡점정, 아니면 행운의 죽음을 맞기 위한 부적인가? 화려한 배경만큼 사내의 주검은 쓸쓸해 보였다. 파티가 끝난 뒤의 연회장 같다. 흩어진 카드는 그의 치부를 가리기 위한 소품처럼 보였다.

탁자 위에는 술병과 쓰러진 술잔 하나가 놓여 있고 바닥 한쪽에는 구토물이 쏟아져 있다. 술잔은 하나였다. 혼자 마시던 술자리였다. 현의 직업병이 다시 작동하기 시작했다. 죽음을 앞둔 사내의 결단의 술자리였다. 사내가 사라진 뒤, 비극의 현장과 맞닥뜨린 목격자의, 쓸쓸한 주검을 달래기 위한 또 한 차례의 진혼제 같은 술자리가 있었던 것 같았다. 카드로 화려하게 피날레를 장식한 주체도, 구토의 주인도 목격자의 것으로 보였다.

침대 옆 테이블에 놓인 메모지가 눈에 띄었다. 연필로 갈겨 쓴 글자로 빼곡히 채워진 유서였다. 현은 침대 한쪽 귀퉁이에 걸터앉아 그것을 들여다보았다. 마지막 도박 여행까지 굴곡을 거듭한 그의 도박 인생이 담겨 있는 유서였다. 맨 끝에는 가족을 향한 참회와 사죄의 말도 잊지 않았다. 한때 현이 그토록 갈망했으나 결국 감행하지 못했던 일을 사내는 게임 한판 하듯 간단히 해치운 것이다.

주검은 마닐라 베이가 보이는 창을 향하고 있었다. 사내는 멀리 항구의 불빛을 바라보면서 세상과 작별을 고한 것이다. 마지막 순간까지 생을 만끽하고 간 이 용의주도한 자살자에게 경의라도 표하고 싶었다. 카지노라는 낙원에서 추방당한, 아니 제 발로 성큼성큼 걸어서 나간 아담. 쓸쓸한 육체를 달래며 사내는 마지막으로 수음이라도 하고 갔을까. 희고 매끈한 나신 위로 빛이 어른거린다.

우리 카드나 한판 할까. 사내가 제안한다. 어느새 사내는 침대로 내려앉는다. 손에서 카드가 현란하게 움직인다. 현은 시선을 창으로 돌렸다. 멀리 마닐라 베이 선착장 불빛이 가물거리는가 싶더니 실내 광경이 창에 비쳤다. 카드를 펼치고 있는 이는 사내가 아니라 현 자신이다. 그는 침대 쪽으로 고개를 돌렸다. 사내도 카드의 현란한 움직임도 오간 데 없다. 처참한 주검만 덩그러니 허공에 매달려 있다.

당신, 이제 가야 할 때가 되었어. 현은 사내를 올려다보며 중얼거렸다. 종착역에 도착한 역무원이 잠든 승객을 깨우듯.

푸르스름한 새벽 기운이 창으로 비쳐들었다. 마닐라의 첫날 밤은 길고도 길었다.

도박의 역설

"날린 데서 되찾겠다는 거 그거, 꾼들의 달콤한 착각이지."

사고 소식을 접한 미스터 손은 그렇게 운을 뗐다. 익히 겪어본 일인 듯 그는 별로 놀라는 기색도 아니었다.

"그 착각에 다들 중독돼 있지. 그게 바로 도박의 역설이라고."

사건의 본질을 사람들에게 일깨우려는 듯 그의 목소리는 시종일관 냉정하고 엄중했다. 현도 십분 수긍하는 말이었다. 도박꾼들 눈에는 그 방법밖에 없어 보인다. 오롯이 쏟아부은 걸 그것 아닌 어떤 방법으로 되찾는단 말인가. 산술적으로 도저히 회복 불가능한 본전 앞에서…….

절망에 빠진 그들에게도 게임 테이블에 앉아 있는 순간만큼은 희망을 떠올릴 수 있었다. 부질없는 희망에 그칠지언정.

현도 마찬가지였다. 속수무책으로 그 주변을 맴돌았다. 속칭 '카지노 앵벌이'로 전락해 찜질방이나 근처 여관을 떠돌며 인근 식당에서 '콤포(카지노에서 칩을 사면 적립해주는 포인트)'로 밥을 해결하면서도 그랬다. 사막을 처절하게 경험한 그들은 다른 비옥한 땅이 아무리 널려 있어도 소용없다. 그들에게는 유형지나 다름없는 그곳이 사막 한가운데 있는 유일한 오아시스였다. 재기의 발판을 마련할 수 있는 터전이자, 동족이 몰려 있는 마음의 안식처였다. 세상의 호된 채찍으로부터 보호받고 있다는 느낌이 드는 것도 그 속에서였다.

"도박 중독자와 갬블러는 엄연히 달라. 똑같은 카드를 손에 들고 게임 테이블에 앉아 있어도, 둘은 각자 다른 일을 하는 거란 말이지."

손의 말은 직원들이 절대 게임에 손대지 못하도록 쐐기를 박으려는 의도로 들렸다. 도박사인 자신을 제외한 어느 누구에게도 게임은 허용되지 않았다. 금기 사항을 어기면 재고의 여지가 없었다. 그 자리에서 해고였다. 다들 혹독한 경험을 한 전력이 있는지라 그의 명을 어긴다는 건 꿈도 꾸지 못할 일이었다.

"건 그렇고 사건부터 해결해야지."

손은 현실 문제로 돌아왔다. 그는 각자 처리해야 할 일들을 분담해주었다.

"제프, 자넨 유족부터 수소문해봐."

현에게도 임무가 떨어졌다.

수소문 끝에 사흘 만에야 간신히 유족과 전화 연결이 되었다.

'그 사람이 여태 살아 있었단 말인가요?'

그의 아내는 믿기지 않는다는 어조였다. 사내는 오래전 가족에게 잊혀진, 아니 세상에 이미 없는 존재였다.

'그곳에서 알아서 처리해주세요.'

여자의 목소리는 냉정하리만큼 침착했다. 남편과 관련한 어떤 일에도 개입하고 싶지 않다는 뉘앙스였다.

'유서를 남겼습니다.'

현이 마지막으로 빼든 카드였다.

무거운 침묵이 전화선을 타고 흘렀다. 이런 상황을 사내는 예견했던 것일까. 유서의 마지막 부분, 가족에게 하는 참회와 사죄의 말들이 현의 뇌리를 스쳤다.

'그것도 우리하곤 아무 상관 없어요. 우리에겐 오래전부터 이 세상 사람이 아니었으니까요.'

'하나뿐인 유품인데 주소만 알려주시면, 우편으로라도……'

'미안해요. 실은…… 우리에겐 주소도 없답니다.'

현도 더는 어쩔 수 없었다. 몇 날 며칠 수소문 끝에 찾아낸 유족과의 통화는 허망하게 끝났다.

"유족이 원하는 대로 해야지, 뭐."

손의 결론은 간단명료했다. 이 바닥 생리야 그가 누구보다 잘 알고 있을 터였다.

"차라리 잘됐지 뭐. 제니한테 모든 걸 맡길 수 있게 됐으니……"

"마닐라 베이로 가주세요."

제니가 택시 기사에게 말했다.

그들은 화장터에서 나오는 길이었다. 주검은 간단히 처리되었다. 건장한 사내의 몸은 이내 몇 줌의 재로 화했다. 그 과정을 지켜보던 현은 그것이 결코 남의 일이 아님을 실감했다.

제니는 무릎 위에 유골 상자를 올려놓은 채 손톱을 만지작거리며 앉아 있었다. 손톱의 코발트빛 매니큐어가 그새 반쯤 지워져 있었다. 여자의 손톱에서 벗겨진 매니큐어를 본다는 건, 어린아이 목에 둘러진 해진 목도리를 보는 기분이었다. 안쓰러움에 왠지 미안한 생각까지 드는 것이다.

시내로 접어들자 도로는 주차장을 방불케 했다. 느릿느릿 움직이던 차는 어느 구간에 이르자 아예 꼼짝도 하지 않았다. 에어컨이 신통치 않아 창문을 열어놓았더니 더위와 매연에 숨이 막혀왔다. 제니는 가방을 뒤적거려 담뱃갑을 꺼냈다. 담배가 한 개비도 남지 않은 걸 보고 그녀는 짜증스럽게 담뱃갑을 구겨 다시 핸드백에 집어넣었다.

현이 자신의 담배를 그녀에게 내밀었다. 그녀는 담배를 뽑아 들고는 택시 안이라는 사실에 아랑곳없이 불을 붙였다. 담배 연기나 바깥의 매연이나 매한가지이긴 했다.

"악연도 그런 악연이 없지."

뜬금없는 한마디로 운을 뗀 제니는 첫 모금 연기를 길게 내뿜었다.

"라스베이거스에서 이 웬수를 처음 만났어. 견습 딜러였던 시절이니 십 년도 훨씬 넘었네.”

　고인에 대한 마지막 예라도 갖추듯 제니는 사내 얘기를 꺼냈다. 처음이었다. 사고 처리를 하던 지난 일주일 내내 제니는 그에 대해 일언반구도 없었다. 시종일관 냉정하고 사무적인 태도였다.

　“궁지에 몰린 나를 구해준 게 첫 인연이었지. 그러니까 이건 내 경험에서 하는 말인데, 살면서 남한테 신세 지는 일 따윈 절대 해선 안 돼.”

　이야기는 거기까지였다. 그에 대한 추억이 아니라 그녀 자신이 뼈저리게 얻은 교훈을 들려주기 위해 꺼낸 이야기 같았다.

　목적지에 도착한 건 어스름 무렵, 마닐라 베이는 일몰의 장관이 펼쳐지고 있었다. 수평선 한가운데가 붉게 물들고 주변은 황금물결이 일렁거렸다. 도로변을 따라 늘어선 키 큰 야자수들이 열대의 저녁 바람에 이리저리 물결치고 있었다. 슬픔조차 매혹적으로 덧칠해내는 시간이었다.

　“안식처로 손색없는 곳이네요.”

　현이 제니의 안목을 높이 사며 말했다.

　그녀는 제방 위에 올라서서 천천히 걸었다. 사내를 보낼 적당한 곳을 찾는 모양이었다. 낙조를 배경으로 그녀의 실루엣이 살아났다. 야자수 이파리처럼 긴 모슬린 치마가 부드럽고 강하게 나부꼈다. 그녀를 뒤따르는 현의 눈에 가상의 프레임이 생겨났다. 노을을 등지고 선 야자수와 방파제, 그리고 제니의 실루엣이 프레임 속에서 또렷이 재생되었다. 프레임 밖의 일들이 오히려 비현실적으로 보였다. 빌어먹을. 직업병과도 같은 자신의 버릇을 깨닫자 현은 짜증이 치밀었다. 가상의 프레임이 사라졌다. 마침내 제니는 바다 쪽으로 돌출해 있는 방파제 난간에 섰다. 한동안 그녀는 미동도 않고 바다를 향해 서 있었다.

"대신 좀 해줘."

한참 만에 그녀는 현에게 다가와 상자를 건넸다. 현은 그녀를 대신해 사내를 바다에 뿌렸다. 부드러운 모래처럼 그것은 손끝에서 서서히 사라져갔다. 지상의 한 존재를 감쪽같이 삼키고 난 바다는 무심히 파도 소리만 흘려보냈다.

현의 뒤에서 담배만 피우고 있던 제니는 마침내 자리에서 일어났다. 그녀는 보도를 따라 말없이 걸었다. 걸음이 처지는가 싶으면 다시 빨라지곤 했다가 또다시 느려졌다. 그녀의 심경이 그대로 녹아 있는 걸음 같았다. 도로변 가로등이 하나둘 켜졌다. 마닐라 베이를 따라 늘어선 노천카페는 손님 맞을 채비로 분주했다. 백열등 전구가 밝혀지고 테이블이 놓이고 어딘가에는 임시 무대가 만들어지고 있었다. 한 주가 마무리되고 휴식이 시작되는 주말 저녁이었다. 어디선가 흥겨운 통기타 소리도 들려왔다. 데이트를 즐기려는 남녀 커플과 친구들, 가족끼리 바람 쐬러 나온 이들, 비치 패션 차림의 여행객도 보였다. 주말 밤을 즐기러 모여든 이들이었다.

"잠깐 쉬었다 갈까요?"

현이 노천카페 한쪽을 가리키며 말했다. 반쯤 정신이 나간 듯 보이던 제니는 이내 현실감을 되찾은 표정으로 고개를 끄덕였다. 둘은 노천카페 한쪽 테이블에 자리 잡았다. 웨이트리스가 두 사람을 발견하고는 주문을 받으러 한달음에 달려왔다. 나풀거리는 빨간 치마 위에 하얀 에이프런과 머리 수건을 두른, 환한 미소가 인상적인 필리핀 아가씨였다. 피부색만 희다면 알프스 언덕에서 금방 내려온 소녀로 보일 것 같았다. 이 알프스 소녀의 등장이 눅눅한 기분을 한 겹 걷어내주었다.

"산미구엘 스트롱."

제니가 열 손가락을 다 펼쳐 보이며 맥주를 주문했다. 그것도 라이트가 아닌 스트롱으로.

현의 눈과 마주치자 제니는 어깨를 으쓱하며 의미심장한 웃음을 지어 보였다. '취하는 것 말고 우리가 지금 뭘 할 수 있겠어'라는 표정과 제스처였다.

다시 나타난 여종업원은 캔맥주 열 개와 얼음이 든 유리잔을 테이블에 내려놓았다. 제니는 얼음 든 유리잔은 다시 돌려주었다. 맥주에 얼음을 넣어 마시는 이곳 방식에는 아직 적응하지 못한 모양이었다.

"땡큐 맘."

제니에게서 100페소짜리 지폐를 팁으로 받은 여종업원이 환한 목소리로 말했다. 제니는 언제나 팁에 후했다. 뜻밖의 횡재에 감격한 여종업원은 경쾌한 걸음으로 사라졌다.

"나도 한때 웨이트리스였어……."

여종업원의 뒷모습을 보며 제니가 말했다. 스무 살 제니와 여종업원 모습이 순간적으로 겹쳐지면서 현은 애틋함과 풋풋함이 뒤섞인 묘한 감정을 느꼈다.

"만만찮은 신고식이었지?"

첫 캔을 따며 제니가 물었다.

현은 천천히 고개를 끄덕였다. 뒤처리하는 지난 일주일이 사고 자체만큼이나 끔찍했다. 제니를 따라 경찰과 병원과 대사관 등 온갖 관공서를 빈번하게 쫓아다녀야 했다. 그때마다 담당자들과의 끈질긴 신경전은 물론 뒷거래가 반드시 따랐다. 제니는 이곳 관공서 사람들의 생리와 관례를 잘 알고 있는 듯 일처리에 능숙했다. 온갖 일을 챙기느라 그녀는 감정에 젖을 겨를조차 없었다. 현 역시 도착하던 날부터 편하게 자본 적이 없었다. 낮에는 제니를 따라다녀야 했고 밤에는 미스터 손이 게임을 하는 카지노에 머물러야 했다. 군 훈련소 시절만큼이나 혹독했던 일주일이었다.

"몸서리나는 일 끝낸 기념으로 한잔하자고."

제니가 맥주를 들었다. 둘은 캔을 서로 부딪쳤다.

첫 잔을 쭉 들이켜자 갈증과 피로가 동시에 풀리는 것 같았다. 지쳐 있던 제니의 표정도 한결 살아나 보였다. 갈증과 함께 쓰라린 기억도 말끔히 사라지기를 바랐다. 주변의 테이블이 사람들로 하나둘 채워지기 시작했다. 말소리와 웃음소리로 주위는 차츰 활기를 띠었다.

"그 카드, 어떤 의미였어요?"

현의 느닷없는 물음에 제니는 눈을 치켜떴다.

"사고 현장에 흩어져 있던······?"

제니의 반문에 현은 고개를 끄덕였다. 사고가 있던 날 밤의 상황을 떠올린 건 그도 처음이었다. 흩뿌려져 있던 카드, 그리고 사내의 배꼽을 가리고 있던 클로버 퀸까지, 그 의미가 궁금했다.

"관 위에 던지는 한 송이 꽃 같은 의미였지."

시니컬하게 한마디 던진 제니는 담배를 집어 들었다.

"그 상황에서 내가 할 수 있는 게 뭐였겠어. 데이브가 남겨놓은 술을 다 해치우는 것, 그가 가는 길이 조금이라도 덜 쓸쓸해 보이도록 하는 것. 내가 할 수 있는 일이란 고작 그 정도였지."

죽은 자를 위한 제니 나름의 의식이었던 것이다. 취해 쓰러질 때까지 그 자리를 견디며 해냈던······. 보통 사람으로는 상상조차 할 수 없는, 삶의 저 밑바닥에 닿아본 사람만이 할 수 있는 일이라는 생각이 들었다.

"내 조사弔辭용 카드는 왜 말끔히 치워버렸지?"

이번에는 자신이 질문할 차례라는 듯 제니가 물었다.

그녀가 나중에 다시 사고 현장을 찾았을 때의 광경을 떠올린 것이다. 침대 주변은 깨끗이 치워져 있었고 현은 주검을 등진 채 멍하니 창밖을 바라보고 있었다.

대답 대신 현은 새 캔을 땄다. 그리고 천천히 음미하듯 마셨다. 제니는 현이 캔을 내려놓을 때까지 그에게서 시선을 떼지 않았다. 기어이 답을 듣겠다는 표정이었다.

"사실은, 내 자리를 마련하기 위해서였죠."

듣고 난 제니의 얼굴에 씁쓸한 미소가 번졌다.

"늦었더라면 2인분의 뼛가루를 뿌릴 뻔했군."

새 캔을 따며 그녀가 시니컬하게 말했다.

흥겨운 보사노바 음악이 흘러나왔다. 음악 소리는 파도 소리와 어우러져 화음을 이루었다. 간간이 둑을 넘어온 물이 파편을 만들어내며 그들 발치에 스러졌다. 부드럽게 물결치는 야자수 이파리, 그들을 따라 늘어선 가로등, 규칙적으로 들려오는 파도 소리, 짜릿한 산미구엘 맥주, 그리고 건너편에 앉은, 아담을 잃고 실의에 빠져 있는 이브……. 견뎌야 할 것이든 누릴 것이든, 죽은 자의 몫은 없었다. 슬픔도 고단함도 열대의 밤이 자아내는 감미로운 도취도 모두 남은 자의 것이었다. 떠난 자와 남은 자, 두 경우를 떠올려보며 현은 자신이 후자에 속하는 걸 다행으로 여겼다. 가슴 저 밑바닥에서 근거를 알 수 없는 열망이 차츰 되살아나고 있었다. 제니를 향한 것인지, 삶을 향한 것인지 알 수 없는…….

"스무 살 웨이트리스는 그다음 어떻게 됐어요?"

뜬금없는 또 하나의 질문이 바다를 향해 있던 제니의 시선을 돌려놓았다.

제니는 싱거운 웃음부터 날렸다.

"웨이트리스가 창녀 되는 거 그거, 마음먹기에 따라 순간이야."

도발적인 한마디와 함께 제니는 새 캔을 땄다. 딱 소리와 함께 하얀 거품이 솟구쳤다. 막혔던 뭔가가 뚫린 듯 후련한 느낌이었다. 현은 휴지를 꺼내 하얀 거품이 흐르는 제니의 손등 위에 얹었다.

"하지만 난 그런 경우는 아니었지."

제니는 젖은 손을 휴지로 닦으며 말했다.

"아냐, 그런 경우였는지도 몰라. 악착같이 돈을 따라다녔으니까. 몸만 팔지 않았어. 대신 양심을 팔았지. 그게 훨씬 편하니까."

그녀의 말이 현의 가슴에 비수처럼 꽂혔다. 곱슬머리 사내의 말이 떠올랐던 것이다. 둘 중 하나 택하시지. 몸을 파는 일, 아니면…….

"정상적인 사람이라면 누구나 편한 걸 택하죠. 그러니까, 제니는 순리를 따른 거라고요."

하고 나니 그것은 제니를 위한 위로가 아니라 현 자신을 위한 변명처럼 들렸다.

"스무 살, 내 아메리칸 드림은 첫 단추부터 속임수였어. 500불짜리 가짜 비자에서 시작했으니까……."

제니의 지난 이야기가 떠듬떠듬 흘러나왔다. 구십 년대로 접어들면서 그녀가 택했던 미국행, 웨이트리스 일을 시작으로 로스앤젤레스 어느 다운타운에 자리 잡은 일 하며 그곳 단골이었던 백인 남자와 사랑에 빠졌던 일, 첫사랑의 실패, 실연의 아픔에 빠져 있던 어느 날 동료들과 라스베이거스로 휴가를 보내러 갔던 일, 그리고 그곳 카지노에서 룰렛의 행운이 굴러 들어왔던 일까지……. 그녀의 스무 살 시절이 스케치하듯 펼쳐졌다.

"그 룰렛의 행운에 낚여버린 거야. 데이브와의 인연은 거기서 싹튼 셈이지……."

다시 원점으로 돌아왔다. 제니가 꺼낸 이야기의 귀결점은 언제나 그 사내였다.

"새로운 시작을 위하여 한잔하죠."

"그래. 지긋지긋한 인연에서 풀려났으니, 이제 자축해야지."

　　그들은 한동안 술만 마셨다. 빈 캔이 발밑에서 쌓여갔다.

　　술을 다 비우고 일어났을 때는 둘 다 취해 있었다. 제니는 비틀거리면서 앞장서 걸었다. 끝도 없이 늘어선 노천카페와 주변 보도는 사람들로 북적였다. 갓길에는 차들이 길게 주차해 있고 도로는 오가는 차량으로 넘쳤다. 주말 밤은 황금물결 출렁이는 가을 들녘처럼 풍요로워 보였다. 바람에 이리저리 흔들리는 야자수 잎처럼 그녀의 걸음도 흔들렸다. 바람이 휘청거리며 다가오더니 등 뒤로 사라져갔다. 사람도 가로등도 나무도 거리도 한통속이 되어 비틀거렸다.

　　제니가 다다른 곳은 방파제 끝, 처음 그 자리였다. 데이브를 보냈던 자리…… 기어이 방파제 위에 올라앉은 그녀는 담배를 꺼내 물었다. 부드러운 밤바람을 타고 그녀의 담배 연기가 전해 왔다. 환각제처럼 파고드는 연기를 맡으며 현은, 제니와 그 너머에 있는 바다를 바라보았다. 가슴 밑바닥에서부터 꿈틀거리던 열망과 동경의 대상이 어쩌면 그녀가 아니라, 그 너머에 있는 것인지도 모른다는 생각이 들었다. 유혹의 실체는 이쪽이 아닌 저쪽, 제니의 어깨 너머에 펼쳐져 있는, 사내가 사라져간 곳, 끊임없이 파도를 만들어내는 저 검고 깊은 바다가 아니었을까. 현은 고개를 저었다. 이미 기회는 가버렸다. 사내의 주검 곁에 자신의 자리를 마련하려 했을 때, 그 파괴적 충동은 이미 물 건너간 거나 다름없었다. 제니의 출현이 그를 삶의 이편으로 이끌어놓았던 것이다. 아니 그 전부터였는지도 몰랐다. 곱슬머리 사내가 제안했던 두 가지 중 하나를 택했을 때부터.

　일렁이는 물결처럼 제니의 어깨가 가볍게 들썩였다. 희미한 흐느낌이 들려왔다. 현은 서둘러 그녀 곁으로 다가갔다. 웅크린 그녀의 몸이 금방이라도 파도에 휩쓸려 가버릴 것 같아서였다. 그녀의 몸이 품 안에 오롯이 들어오는 걸 느끼며 그는 안도했다. 품 안에서는 제니의 흐느낌이, 등 뒤로는 바닷바람이 끝없이 부딪쳐왔다.

현대판 금광

"클라크로 가자."

손흥수는 기사에게 행선지를 일렀다. 기사는 필리핀 현지인이었다. 옆자리 조수석에 앉은 손의 경호원 역시 필리피노였다. 현은 손과 뒷자리에 나란히 앉았다. 차가 출발하고 손은 이내 잠에 빠져들었다. 지난밤 카지노에서 밤을 꼬박 샜던 것이다. 내리 잃다가 마지막에 본전을 찾고 결국 1000달러를 딴 다음에야 판이 끝났다. 평소 게임에 비하면 소박한 액수였다. 판 자체가 작았던 것은 아니다. 5만 달러까지 잃는 바람에 그걸 만회하느라 밤을 꼬박 밝힐 수밖에 없었다. 그의 게임은 매번 한 편의 드라마였다. 극적으로 치닫다가 역전승으로 끝을 맺곤 했다. 최악의 상황까지 갈 때도 결국은 막판에 이기는 게임으로 마감했다. 100퍼센트의 승률. 현장에서 두 눈으로 지켜보았으니 그 거짓말 같은 결과를 믿지 않을 도리가 없었다. 적어도 현이 보았던 지난 열흘간의 게임은 그랬다.

지난밤에도 자정이 가까울 무렵 시작한 게임을 끝내고 나오니 날이 밝고 있었다.

'피로나 풀러 가야겠네.'

손은 새벽 운동을 하겠다며 골프장으로 향했다. 놀라운 체력이었다. 낮에는 골프, 저녁에는 카지노 관련 업무 처리, 밤에는 갬블러로 변신했다.

'난 도박사야. 카지노 비즈니스는 부업에 불과하지.'

그는 자신이 프로 갬블러라는 사실을 강조했다. 손이 말한 비즈니스란 롤링 사업을 일컬었다. 중국계 카지노 마케팅 방식의 하나인 롤링은 고객이 칩을 바꿀 때마다 카지노에 물게 되는 일정 비율의 수수료였다. 그것이 고객을 유치한 에이전트 수익이 되는 것이다. 마닐라와 클라크, 세부의 대형 카지노 몇 곳에 그는 한국 에이전트 조직을 갖고 있었다. 세부는 동행 없이 혼자 다니기 때문에 손이 세부 출장 때는 다들 휴가나 다름없다고 했다.

차는 좀체 마닐라 시내를 벗어나지 못했다. 상습 정체 구역에서 계속 제자리걸음이었다. 러시아워 때의 서울 시내보다 체증이 더 심했다. 매연은 말할 것도 없었다. 시꺼먼 배기가스를 예사로 뿜어내는 자동차들로 고가도로 천장과 근처 건물은 매연과 먼지에 찌들 대로 찌들어 있었다. 어린 시절, 시꺼먼 강물과 탄가루에 찌든 건물을 보며 자랐던 현에게는 그리 낯선 광경도 아니었다. 불에 탄

것처럼 검게 그을려 보이는 상가 건물 뒤로 재래시장이 있었다. 사람들로 북적거리고 짐을 실어 나르는 자전거와 트라이시클 등이 엉켜 혼잡했다. 자동차들은 차선을 지키지도 않았다. 아슬아슬한 경우가 한두 번이 아니었음에도 교통 흐름은 별문제 없이 이어지고 있었다.

'클라크는 마닐라에 비하면 지상 낙원 같은 곳이야.'

기사 톰이 전날 현에게 귀띔해주었다. 마닐라에서 두 시간 거리에 있는 클라크가 그들의 본거지라는 것, 그곳에 사무실과 직원들 숙소가 함께 있다는 설명이 따라붙었다. 현으로서는 마닐라에서 멀어진다는 사실이 허전하고 아쉬웠다.

'제프, 짐을 미리 챙겨놓는 게 좋을 거야. 미스터 손께서 오늘 마닐라 뜨신다니까.'

오전에 제니가 알려주었다.

'제니도 같이 가는 건가요?'

그동안 사고 처리 문제로 그녀와의 동행에 익숙해 있었던 것이다.

'우리가 무슨 젓가락 같은 사이야, 나란히 다니게.'

제니가 시니컬하게 대꾸했다.

'각자 맡은 일도 다르잖아. 난 이곳 호텔 카지노 소속이고, 제프는 미스터 손과 동행하는 일이고.'

사건을 마무리하고 난 제니는 생각보다 빨리 원래의 자리로 돌아가 있었다. 마닐라 베이의 밤을 그녀는 여느 일상과 다름없이 여기는 것 같았다. 현은 그녀다운 쿨함이 싫지 않았지만 한편으론 서

운한 감이 없지도 않았다.

차는 도심을 벗어나면서 시원스레 내달렸다.

"이제 겨우 여기까지 온 거야?"

고속도로로 접어들었을 때 손은 잠에서 깨어났다. 시내를 벗어나는 데만 한 시간 넘게 걸린 것이다. 손은 차창 밖을 내다보며 길게 기지개를 켰다.

"고향이 태백이라고 했던가? 부친이 탄광에서 일하셨다고?"

손이 현을 돌아다보며 뜻밖의 질문을 했다.

"네, 그렇습니다."

"내 조부는 광산업자였어. 금맥을 찾아 방방곡곡 누비고 다니셨지. 타고난 방랑벽에다 한량 기질도 대단한 양반이었어. 손자인 나를 데리고 다니는 걸 좋아해서 나도 어렸을 적부터 한반도 구석구석 안 다닌 곳이 없었지."

"부친을 일찍 여의셨습니까?"

"아니. 아버지도 계셨어. 그래도 난 할아버지와 친했지. 내 아버지는 할아버지하고는 성격이 완전히 달랐어. 조용하고 성실한 모범 가장이셨지. 할아버지 피가 한 대를 건너뛰어 유전되는 바람에 내가 그 기질을 곱절로 물려받은 모양이야. 그러니 내 역마살이 한반도로 성이 찼겠어? 결국 물 건너 여기까지 뻗친 거 아냐."

그동안 카지노에서 밤의 제왕 같은 모습만 봐온 때문인지 현은 그가 펼쳐놓는 한국의 전통적인 가족사가 이상하게도 낯설게 들렸다.

"나야말로 가업을 제대로 물려받은 셈이지. 금맥을 찾아 조선 팔도 구석구석을 누빈 할아버지처럼 나도 한때 카지노를 찾아 온 세계를 떠돌았으니 말야. 카지노란 게 현대판 금광 아니고 뭐겠어."

카지노…… 현대판 금광. 그럴듯한 비유라는 생각이 들었다. 비단 그 할아버지의 금광만이겠는가. 그 할아버지의 아버지의 아버지, 아래로는 그 아들의 아들, 손자의 손자까지도 황금을 향한 열망과 집착은 마찬가지일 터였다. 현 자신도 다를 바 없었다. 자신이 지금 이곳에 있게 된 뿌리를 찾아들면 금맥에 가닿을 게 분명했다.

'우리에겐 대박의 꿈이 있잖아.'

현이 몸담은 세계에서 통하던 우스갯소리도 황금빛 신화에 관한 것이었다. 시작이야 그도 누구 못지않게 희망적이었다. 해외 단편 영화제 입선. 그 첫 결실이 서슴없이 그 세계에 뛰어들게 만들었다. 또렷하게 보이는 금맥을 따라가던, 의욕에 넘치던 시기가 그에게도 있었다.

첫 장편 시나리오는 낙선했지만 결과적으로 당선 이상의 선물을 가져다주었다.

"정현 씨 휴대폰이죠?"

공모전에 떨어져 실의에 빠져 있던 중 현은 뜻밖의 연락을 받았다. 전화한 사람은 현상 공모 심사위원을 맡았던 유명 영화 기획자였다. 그는 현에게 만날 것을 제안했다.

"실은, 그 작품, 일부러 떨어뜨렸네. 그 공모전에 당선하면 오히려 영화화하기 힘들거든."

만난 자리에서 그는 뜻밖의 말을 털어놓았다.

현은 뜨악해하며 그를 쳐다보았다. 의도적인 낙선, 그런 것도 있을 수 있나 싶었다. 더군다나 권위 있는 공모전에서…….

"그 작품, 우리 기획사랑 해보는 게 어떻겠나?"

낙선시킨 의도가 드러났다.

현은 갈피를 잡지 못했다. 그의 제의가 낯설고 당혹스러웠다.

"영화화되지 못하는 시나리오란 건축되지 않은 설계 도면에 불과한 거라고."

기획자는 더 구체적이고 신랄한 사례를 덧붙이며 영화판 현실을 일깨워주었다. 이해력이 나쁘지 않은 현인지라 납득하는 데 시간이 많이 걸리진 않았다.

"그렇게 하겠습니다."

현은 그의 제안을 받아들였다.

"워낙 까다로운 감독이라 나름대로 각색을 많이 할 거야."

처음부터 그런 언질이 있긴 했다. 다른 스태프들도 감독은 병적으로 시나리오에 집착하는 사람이라며 불평하듯 말했다. 시나리오 작가가 영화로 만들어진 자신의 작품을 알아보지 못하는 경우가 있다는 얘기도 영화판에서는 공공연하게 통하는 우스갯소리라 현도 잘 알고 있었다. 하지만 막상 자신의 경우로 맞닥뜨리자 전혀 다른 문제였다.

"이거 제 시나리오잖아요."

편집 필름을 보고 난 현은 흥분을 감추지 못했다. 시나리오와 각색자가 모두 감독 이름으로 돼 있었던 것이다. 현의 이름은 원안자로 올라가 있을 뿐이었다. 감독이 많이 고치긴 했으나 어쨌든 자신의 시나리오를 토대로 손질한 것이었다.

"처음부터 그런 얘기 했잖아. 그 감독 성격상, 시나리오조차 자기 색깔대로 만들어버린다고 말이야."

기획자와 조감독은 현이 문제 삼는 걸 이해할 수 없다는 태도였다. 현의 문제 제기에 아랑곳없이 영화는 그대로 개봉되었다. 결과는 대성공이었다. 현의 입장을 헤아려주던 이들도 영화가 흥행에 성공하고 감독이 스타덤에 오르자 전적으로 감독 편에 섰다. 무명 시나리오 작가의 입장은 얘깃거리도 되지 않았다.

"그래도 흥행에 성공했으니 그게 어디야. 어쨌든 자네도 히트작에 기댈 수 있게 됐잖아."

조감독은 원안자로 이름이 올라간 것도 영광으로 알라는 투였다.

잃은 건 자존심과 시나리오만이 아니었다. 그 세계에 대한 동경과 인간적 신뢰마저 사라졌다.

"그거 문제 삼아선 안 되지. 이 바닥에서 살아남고 싶다면."

"실력보다 빠른 게, 인맥이라는 거 몰라? 더구나 영화란 철저한 공동 작업 아냐."

그 바닥 사정에 훤한 선배와 친구도 번갈아 가며 현의 분노에 우려를 표했다.

히트작이라는 화려한 휘장에 가려진 불편한 진실에는 다들 기꺼이 눈을 감았다. 감독에서 스태프까지 성공이라는 환각제에 취해 제정신이 아닌 것처럼 보였다.

"계란으로 바위 치기 하려는 거야?"

기획부장은 가소롭다는 투로 말했다.

"저를 계란으로 보시는군요."

현이 웃으며 대꾸했다.

기획부장의 말대로 알량한 계란의 자존감을 어떻게든 보여주고 싶었다. 상대가 바위라면 더더욱…….

개봉 1주일 만에 200만 돌파라는 자축 술자리에서였다. 시종일관 술자리는 즐겁고 유쾌했다. 현의 뿌리 깊은 분노는 결국 취기에 힘입어 분출했다. 이야기 끝에 현은 마시던 술잔을 감독을 향해 날렸다. 소주잔 하나에 술자리 분위기는 산산조각 났다.

"감독님, 이게 바로 '계란으로 바위 치기'란 놀입니다. 작다고 무시했다간 큰코다치죠. 왜냐고요? 계란은 생명이 있거든요. 창창한 앞날이 있다, 이 말입니다."

현은 쓰고 난 물수건까지 상 위에 집어 던지고 일어났다. 그리고 그곳을 빠져나왔다. 계란으로 바위 치기, 그건 처절한 만큼 통쾌하기도 했다. 그러고 나니 이상하게도 억울함도 감독에 대한 원한도 깨끗이 사라졌다. 다시 시작할 수 있을 것 같았다. 모든 걸 잊고 새로운 출발을 하는 데 한 달은 충분한 시간이었다. 그만큼 자신감과 열정이 넘치던 시기였다. 칩거에 들어간 현은 삼 개월 만에 작품 하나를 완성할 수 있었다.

"폐광촌의 사계? 그게 요즘 먹혀들겠어? 그것도 다큐멘터리 형식의 극영화라면…….'

현의 새로운 계획에 사람들 반응은 시큰둥했다. 졸업 작품에서 이미 한 번 검증받은 소재였던 그것을 현은 제대로 만들어보고 싶었다. 그래야 다음 작품으로 넘어갈 수 있을 것 같은, 어린 시절 기억과 관련한 부채 의식 때문이었다. 무슨 일이 있어도 이번에는 직접 만들 생각이었다. 남의 제물이 돼버린 첫 작품의 불운을 되풀이하고 싶지 않았다. 독립영화로 만들겠다는 생각에도 의견이 분분했다. 무모하다고 하는 이도 있었고, 용기와 패기로 받아들이는 이도 있었으나 전자 쪽 의견이 압도적이었다.

"아무리 저예산 독립영화라도 그게 어디 만만한 작업이냐? 아서라. 쪽박 차기 전에."

실패한 경험이 있는 선배가 말리고 나섰다. 그의 경우가 좋은 반면교사였다.

"선배 경우만 잘 분석해도 최소한 손해는 안 볼 것 같은데. 그 반대로만 하면 될 거 아냐."

현의 농담에 선배는 코웃음 쳤다. 그 역시 한때 촉망받던 감독 지망생이었다. 데뷔작과 두번째 작품이 모두 실패였다. 그만큼의 시행착오에 따른 노하우가 있을 터였다. 거기다 촬영감독만 유능한 사람이라면 현은 자신이 직접 메가폰을 잡을 수 있을 것 같았다. 자신의 첫 시나리오가 만들어지는 현장에서 누구보다 철저하게 배우고 익혔다.

"어쨌든 완성한 작품이니 읽어는 보마."

선배는 현이 건네준 시나리오를 마지못한 듯 받아 들고 사라졌다. 제대로 읽기나 할까 싶은 표정이었다. 현도 큰 기대는 하지 않았다. 두 번이나 고배를 마신 사람이 같은 일에 또 의욕을 보이기를 기대한다는 것 자체가 어리석어 보였다.

"내가 연락 없을 줄 알았지?"

뜻밖에도 선배는 사흘 만에 나타났다. 그것도 의욕 넘치는 얼굴로.

"패 두 개, 합치면 되겠다. 내 실패 경험과 너의 패기."

그의 태도는 180도 달라져 있었다.

"이 바닥에서야 원래 영화 찍는 거, 삼세번이잖아."

그는 독립영화 하는 사람들 사이에서 곧잘 오가는 우스갯소리를 했다. 실제 작업 외에 맞닥뜨려야 하는 어려움 두 가지를 영화 찍는 일에 빗댄 것이다. 첫손 꼽을 건 역시 투자자 찾는 일이었다.

"이런 다큐멘터리식 극영화가 요샌 먹혀들어. 내가 투자자 한번 물색해보마."

선배는 기획사에서 일했던 경력을 내세우며 프로듀서를 직접 맡겠다고 했다. 그의 이력은 의외로 빛을 발했다. 투자자를 끌어들이는 데 성공한 것이다.

"패 두 개가 진짜 잘 맞아 들어가는 것 같은데."

생각보다 시작이 순조로웠다. 투자액도 예상보다 많았다. 처음 생각했던 것보다 훨씬 완성도 높은 작품을 만들 수 있을 것 같았다. 이번에야말로. 현은 자신에게 둘도 없는 기회가 온 거라고 생각했다. 하지만 영화는 역시 황금을 순식간에 녹여내는 용광로 같은 장르였다. 공동 작업이 갖는 어려움도 만만찮았다. 선배와 갈등을 벌이던 스태프들이 수시로 떨어져 나갔다. 작업이 더뎠고 더딘 만큼 예산이 뭉텅뭉텅 날아갔다. 그 정도만 해도 작업 현장에서 흔히 부딪치는 문제에 지나지 않았다. 절반쯤 찍었을 때, 자금을 관리해오던 선배가 하루아침에 잠적해버린 일에 비한다면…….

"살다 보면, 도박판이 차라리 정직하구나 싶을 때가 있지."
손의 한마디는 때로 현의 가슴에 사무치도록 파고들었다.
"패 따라 돌아가는 노름판처럼, 세상이야 이해관계에 따라 돌아가는 거 아니겠어. 그 중심에 바로 그게 있거든. 황금, 그 눈부신 덩어리 말이야. 무소불위의 힘이지."
게임 테이블에 앉은 손의 모습을 보고 있으면 때론 그가 게임을 하는 게 아니라 게임의 생리, 혹은 그것의 이치를 캐내고 있는 것 같았다.
'이 희끗한 머리의 도박사는 대체 어떻게 카지노와 인연을 맺게 되었을까.'
차를 타고 가는 내내 현은 그에 대한 궁금증을 떨칠 수 없었다.

클라크

특수경제구역인 클라크는 마닐라와는 확실히 달랐다. 미 공군 기지였던 곳답게 이국 분위기가 물씬 풍겼다. 혼잡한 교통과 매연으로 찌든 마닐라 시내가 활황인 탄광 도시 같다면 이곳은 한가로운 휴양지였다. 도로는 한산했고 사방은 넓은 숲과 초록 둔덕으로 둘러싸여 있었다. 광활한 녹지 곳곳에 리조트 단지와 고급 주택가, 관공서와 대형 공원이 조성돼 있었다.

클라크에서 가장 큰 리조트 단지 내에 사무실 겸 미스터 손의 숙소로 쓰이는 저택이 있었다. 자연과 인공의 손길이 어우러져 만들어낸 거대한 정원을 연상시키는 리조트였다. 드넓은 잔디밭이 펼쳐져 있고 키 큰 야자수들이 늘어서 있는 보도를 끼고 단층 저택들이 일정한 간격으로 늘어서 있었다. 사무실로 쓰는 저택은 일반 객실 몇 개와 회의실로 이루어진 호텔의 대형 스위트룸 같았다. 현의 임시 거처도 그곳으로 정해졌다. 거실 전면 창으로 열대 식물의 정원이 훤히 내다보였고 거실 한쪽 벽에 걸린 대형 티브이에서는 온종일 한국 소식이 흘러나왔다. 관심도 궁금증도 없는 한국 뉴스가 현에게는 소음에 지나지 않았다.

현은 틈만 나면 밖으로 나와 리조트 안을 걸어 다녔다. 야외 수영장과 놀이공원, 카지노에 골프장까지 딸린 리조트는 규모에서부터 사람을 주눅 들게 했다. 둘러보는 데 두 시간은 족히 걸렸다. 리조트 내에서 도보로 오가는 사람들은 거의가 그곳에서 일하는 경비나 정원사, 관리인들이었다. 거주자나 이용객들은 자동차를 이용했다. 태양이 워낙 눈부신 탓도 있지만 차로 이동하지 않으면 불가능한 거리였다.

현은 그 거대한 열대 공원을 걷고 또 걸었다. 황홀한 풍경 속이었지만 열대 태양을 머리 위에 두고 걷는다는 건 고행의 느낌도 없지 않았다. 묘한 이중적 분위기 속에서 현은 중독이라도 된 듯 걸어 다녔다. 한 번씩 악몽 같던 기억들이 떠올랐다.

그걸 택할 줄 알았소. 곱슬머리 사내가 씨익 웃으며 말했다.

누구나 자신에게 익숙한 걸 택하는 법이죠. 현이 대꾸했다. 변명처럼 들렸을까. 어쨌거나 사실이었다. 몸 대신 양심을 팔았지. 그게 편하니까. 제니의 지적은 정확했다. 그러니까 익숙한 것, 편한 것을 택하는 건 순리다. 웨이트리스였던 제니처럼 현 자신도 순리를 따른 것이라고 생각했다. 지금껏 자신이 살아온 세상, 속해 있던 사회에서 배운 것, 그 익숙함에 따랐을 뿐이다. 그걸 택할 줄 알았소. 사내의 말 역시 현의 선택이 상식이자 순리임을 입증하는 거나 다름없었다. 확인하지 못하고 돌아섰던, 동전의 결과도 마찬가지였을 것이다.

하늘을 향해 거침없이 뻗은 야자수 행렬은 끝 간 데 없었다. 싱싱하게 너풀거리는 녹색 이파리들, 아득하게 펼쳐진 초록 잔디밭, 그 속을 끝없이 오가면서 현은 자신이 그 녹색 풍경의 훼방꾼이 된 것 같은 느낌에 사로잡히곤 했다. 서울에 첫발을 딛었을 때도 그랬다. 잘 구획된, 깨끗하고 세련미 넘치는 서울이란 도시는 탄광촌 출신 촌놈이 동화되기 쉽지 않았다.

넌 서울 가야 한다. 일찍부터 세뇌당하듯 들어온 말이었다. 선탄실에서 일해 번 돈으로 생활하는 처지였음에도 아들에 대한 엄마의 기대는 남달랐다. 돌이켜보면 황금빛 열망이 누구보다 강했던 사람이 엄마였다. 당신들이 청운의 꿈을 안고 찾아들었던 탄광촌은 절정기를 넘어 쇠락의 길로 접어들 것임을 일찌감치 예견한 것이다. 엄마는 그 꿈이 탄광촌이 아니라 서울로 옮겨가 있음을, 남편이 아니라 외아들의 어깨에 놓여 있음을 간파했다. 현에게 집이나 고향이란 때가 되면 벗어나야 할, 곤충이나 파충류의 허물 같은 것쯤으로 각인돼 있었다. 탈피해 나온 허물처럼 보이던 고향, 그것이 자신의 마음 깊이 뿌리 내리고 있음을, 벗어나려 했던 만큼 집착하고 있었음을 나중에 알게 되었다.

폐광촌에 관한 작품을 만들겠다는, 의무인지 열망인지 부채감인지 헛갈리는 계획은 일찍부터 그의 마음속에 자리 잡고 있었다. 그 막연했던 계획이 구체적인 꿈으로 떠오른 건 K를 만나면서였다. 그를 처음 만난 건, 아니 그의 존재를 제대로 알게 된 건, 현이 졸업 작품을 준비하던 때였다. 폐광촌을 다룬 미니 다큐멘터리, 그것을 만들면서 K의 존재가 물망에 올랐다. 당시 탄광 노조에 몸담고 현장 활동을 했던 노동 소설가 K, 그가 취재 대상 일 순위였다.

"신문보급소요?"

인터뷰 도중 K에게서 뜻밖의 이야기가 나왔다. 그 얘기를 되짚어가다 둘은 십수 년 전 고향 마을 곳곳에서 맞닥뜨렸다. 신문보급소에서부터 역 주변 이발소와 다방, 시장 골목까지 겹치는 기억들이 무궁무진했다. 길 가다 우연히 이산가족 상봉이라도 한 것 같았다. 그러니까 현이 K를 처음 본 건, 까마득한 어린 시절로 거슬러 올라가 동네 신문보급소, 혹은 이발소에서였을 수도 있었다.

까맣게 묻혀 있던 십수 년 전 기억이 K를 만나면서 복원되었던 것이다. 우연치고도 기막힌 우연이었다. 신문보급소는 당시 현의 고향 마을에서 탄광 노조 운동을 하던 대학생들의 아지트였다는 것, 탄광에 위장 취업해 있던 K는 그 모임의 핵심 멤버였다는 것 등을 알게 된 것도 그를 통해서였다. 당시 초등생이었던 현의 깜냥으로는 상상도 할 수 없는 일이었다. 옛 인연이 끈끈한 관계의 접착제 역할을 하면서 둘은 그때부터 막역한 사이가 되었다.

인터뷰 전 자료 조사를 하면서 현이 가장 궁금했던 건, 현장 활동가였던 K가 소설가로 변신하게 된 계기였다.

"내가 할 수 있는 게, 그땐 그것밖에 없었거든."

K가 탄광 노조에 몸담았던 일이 발각되고 나서였다. 탄광촌에서 도망 나와 그는 어느 농촌 마을 폐가에서 이 년 가까이 숨어 살았다. 그때 그가 할 수 있었던 유일한 일이 '글쓰기'였다는 것. 구십 년대 초에 발표한, 자신의 현장 체험을 담은 그의 소설은 문학성을 갖춘 최초의 노동 소설로 문단의 주목을 받았다. 처녀작으로 단번에 문제 작가로 떠올랐지만 그것은 K의 대표작이자 마지막 작품이 되었다. 한창 주목받을 때 절필함으로써 K는 또 한 번 사람들을 놀라게 했다.

"왜 그때, 절필했어요?"

두번째 궁금증이었다.

"위장 취업 일 년에 그 정도면 많이 남긴 장사야. 박수 받을 때 떠나고 싶었던 게 아니라 박수 받는 것 자체가 나에겐 엄청난 부담이었어. 그 작품은 소설이기 이전에 내 이십 대 현장 활동의 고백서 같은 것이었고, 개인적으로는 그 시절의 삶을 갈무리하는 것과 같은 의미였지. 난 작가가 꿈이 아니었거든. 뜻밖의 성공은 시대가 가져다준 행운일 뿐이었어."

"그게 로또 당첨이어도 누구든 다시 행운을 꿈꾸게 되는 거 아닌가요?"

현은 그것이 자연스런 이치라고 생각했다.

"내 경우는 너하고 달라. 난 내 자신을 잘 알고 있었지. 앞으로는 절대 그 이상의 작품을 쓸 수 없다는 것. 나머지는 십중팔구 그 명성에 기댄 군더더기일 뿐이라는 걸 말이야. 밑천 드러나기 전에 그만두는 게 상책이겠다 싶었지. 철저한 계산에 의해 내린 결론이었다고."

K다운 냉철함이 번득이는 말이었다.

K는 한때 은신처였던 폐가를 구입해 시골로 내려갔고 농부로 변신했다. 다시 새로운 삶을 택한 것이다. 그의 농촌행이 탁월한 선택이었음은 또 한 번 입증되었다. 일찌감치 시작한 친환경 농법이 주목받는 시대로 접어들었던 것이다.

"족집게 점쟁이 같은 안목이네요."

현이 농담처럼 던졌다.

"성공의 정점에서 난 언제나 버리기를 택했어. 그게 내 방식이었지."

쉽게 납득하기 어려웠지만 결과가 모든 걸 말해주었다. 꿈과 이상을 좇아 살았음에도 K의 선택은 번번이 적중해 현실적 성공으로 나타났다. 앞날을 내다보는 K의 혜안은 남다른 데가 있었다.

취재자와 인터뷰어로 만난 첫 인연은 고향 선후배라도 되듯 둘 사이를 끈끈하게 연결시켜주었다. 현의 고향인 탄광촌 마을은 K에겐 젊은 날의 열정을 불살랐던 정신적 고향이기도 했던 것이다. 생활 기반에 따른 공간적 제약은 물론 세대차가 제법 났음에도 현과 K의 관계는 오래 유지되었다.

"여행 갈 생각 없어?"

모처럼 서울에 나타난 K가 뜬금없는 제안을 했다.

두문불출해왔던 일도 한계에 달했던 터라 현은 솔깃했다.

"어디?"

"강원도."

K의 답에 현의 기대는 완전히 사그라졌다.

"동쪽이라면, 거기서 불어오는 바람도 이젠 불편해."

현은 손사래를 쳤다. 우스개가 아니었다. 넘쳤던 의욕과 기대에 대한 대가가 너무 컸다. 반도 못 찍고 접었던 영화는 쓰나미처럼 모든 걸 삼켰다. 자금을 들고 사라진 선배는 끝내 찾을 수 없었다. 유일한 유산이자 마지막 보루였던 고향 집마저 날아갔다. 그로써 고향과의 인연은 깨끗이 정리된 셈이었다.

"예전, 탄광 노조에서 같이 일했던 친구가 초청했어. 그놈도 배운 도둑질이 그거라 지금은 강원랜드 카지노 노조 간부래. 하기야 탄광촌이 카지노 도시로 변했으니 자연스런 변신이지."

내키지 않았으나 현은 결국 K를 따라 강원도 여행에 나섰다. 도망치듯 빠져나온 후 처음으로 찾는 고향이었다.

"형 작품의 영향력이 아직도 이 정도인 줄 몰랐는걸."

여행 첫날, K와 함께 숙소로 돌아오던 길이었다.

"공짜 여행이라고 좋아했더니만…… 세상에 믿을 놈 하나도 없네."

K는 예상치 못했던 술자리가 부담스러웠던 모양이다. 거의가 카지노 노조원들이었다. 술자리를 빙자한 엄연한 '작가와의 대화'였던 것이다. 그것이 K를 초청한 의도였다. K의 책은 여전히 그들 세

계에선 필독서였다. K 작품의 애독자이기도 한 그들은 그의 작품과 삶에 깊이 경도돼 있었다. 술자리는 시종일관 우호적이고 화기애애했다.

"요즘은 소설이 만 부만 나가도 베스트셀러라는데, 형이 책 내면 이삼만은 기본적으로 소화하겠는걸. 대한민국 노조원들 수만 따져도, 그게 얼마야."

"그런 세상, 일찌감치 물 건너갔다는 건 네놈이 더 잘 알잖냐. 나야 등단도 못하고 소설 썼으니, 그것도 위장 취업이었지 뭐."

"제도권의 그 알량한 절차 거치면 뭐해. 빛 좋은 개살구지."

현 자신의 처지를 빗댄 말이었다.

"밤이 되니 저긴 서울보다 더 휘황찬란하네."

K가 강원랜드를 가리키며 말했다. 자신들의 숙소도 거기 있었던 것이다. 여기저기 파헤쳐져 있는 흉물스런 흔적도 밤이 되니 감쪽같이 사라졌다. 빛의 제국, 카지노만 살아 있었다. 현의 고향이자 자신의 꿈을 펼쳐 보이고 싶었던 무대, 그리고 K에게는 젊은 날의 열정을 불살랐던 곳, 그 한복판에 그들은 여행자로 서 있었다.

"오늘은 일찍 쉬고, 내일 친구들하고나 속 편하게 한잔해야겠다."

휘황한 빛의 세계를 유보한 채 그들은 숙소로 들어섰다. 강원도 여행 첫날 밤은 그렇게 저물었다.

앙헬레스

특별경제구역인 클라크에서 십여 분 떨어진 거리에 있는 앙헬레스는 그 지역 도심지답게 향토색이 물씬 풍겼다. 대중교통 수단인 지프니와 트라이시클, 자동차 등이 뒤엉겨 도로는 혼잡하기 그지없었다. 한쪽으로는 매춘굴을 낀 재래시장이 있었고 도로 건너편에는 초현대식 대형 쇼핑몰 'SM'이 넓은 들판에 착륙한 거대한 우주선처럼 서 있었다. 도로를 가운데 두고 과거와 미래가 마주 서 있는 구도였다. 현의 눈에는 그 결말까지 선히 보였다. 불시착한 우주선 같은 쇼핑몰이 재래시장과 낡은 시가지를 조만간 삼켜버릴 터였다. 탄광촌이 폐광촌으로, 폐광촌이 카지노 도시로 탈바꿈하는 걸 누구보다 생생하게 목격한 그였다.

앙헬레스 카지노는 구시가지 중심가 대로변에 성처럼 세워져 있었다. 5층짜리 건물 전체가 카지노로 이루어져 있어 현이 지금까지 본 것 중 규모 면에서 가장 컸다. 입구는 카지노라기보다는 서커스 극장 분위기가 났다. 빨간 코의 피에로와 난쟁이, 방패와 창을 든 병사, 날개 단 요정 등으로 분장한 동화 속 인물들이 늘어서서 손님을 맞았다.

현지인들로 바글거리는 1층 실내는 어수선했다. 가운데 원형의 넓은 홀을 통로로 하고 슬롯머신이 빽빽하게 들어차 있었다. 공기는 담배 연기로 숨이 막힐 정도로 탁했다. 흘러나오는 밴드 음악 소리와 사람들의 말소리, 웃음소리가 뒤섞여 왁자지껄했다. 내국인도 자유롭게 드나들 수 있는 대중 위락 시설 같은 곳이었다. 마닐라의 호텔 카지노와 클라크 리조트 내에 있는 외국 관광객 전용 카지노 만큼의 격조는 없었으나 붐비는 현지인들로 활기가 넘쳤다.

"여게는 꼭 시골 장터 같지러?"

박 이사가 현을 돌아다보며 말했다.

"장터에다 마을회관 합쳐놓은 분위긴데요."

현이 대꾸했다.

클라크 사무실을 관리하는 총책임자가 박 이사였다. 한국을 떠나온 지 이십 년째였으나 경상도 사투리를 원형 그대로 구사하고 있었다. 한때 손흥수와 절친했던 갬블러였던 그는 완전히 파산한 뒤 깨끗이 손을 씻고 지금은 미스터 손의 오른팔 역할을 하고 있었다.

클라크에 온 이후 첫 카지노 출입이었다. 손은 지금까지 한 번도 게임을 하지 않았다. 그동안 관련 업무와 골프, 사람 만나는 일로 바빴다. 하루 일과 중 반은 미팅 약속이 잡혀 있어 그때마다 제이슨과 톰이 그를 수행하고 나섰다. 휴가란 명분으로 아무 일도 주어지지 않았던 현에게는 지루하고 좀이 쑤시는 시간이었다. 어정쩡한 상태로 며칠을 보내면서 현은 하루도 편히 잘 수 없었던 마닐라에서의 혹독했던 일주일이 차라리 나았다는 생각을 했다. 몸이 고단했을 때는 과거를 떠올릴 일도 없었고 거추장스런 자의식도 발동하지 않았다.

현은 박 이사와 함께 손흥수 뒤를 따르고 있었다. 마침 그들은 홀 중앙 무대 악단 앞을 지나는 중이었다. 무대 장치랑 가수와 악단들 차림새가 영상으로 보던 칠팔십 년대 서울 나이트클럽 분위기랑 흡사했다. 지금껏 외국인 관광객 전용 카지노만 봐오던 현에게는 생소하기 그지없는, 지방색 물씬 나는 카지노였다. 1층은 슬롯머신으로 가득 채워져 있었다. 게임기의 효과음, 서빙 드는 도우미, 떠드는 사람들과 자욱한 담배 연기로 머리가 지끈거릴 지경이었다.

박 이사는 묵직한 서류 봉투 두 개를 안은 채였다. 봉투에는 돈뭉치가 들어 있었다. 이곳 카지노는 현금만 통용되었다. 돈도 달러 대신 필리핀 화폐인 페소를 써야 하고, 계좌 개설 같은 건 먼 나라 얘기였다.

VIP룸은 2층에 있었다. 일반 객장과는 달리 한산했으며 쾌적한 분위기였다. 희끗한 머리에 구레나룻을 기른 건장한 체구의 노신사 하나가 가운데 테이블에서 게임을 하고 있었다. 중국계 필리피노처럼 보였다. 이제 현도 이곳 사람을 보면 그가 순수 혈통인지 아닌지, 섞였다면 어떤 피와 섞였는지 웬만큼 구분할 수 있었다.

"리미트부터 알아보고 오겠심더, 대장."

박 이사는 손에게 '대장'이라는 호칭을 썼다. 그는 매니저로 보이는 검은 양복 차림의 남자에게 다가가 뭔가 얘기를 건넸다.

"대장, 리미트가 10만 페소라네요. 더 이상은 안 된답니더."

박 이사가 돌아와 손에게 보고했다.

"페소로 10만이라……."

손은 마뜩찮은 표정을 지어 보이더니 이내 체념한 표정이었다.

"할 수 없지 뭐."

박 이사가 현에게 현금 봉투를 건넸다.

"제프, 이거 칩으로 쫌 바꿔 온나."

현은 뭉칫돈 200만 페소가 든 봉투를 들고 환전소로 향했다. 환전 창구에서 지폐 뭉치를 내밀자 직원은 눈을 동그랗게 떴다. 사내는 이렇게 큰 게임을 하는 하이롤러가 누구냐고 정색하며 물었다. 현은 영어를 모르는 척 한국말만 늘어놓았다. 집요하게 캐묻던 직원은 마침내 포기하고 칩을 바꿔주었다.

묵직하던 현금 뭉치가 명함만 한 플라스틱 칩 20개로 바뀌어 나왔다. 현은 그걸 받아 들고 VIP룸으로 돌아왔다. 웬일인지 룸 안이 어수선했다. 사다리가 날라지고 연장통 든 사람이 오가는 등 직원들 움직임이 분주했다.

"제프, 저게 천장 한번 봐래이. 이놈들 전구 다마 나간 것도 모르고 있더라카이."

박이 한쪽 천장을 가리켰다. 손이 게임을 하려고 앉은 곳이 하필이면 조명등이 나가 있는 테이블이었던 것이다.

"세상 어느 카지노 VIP룸에서 이런 풍경을 볼 수 있겠노."

박이 웃으며 혀를 찼다.

사내 하나가 사다리에 올라서서 전구를 갈아 끼웠다. 마침내 전등에 불이 들어오면서 모든 게 정상적으로 돌아가기 시작했다. 딜러가 테이블에 자리를 잡고 셔플이 시작되었다.

손이 테이블에 앉자 매니저와 피트 보스로 보이는 중년 남자도 그의 게임에 관심을 나타내며 다가왔다.

손은 처음 한동안 작은 칩으로 흐름을 지켜보았다. 그러다가 본격적으로 베팅을 시작했다. 최고 한도액인 10만 페소짜리 칩이 연거푸 놓였다. 십여 차례 승패를 반복하더니 어느 순간부터 적중률이 높아졌다. 딜러의 칩이 손 앞으로 옮겨 와 계속 쌓였다.

매니저는 딜러 바꾸기 수법으로 승승장구하는 게이머의 흐름을 끊어놓으려 했으나 별 효과가 없었다.

"여기까지."

딜러가 세번째 바뀔 무렵, 손은 게임을 중단했다. 자신의 목표가 이루어졌던 것이다. 200만 페소가 두 배로 되는 데 한 시간도 채 걸리지 않았다.

게임이 끝나자 VIP룸 내부가 다시 술렁거렸다.

"우리가 오늘, 이 촌동네 카지노 수입에 영향을 좀 미쳤을꺼로."

박 이사가 웃으며 말했다.

"이 촌놈들 당황하는 것 좀 보라꼬."

VIP룸 내부가 술렁이는 게 현의 눈에도 또렷이 보였다. 딜러는 자리를 정리하느라 분주했고 매니저로 보이는 남자는 무전기로 누군가에게 열심히 보고를 했다. 정장 차림의 중년 남자는 뭔가 대책을 세우려는지 급히 자리를 떴다. 박 이사는 칩을 챙겨 들고 환전소로 향했다.

"하이, 미스터 손!"

정장 차림의 필리피노 하나가 불쑥 손홍수 앞으로 다가왔다. 카지노 직원으로 보이는 그는 뭔가를 손에게 내밀었다. 카지노에서 열리는 공연 또는 게임 관련 행사 티켓이었다. 게이머의 행운에 편승해 조금이라도 이익을 얻으려는 속셈이었다. 손이 자투리 칩으로 그가 내민 티켓을 샀다. 그러자 순식간에 그런 이들이 꼬리를 물고 이어졌다. 입구에서 보이던 피에로 복장을 한 난쟁이 남자, 백설공주 분장의 게이…… 너나없이 떡고물 얻어먹으려는 이들로 아우성이었다. 시골 카지노에서나 볼 수 있는 진풍경이었다.

"허, 이놈들 정말 사람 귀찮게 하네."

손이 서둘러 자리에서 일어났다.

그는 2층에 있는 조용한 바로 자리를 옮겨 앉았다.

"오 마이 갓!"

와인을 내려놓고 돌아서던 여종업원이 소리쳤다.

박 이사의 등장 때문이었다. 400만 페소의 돈뭉치를 가슴에 안은 그가 개선장군처럼 들어섰던 것이다. 손이 한 시간 만에 이룩한 결실이었다. 사람들 눈길이 박에게로 집중되면서 여기저기서 감탄사가 터져 나왔다. '보는 것이 믿는 것'이었다.

"현금 맹그느라 환전소가 발칵 뒤집혔심더. 그 바람에 시간이 을매나 걸리든지. 카지노 금고, 인자 바닥났을 끼고만요."

박이 돈뭉치를 내려놓자 테이블이 순식간에 돈으로 덮였다.

'살아 있는 전설의 위력을 지겹도록 보게 될 거야.'

게임 때마다 제니의 말이 실감났다. 강력한 카리스마의 원천. 손에 대한 직원들의 외경심도 거기 있는 것 같았다. 한때 카지노의 유령으로 떠돌았던 그들에게 그의 게임이 어떤 감흥을 불러일으킬지 짐작이 갔다. 그의 게임을 지켜볼 때마다 현도 생생하게 느끼는 일이었다. 관념이 어떻게 물질화되는지, 또 그 물질이 관념을 얼마나 굳건하게 만드는지.

'확률적으로도 정말 믿기지 않는데요.'

한번은 박 이사에게 손의 게임 결과에 대해 말한 적 있었다. 그때까지 현은 그가 게임에서 지는 걸 한 번도 못 봤던 것이다.

'그러니까 고수 아이라.'

웃으면서 그렇게 운을 뗀 땐 박 이사는 현에게 그에 관련한 이야기 하나를 들려주었다.

'우리 사이에서 전설의 나인식스 게임이라고 하는 사건이 하나 있는데, 한 칠팔 년쯤 전에 있었던 일인기라. 대장이 베팅에서 예순여덟 번 연거푸 이긴 적 있었거든. 그다음 예순아홉번째 베팅에서 졌는데, 그때 잃은 게 얼만 줄 아나?'

현은 궁금증에 눈을 빛냈다.

'예순여덟 번 적중해서 딴 돈, 다 합친 것보다 많았대이. 뭔 말인고 하마, 도박에서 아무리 승승장구해봤자, 결국은 본전이라 이 말이지.'

그가 의미심장한 웃음을 지으며 말했다. 은퇴한 도박사의 경험이 녹아 있는 말이었다.

"내사마 돈부터 챙기서 사무실로 들어가야겠다."

박이 휴대폰으로 대기 중인 톰과 제이슨을 불렀다.

잠시 후, 두 사람이 가방을 들고 나타났다. 그들은 테이블에 쌓인 돈을 보고 놀라는 표정이었다. 박의 지시에 따라 그들은 돈을 가방에 차곡차곡 나눠 담았다.

"제프, 이따가 우리 대장 잘 모시고 들어오니라."

돈을 다 챙겨 든 박은 현에게 자동차 키를 건넸다.

세 사람은 돈 가방과 함께 먼저 사라졌다.

"한동안 사무실 돌아가는 일에 신경을 못 썼더니 잔고가 부족하더라고."

손이 말했다.

이번 게임에 대한 의문이 풀리는 말이었다. 그는 이곳 앙헬레스 카지노에서는 판을 잘 벌이지 않는다고 박 이사가 귀띔했던 것이다. 게임을 쉴 때 휴식차 들르는 곳이 이곳이었다. 그는 텍사스 홀덤 룸에서 이 지역 사람들과 어울려 가볍게 카드놀이를 하며 시간을 보낸다고 했다. 이틀에 한 번은 그도 게임을 쉬었는데, 특별한 이유가 없는 한 그 철칙을 엄격히 지켰다. 휴식으로 게임에 대한 생각을 완전히 씻어내는 것. 손이 강조하는 프로 도박사의 수칙 중 하나였다.

"그래, 그동안 지내보니 어떤가?"

손이 와인 잔을 들며 물었다.

현은 그의 질문을 정확히 이해하지 못한 표정으로 그를 쳐다보았다.

"여기서 자넨 뭘 가장 잘할 수 있을 것 같나?"

손이 좀더 구체적으로 물었다.

"무슨 일이든 시켜만 주시면……."

뜻밖의 질문에 현은 말이 떠듬거려졌다. 자신에게 뭔가 선택권이 있으리란 생각도, 그동안의 시간이 그런 모색을 위한 것이었음도 생각지 못했던 일이다.

"허 참, 젊은 친구답지 않게, 저리 패기가 없어서야."

손이 혀를 찼다.

"그것부터 한번 생각해보라고. 자네가 왜 여길 왔는지……."

제로 제니

제니는 웨스턴 바 '비틀즈'로 들어섰다. 존이 텅 빈 홀에서 다트 게임을 하고 있었다. 존이 던진 마지막 바늘이 과녁의 중심에 꽂혔다.

"브라보!"

제니가 환호하며 박수를 쳤다.

그제야 제니의 존재를 알아챈 존은 몸을 돌렸다.

"오우 제니, 안, 녕, 하, 세, 요."

존이 한국말로 인사를 한다. 이곳 매니저인 그는 요즘 한국말을 배우는 중이다.

"안녕, 존, 잘 지냈어?"

제니도 쉬운 한국말로 또박또박 그의 인사에 답했다.

"캐서린은 아직 서울에서 안 돌아왔나 보지?"

제니가 여주인 소식을 궁금해하며 물었다.

"어제 왔어요. 약속 있어서 잠깐 나갔는데 금방 돌아올 거예요."

존이 과녁의 화살을 하나씩 뽑아내며 말했다.

다트 판을 원상 복구해놓은 존은 자기 자리로 돌아왔다.

"제니, 스트롱, 오어 라이트?"

"라이트."

제니는 오늘은 가벼운 걸로 마시고 싶었다.

존이 산미구엘 라이트 두 병과 얼음 담긴 유리잔을 제니 앞에 내놓았다.

존은 올해 스물일곱, 중퇴이긴 해도 필리핀 최고의 명문대 UP 출신이다. 고지식하긴 했지만 코리언 드림을 꿈꾸는 주변의 필리피노 중에서는 그래도 가장 믿을 만한 젊은이였다. 제니가 보기에 정신없이 돌아가는 한국 사회에 적응할 필리피노는 그리 많지 않아 보였다. 더운 지방 사람 특유의 느리고 낙천적 기질이 한국 사람들 눈에야 게으름으로 비칠 게 뻔했다.

"캐서린, 서울 간 일은 잘 됐대, 존?"

제니가 캐서린의 일을 궁금해하며 묻자 존은 활짝 웃으며 고개를 끄덕였다.

벌이가 시원찮아 캐서린은 조만간 다른 사업을 벌일 계획이라고 했다. 이 가게도 이미 내놓은 상태였다.

"어쩌면 나도 캐서린 따라 한국 갈 수 있을지 몰라요. 캐서린이 비자 문제를 해결해주겠대요."

존의 표정이 밝았던 이유가 드러났다.

"잘됐다, 존. 축하해!"

"아직 축하받긴 일러요. 확실히 결정 난 건 아니니까."

그동안의 경험 때문인지 존은 조심스러워했다. 해외 취업 비자 신청을 해놓은 게 삼 년 전 일이지만 아직도 아무런 통보를 받지 못하고 있는 것이다. 사람들은 다들 그에게 담당자한테 '급행료'를 찔러주지 않아서라고 입을 모았지만 존은 그럴 바에야 해외 취업을 포기하겠다고 버티고 있었던 것이다. 제니가 몇 번이나 자신의 경험담을 들려주며 융통성 있게 살라고 조언했지만 쇠귀에 경 읽기였다.

"잘될 거야."

제니는 존의 일이 잘 풀릴 거라고 생각했다. 캐서린이 나서준다면 의외로 간단히 해결될 것이다. 존의 오랜 염원이 이루어지는 일이라 반가웠지만 한편으론 서운했다. 그건 이 웨스턴 바가 문 닫을 날이 멀지 않았다는 얘기나 다름없다. 캐서린의 서울 일 진행 여부에 따라 이 가게의 존폐 여부도 결정될 것이다. 제니의 오랜 아지트가 사라지는 것은 물론, 그들과의 만남도 힘들어질 게 분명했다.

"나도 곧 여길 떠나, 존."

존이 눈을 동그랗게 뜨고 제니를 쳐다본다.

"미국으로 다시 가려고. 실은 오늘, 작별 인사하러 들른 거야."

"아니, 왜 이렇게 갑자기…… 제니, 무슨 일 있어요?"

"좀이 쑤시는 게, 이제 슬슬 떠나야 할 때가 되었나 봐."

제니는 마닐라에 너무 오래 머물렀다는 생각이 들었다. 데이브 사건이 그걸 일깨워준 셈이었다. 새로운 관계에 얽혀드는 일도 더는 자신이 없었다. 현이 마닐라를 떠나 클라크로 향하던 날, 제니는 마음을 굳혔다. 마닐라 베이에서 현과의 하룻밤은 그날의 추억으로 남겨야 했다. 슬픔과 절망의 밑바닥에서 인간이 할 수 있는 건 지극히 단순한 일이었다. 원초적 욕구에 몸을 내맡기는 것. 그것만큼 모든 것을 완벽하게 잊게 해주는 건 없었다. 내 자리를 마련하기 위해서였죠. 현의 그 한마디에 제니는 흔들렸다. 또 다른 데이브의 출현이라니, 가당찮은 말이었다. 그를 돌려놓고 싶었다. 데이브의 옆자리가 아닌 그 반대편, 삶의 자리로……. 명분이라면 그게 명분이었다. 짧았지만 강렬했던 위안은 하룻밤의 꿈으로 만족해야 한다. 욕심은 금물이다. 게임이나 세상사나 별반 다를 게 없다는 것, 이 바닥 생활에서 제니가 뼈저리게 얻은 교훈이다.

　"제니, 혹시 한국으로 들어갈 계획은 없어요?"

　존이 조심스레 물었다.

　"난 미국 시민권자야. 한국엔 이제 연고도 없어. 나 보고 싶으면 존이 미국으로 와. 라스베이거스에 매년 플레어 선수권 대회가 열리거든. 거기 참가하면 되잖아. 바텐더한테는 그것도 내세울 만한 경력이 될걸. 상금도 있고 말이야."

　존은 상금이 있다는 말에 솔깃해했다.

　"기회가 되면 꼭 갈게요, 제니."

　"작별 기념으로 같이 한잔하지, 존?"

제니가 잔을 들어 보이며 존을 부추겼다. 그는 근무 중에는 절대 술을 입에 대지 않았던 것이다.

평소와는 달리 존은 스스럼없이 술잔을 들었다. 둘은 기꺼이 잔을 부딪쳤다. 제니도 오늘만큼은 이곳 식구들이랑 모처럼 회포를 풀고 싶었다.

"근데, 존, 서울 가면 뭐 할 거야?"

제니가 넌지시 물어보았다.

"한국 친구들은 나한테 영어 강사 하라던데요. 서울에서 가장 구하기 쉽고 수입이 많은 일자리가 그거라면서요. 하지만 나는 홍대 앞 칵테일 바에서 플레어와 칵테일 기술을 배울 거예요. 일하면서 돈도 벌고요. 그리고 돌아오면 마닐라 중심가에 근사한 칵테일 바를 하나 차릴 거예요. 매일 밤, 마술과 플레어 쇼를 펼쳐 보이는 환상의 칵테일 바!"

존에게 서울의 홍대 앞은 이미 꿈의 메카로 자리 잡았다.

존은 정통 미국식 영어를 구사했으며, 중퇴이긴 했어도 명문대 출신이어서 영어 강사로도 손색없어 보였다. 하지만 정작 본인은 그런 먹물형 일에 별반 관심을 보이지 않았다.

"서울이 어디 만만한 도시예요? 우리 같은 동남아인들은 유흥가가 딱이래요."

존은 제니보다 한국 실정을 더 잘 꿰고 있었다. 한국 어학 연수생들과 어울리면서 겪은 경험과 그들에게서 들은 정보가 꽤 많았던 것이다. 한때는 그들 중 존과 사귀던 한국인 여학생도 있었다. 그 여학생이 어학연수를 마치고 돌아가면서 자연스레 끝난 관계였지만 아직도 존은 그 여학생을 못 잊고 있었다. 서울행에 집착하는 것도 그 여학생 영향이 컸다.

존, 헛물켜지 마!

제니는 존의 등짝을 후려치면서 그렇게 외치고 싶었다. 국경을 넘어선 이런 연애의 종말을 누구보다 잘 알고 있으니까. 청춘 남녀의 연애에도 국경과 국력의 차이는 지금도 엄연히 벽으로 존재한다. 그렇다고 해서 제니는 존에게 찬물 끼얹듯 현실을 일깨우고 싶지는 않았다. 확률이 낮다고 해서 불가능한 일은 아니니까.

'존은 서울처럼 빠르게 돌아가는 도시에 가면 오히려 제 능력을 발휘할 타입이야.'

여주인 캐서린은 존에 대한 기대가 컸다. 서울에서 펼칠 자신의 사업을 도와줄 적임자로 생각하고 있었다.

제니도 존의 앞날은 별로 걱정하지 않았다. 어디 가서 무슨 일을 하든 잘해낼 능력과 자질을 갖추고 있는 젊은이였다.

"존의 코리언 드림은 꼭 성공할 거야."

제니는 다시 잔을 부딪쳤다. 진심이었다. 그의 앞날을 낙관하면서 한편으론 안쓰러운 마음도 없지 않았다. 아메리칸 드림을 품고 생판 낯선 땅을 향했던 자신의 스무 살이 떠올라서였다. 자신이 도망치듯 떠나왔던 대한민국을 이십 년이 지난 지금 존과 캐서린은 희망에 부풀어 찾으려 하고 있었다.

"나도 한때 웨이트리스였어, 존."

제니의 말에 존이 눈을 치켜떴다.

"나도 미군이 많이 드나드는 서울의 한 호프집에서 맥주 나르며 아메리칸 드림을 키웠다고……."

"제니도 그런 시절이 있었군요."

존은 의외라는 듯 말했다.

"원래 제니의 꿈은 뭐였는데요?"

"그때 내 꿈…… 뭐였을 것 같아?"

"미군과 결혼하는 것?"

제니는 고개를 저었다.

"카지노 딜러?"

제니는 또 고개를 저었다.

존은 포기했다는 듯 어깨를 으쓱해 보였다.

"술집 사장 되는 거."

제니가 답했다.

"어, 나랑 똑같네요."

존은 반가워하며 자신의 잔을 제니 것에 부딪쳐왔다.

"그런데 제니, 중간에 왜 길을 바꿨어요?"

"한때 그 꿈을 무색케 할 만한 일이 라스베이거스에서 일어났거든."

"제니, 그때 얘기 좀 해봐요."

"존, 꿈에 관한 모든 비하인드 스토리는 끔찍한 거야. 안 듣는 게 좋아."

제니의 거절에도 존은 끈질기게 그녀를 졸랐다.

내켜하지 않으면서도 제니의 기억은 이미 굿모닝 레스토랑 웨이트리스 시절로 거슬러 올라가 있었다. 단골이었던 첫사랑의 백인 남자한테 차여 일하러 가지도 않고 자취방에서 술병과 함께 뒹굴던 기억이 제일 먼저 떠올랐다. 취해 널브러져 있던 어느 날 동료들이 그녀의 자취방에 들이닥쳤고 그들은 라스베이거스로 휴가 여행을 떠나자고 제니를 부추겼다. 제니는 손사래 쳤지만 동료들은 그녀를 차에 억지로 태우고 라스베이거스로 향했다. 그곳에서 보낸 일주일은 오롯이 도박 휴가였다. 첫날부터 제니는 카지노에 틀어박혔다. 처음 몇 번 따다가 그 뒤로는 계속 내리막길이었다. 밑천은 자꾸 바닥나갔고 휴가도 끝을 향해갔다.

"그러다 마침내 떠나야 할 날이 닥쳤어. 마지막 판에 남은 돈을 몽땅 걸기로 했지. 600달러. 다 잃더라도 라스베이거스에 온 기분만큼은 낼 수 있을 것 같았지. 인생, 어차피 빈손으로 가는 거 아니겠어, 하며 나는 호기롭게 제로에다 몽땅 걸었어. '노 모어 벳' 소리가 들리고 룰렛이 돌아가기 시작하더라고. 마음을 완전히 비웠는데도, 룰렛이 돌아가니 접었던 기대가 또 꿈틀거리는 거야. 바늘이 멈추기 직전, 나는 눈을 감았어. 갑자기 무서워지대. 600불이 한순간에 날아갈 걸 생각하니 오싹 소름이 끼치는 거야. 다 날렸다고 생각했어. 내 팔자에 행운을 기대한다는 것 자체가 말도 안 되는 얘기였지. 와아, 제로야! 동료들이 소리쳤어. 제로야, 제니! 제로라고, 제니! 그제야 난 눈을 뜨고 룰렛 판을 쳐다보았지. 바늘이 정말 제로에 멈춰 있는 거야. 제니, 제로야! 다들 외쳤어. 마지막 한 판이 적중한 거지. 내 별명은 그때부터 '제로 제니'가 되었어. 600달러의 서른여덟 배에 해당하는 돈이 그 자리에서 굴러 들어오더라고. 내 웨이트리스 연봉 이 년 치였다고! 그 일로 굿모닝 레스토랑의 웨이트리스 제니는 물 빠진 에이프런과 영영 작별을 고했지."

눅눅한 기억도 시간이 지나니 풋풋한 모험담으로 변했다.

눈을 빛내며 제니의 얘기에 귀를 기울이던 존이 잔을 들었다.

"용감한 웨이트리스를 위하여!"

둘은 잔을 부딪쳤다.

"하이! 제니."

바로 그때, 가게 주인 캐서린이 들어서며 반가운 목소리로 외쳤다.

제니는 그녀와 포옹하며 인사를 나누었다. 언제나처럼 캐서린에게서 향수 냄새가 짙게 났다. 코코 샤넬 향. 첫사랑의 남자한테서 선물 받은 이래로 캐서린은 지금껏 향수를 한 번도 바꾸지 않았다. 남자야 무수히 바뀌었지만…….

'나한테도 바뀌지 않는 게 하나쯤은 있어야지.'

코코 샤넬을 고집하는 그녀 나름의 이유였다.

"서울 간 일은 잘됐어, 캐서린?"

그녀는 이곳 밴드들을 한국으로 진출시키는 연예 사업을 시작할 계획이었다. 미군이 사라진 후부터 웨스턴 바 비틀즈도 줄곧 하향 곡선만 그었던 것이다.

"응. 이제 파트너만 하나 물색하면 돼. 제니는 우리랑 같이 일할 생각은 전혀 없어?"

캐서린이 물었다.

"잘 알면서 새삼스럽게 왜 그래. 한국 소식은 이제 톰이 나보다 더 잘 꿰고 있더라고. 한국식으로 말하자면, 난 그쪽을 향해 오줌을 누지 않은 지도 오래됐어."

"하긴, 고향이든 남자든 한번 떠나면 되돌아가는 거 쉽지 않지."

처음 한동안 캐서린은 제니를 사업 파트너로 삼으려고 무던히도 애썼다. 유흥업 종사자로서는 카지노 관련 일을 하는 한국인과의 연줄은 엄청난 것이었다. 하지만 제니가 일하는 곳이 여느 카지노 에이전트 조직과 성격이 다르다는 것을 알고는 헛물켰음을 깨달았다. 그럼에도 캐서린은 틈만 나면 제니를 사업 파트너로 만들려고 기회를 노렸던 것이다. 제니는 캐서린의 그런 적극성을 높이 사면서도 단골 술집 주인과 손님 이상의 선은 넘지 않았다.

"펍 분위기 제대로 나던 시절에는 저것도 쉴 틈이 없었는데……."

캐서린은 다트 원판을 바라보며 한숨처럼 길게 연기를 내뿜었다.

"그땐 매주 금요일마다 이곳에서 다트 경기가 열렸거든."

캐서린이 곧잘 늘어놓는 옛날 타령이다. 그때란, 그녀가 한창 잘 나가던, 미군들 북적거리던 시절을 말한다. 인생의 황금기였던 건 제니도 마찬가지였다. 낡은 에이프런을 두르고 있어도 손님들이 한 번씩 더 쳐다볼 정도로 외양이 빛을 발하던 이십 대 시절이었다. 둘은 그런 장밋빛 시절을 떠올리며 이따금 잔을 부딪치곤 했다.

"청승 그만 떨어, 캐서린. 우리가 팔자 좋게 지난 시절 떠올리고 있을 처지야? 코앞에 닥친 현실이 더 문제라고."

제니가 신랄한 어조로 캐서린을 깨우쳤다.

"맞아. 활짝 갠 미래를 위해 건배하자!"

"우린 영원히 현역으로 남자고."

세 사람은 곧 사라져갈 '비틀즈'에서 각자 앞날을 떠올리며 잔을 부딪쳤다.

십 분 안에 일어날 수 있는 일

실내는 담배 연기가 자욱했다. 인종과 국적 다른 사람들이 카드를 손에 쥔 채 테이블에 둘러앉아 있었다. 패를 읽는 각자의 눈빛이 기대로 넘쳤다. 간간이 오가는 너스레와 웃음이 팽팽한 긴장을 누그러뜨리면서 한 번씩 숨통을 틔워주었다.

"헤이!"

"컨그레츄레이션!"

사람들이 룸으로 들어서는 손흥수를 알아보고 반색했다.

"미스터 손, 바카라 게임에서 200만 페소 땄다면서."

부러움이 가득 담긴 목소리의 주인공은 퇴역 군인 마이클이었다.

VIP룸에서의 일이 그새 이곳 텍사스 홀덤 룸까지 소문이 나 있었던 것이다.

"그런 하이롤러가 우리랑 카드놀이를 한다고요?"

마이클 옆에 앉은, 이탈리아 출신 젊은 남자가 놀라워하며 물었다.

"바카라의 제왕이 텍사스 홀덤까지 잘한다는 보장은 없지요."

여송연을 입에 문 필리핀 남자가 이죽거리듯 말했다. 그가 내뿜는 여송연 연기가 실내 공기를 탁하게 만드는 주범이었다.

텍사스 홀덤 전용 룸인 이곳은 단골 이용객들의 사랑방 역할을 겸한 곳이었다. 룸 한쪽에는 매점과 휴식 공간이 갖춰져 있었다. 게임 테이블에 앉은 사람 외에도 그들과 같이 온 일행과 구경꾼들로 술렁이는 분위기였다.

"미스터 손이 딴 돈 10퍼센트만 우리가 거둬들입시다."

마이클의 한마디에 다들 맞장구쳤다.

손홍수는 마이클과 필리핀 남자 사이에 자리를 잡고 앉았다.

현에게 유일하게 낯이 익은 이가 마이클이었다. 언젠가 손과 함께 들렀던 쇼핑몰에서 한 번 맞닥뜨린 적 있었다. 커다란 카트에 어린아이를 태우고 젊은 여자와 느긋하게 쇼핑을 즐기던 거구의 백인 영감. 손녀로 보이던 아이가 딸이라는 것과, 딸처럼 보이는 젊은 여자가 그의 아내라는 사실에 놀랐던 기억이 났다.

"우리 공주님 잠들면 내가 할 일이 있어야지. 밤은 무자비하게 길고 잠은 안 오고……."

마이클이 밤마다 이 텍사스 홀덤 룸을 찾는 이유였다.

간간이 오가는 말로 현은 테이블에 둘러앉은 사람들을 대충 파악할 수 있었다. 시가를 입에 문 육십 대 필리핀 남자는 멤버 중 최고 실력자로 꼽혔다. 거의 매일 이곳에서 밤 시간을 보내는 그는 카지노에서 정기적으로 열리는 텍사스 홀덤 대회 수상 경력도 있었다.

"아까 VIP룸 한쪽에서 바카라 하던 친구 기억나나?"

손이 불쑥 현에게 물었다.

손흥수 외에 유일한 게이머였던 건장한 체구의 구레나룻 노신사를 현이 모를 리 없었다.

"그 노신사가 지금 이곳 시장이야. 그리고 지금 내 옆에 앉은 필리피노는 전직 시장이었지."

이곳 카지노가 '파콜(필리핀게임사업위원회)'에서 직접 운영하는 국가적 장려 산업이라는 손의 설명이 따라붙고 나서야 현은 전·현직 시장이 같이 카지노에 앉아 있다는 믿기 어려운 사실이 이해되었다.

"저런, 저 젊은 놈이 또 먹겠는걸. 젠장."

까까머리 한국인이 투덜거리며 카드를 던졌다. 이탈리아 출신 젊은 남자가 승승장구하고 있었다. 오늘 처음 이곳에 발을 들여놓은지라 그는 기존 멤버들 텃세를 단단히 겪고 있었다. 세 번 연속 젊은 남자가 이겼고 이번 판도 승산이 있어 보였다. 까까머리에 이어 전직 시장도 카드를 던지고 나갔다. 사람들은 신참한테 잃는 것 자체를 못마땅해했다.

"나 참, 저 신출내기 젊은 놈이 얼마 들고 게임하러 온 줄 아십니까?"

까까머리가 손에게 물었다. 자칭 '땡추'라는 그 남자는 이곳에서 사찰용 목각을 만들어 한국에 수출하는 일을 하고 있는, 승려 출신

사업가였다.

"찌질하게 판돈 2000 들고 와서 시작하더라고요. 달러도 아닌 페소로."

"푼돈으로 운 좋게 한밑천 장만했네요."

손이 젊은 남자의 칩을 흘끗거리며 말했다.

젊은 남자 앞에 칩이 가장 많이 쌓여 있었다. 시드 머니 수십 배에 달하는 액수를 이미 따놓은 것이다.

"이렇게 소심하게 카드놀이 하면서 따는 게 참 신기하네."

전직 시장도 젊은 남자를 보고 투덜거렸다. 한껏 기대를 걸었는데 젊은 남자가 카드를 던지고 나가자 김이 샌 모양이었다.

젊은 남자는 사람들 눈총에 아랑곳없이 허허실실이었다. 그가 일찍 손을 털고 나왔을 때는 캔맥주를 들이켜면서 옆자리의 마이클과 경쟁이라도 하듯 어린 딸내미 얘기를 주고받았다. 그도 마이클처럼 이곳 여자와 결혼해 어린 딸을 두고 있었던 것이다.

"두 팔불출이 서로 얘기가 잘 통하네."

땡추가 둘의 이야기를 들으며 뒤틀린 심사를 쏟아놓았다.

테이블에 마주 앉아서 속 편하게 남을 흉볼 수 있는 것도 말이 달라 가능했다. 영어를 공용어로 쓰다가도 불평이나 욕을 할 때는 자기네 나라 말로 자국 사람끼리 편이 되어 쑤군거리곤 했다. 필리피노들은 그럴 때면 타갈로그어를 썼고 한국인은 한국말을 썼다. 이때는 영어권 사람이 가장 불리했다.

몇 판 돌고 나자 손홍수 앞에도 이탈리아 남자 못지않게 칩이 쌓였다. 시드 머니가 많았던 데다 두어 번 큰판을 휩쓸었던 것이다. 텍사스 홀덤에서도 그의 베팅 스타일은 여전했다. 많은 이들은 그의 베팅 액수에 기가 질려 좋은 패를 들어도 일찌감치 카드를 던지고 나갔다. 그것이 승률 높은 한 가지 요인이기도 했다. 갈수록 칩은 젊은 남자와 손, 둘에게 거의 집중되었다. 젊은 남자는 쌓인 칩을 바라보며 잘하면 트라이시클 수준인 자신의 낡은 자동차를 바꿀 수 있겠다며 기대에 부풀어 있었다.

자욱한 연기 속에 기대에 찬 눈빛으로 카드를 쥐고 앉은 그들을 보면서 현은 그들이 떠나온 나라와 행로가 그려진 지도를 떠올렸다. 지중해 혹은 태평양을 건너거나 중국 대륙을 건너온 사람, 나라도 언어도 처한 사정도 각각 다르지만 그들이 모여든 이유는 게임 테이블 위에 분명히 나타나 있었다. 노랑과 검정, 초록의 작고 둥근 칩들. 지구의 중력과도 같은 강력한 힘, 그것이 산 넘고 물 건너 이 멀고 낯선 땅으로 이끈 것이다.

"자정을 십 분 남겨놓고 있습니다, 미스터 손."

현이 손에게 일렀다. 그는 자정까지만 게임을 하겠다고 현에게 미리 귀띔해놓았던 것이다.

"거의 압승이신데요. 게임이 잘 풀리는 날인가 봅니다."

바카라의 행운이 이곳에서도 계속 이어졌던 것이다.

"아직 십 분이나 남았다며……?"

손이 신중한 목소리로 반문했다.

"십 분 안에 판도가 완전히 바뀔 수 있지, 이 바닥에선 말이야. 다

딸 수도, 다 잃을 수도 있어."

'속단은 금물'이라는 말이었다. 하지만 대세는 굳어진 것으로 보였다. 십 분이라면 새로운 판을 기대할 수도 없는 시간이다.

"에라, 나도 일찌감치 접어야겠다."

전직 시장에 이어 마이클이 카드를 던지고 나가면서 일찍부터 손흥수와 젊은 이탈리아 남자 둘만 남았다. 신중한 베팅과 과감한 베팅, 두 스타일의 대결이었다. 카드를 새로 받을 때마다 둘은 기싸움이라도 하듯 베팅을 했다. 웬일인지 젊은 남자도 이번만큼은 과감했다. 지금껏 무모한 베팅을 한 번도 하지 않은 그였던지라 다들 그가 결정적인 패를 쥐고 있을 거라고 추측했다.

마지막 카드 한 장을 남겨놓고 있을 때였다. 손이 자신의 칩 모두를 테이블 가운데로 밀어놓았다. 올인. 손흥수 특유의 승부사 기질이 발동한 것이다. 사람들이 경탄을 금치 못했다. 그들은 젊은 남자 쪽으로 시선을 돌렸다. 신중한 표정으로 카드를 뚫어지게 들여다보고 있는 젊은 남자 역시 쉽게 물러날 기세가 아니었다.

"올인."

젊은 남자도 그동안 딴 칩을 모두 앞으로 밀어놓았다. 사람들이 또 한 번 탄성을 내뱉었다. 이기면 크게 한탕 하고 지면 몽땅 날리게 되는 극적 대결의 순간. 다들 가슴 졸이며 게임을 지켜보았다. 얼마나 조용한지 침 삼키는 소리까지 들릴 정도였다. 딜러에 의해 마지막 카드가 전해졌다. 손이 먼저 앞에 놓인 카드를 끌어당겼다. 마지막 패를 들여다본 그의 얼굴에 희미하게 미소가 번졌다. 현은 그것으로 그의 의중을 파악할 순 없음을 잘 알고 있다. 최악의 패를 가졌어도 그는 웃을 수 있는 사람이다. 젊은 남자는 심각하게 패를 들여다보더니 실망한 기색으로 카드를 던졌다. 백기를 든 것이다. 대체 어떤 패인지 의아해하던 중 누군가 그의 것을 뒤집어보았다.

"에이, 겨우 원페어였어?"

사람들이 어이없어했다.

"세상에…… 이걸 들고 올인했단 말야?"

소심한 젊은 남자가 이 정도로 밀어붙일 거라는 생각은 못했던 것이다.

"역시 보통내기는 아니네."

누구는 그 용기를 높이 샀다.

"막판에 모험 한번 해보려 했죠. 뭐."

젊은 남자가 허탈해하며 머리를 긁적였다.

손이 불쑥 자리에서 일어났다. 그는 칩 더미를 젊은 남자 앞으로 쭉 밀어주었다.

"자네가 이겼어."

사람들이 황당해하며 손을 쳐다보았다.

"우린 이제 가자고, 제프."

손은 카드를 내려놓은 채 테이블 밖으로 걸어 나왔다. 자정 일 분 직전이었다.

젊은 남자가 '설마' 하는 표정으로 테이블에 놓인 손의 패를 뒤집어보았다. 갑자기 비명에 가까운 환호가 터져 나왔다. 다른 사람들도 경악을 금치 못했다. 손은 원페어도 들지 않은 그야말로 '꽝'이었다. 술렁이는 테이블을 뒤로하고 현은 손을 뒤따라 텍사스 홀덤 룸을 나왔다.

앞서 가던 손이 현을 흘끗 돌아보며 한마디 했다.

"잘 봤지? 이 바닥에서 십 분이 어떤 건지……."

편안한 족쇄

카지노에서 클라크의 리조트로 가는 지름길은 앙헬레스 뒷골목 유흥가를 통과하는 길이었다. 골목은 비키니 바와 술집이 즐비했다. 자정을 막 넘긴 시간, 핫팬츠와 민소매 차림의 젊은 필리핀 아가씨들이 가게 앞에 모여 바글거렸다. 이 지역 젊은 여자란 여자는 모두 그곳에 나와 모여 있는 것 같았다. 현은 혼잡한 길 사이로 차를 천천히 몰았다. 사람들로 바글거리는 재래시장 한복판으로 차를 몰고 들어온 느낌이었다.

톡톡- 차창을 두드리는 소리. 배꼽티에 핫팬츠 차림 아가씨가 현에게 윙크해 보였다. 여자는 운전석 차창에 바싹 붙어서 따라왔다. 아무리 유혹의 눈길을 보내도 현이 별다른 반응을 보이지 않자 여자는 다른 차로 가버렸다. 그러자 또 다른 아가씨가 따라붙었다. 업

소 여자들이 번갈아 가며 차에 들러붙는 바람에 빠져나가는 일이
여간 곤혹스러운 게 아니었다.

"이 아가씨들이 모두 여기 유흥가에서 일하는 여자들인가요?"

"글쎄…… 그럴 테지."

손이 잘 모르겠다는 듯 중얼거렸다.

"왜, 이곳 술집이 궁금한가?"

"아닙니다. 그저, 아가씨들이 너무 많아서 여쭤본 겁니다."

차는 좁은 골목을 간신히 빠져나와 큰길로 접어들었다. 큰길에
면한 업소들은 골목 안 술집들보다 규모가 크고 화려했다.

"여기 잠깐 멈추지."

손이 차를 세우도록 지시한 곳은 어느 비키니 바 앞이었다.

"이 집이 개중 나아 보이누만……."

그가 차에서 내리면서 중얼거렸다.

간판부터 세련되고 고급스러워 보이는 바였다. 입구에 서 있던
웨이터가 반갑게 다가와 자동차 키를 건네받았다. 현은 어리둥절
해하며 손의 뒤를 따랐다. 실내는 웨스턴 바 분위기였다. 입구에 놓
인 당구대에 서양 남자 둘이 포켓볼을 하고 있었다. 넓은 홀 안쪽으
로 무대가 마련돼 있었고, 그 위에 검은 비키니 차림의 아가씨들이
삼사십 명 무리 지어 서서 흘러나오는 음악에 맞춰 몸을 흔들고 있
었다. 춤이라기보단 율동에 가까운 단조로운 몸놀림이었다. 아가씨
들 수에 비하면 손님은 얼마 되지도 않았다. 혼자 온 서양 남자 몇
몇이 띄엄띄엄 자리를 차지하고 있고 그들 앞에 선택된 비키니 걸

이 하나씩 앉아 있었다. 골목에서 바글거리는 아가씨들과 바의 썰렁하리만큼 한산한 실내 광경이 너무도 대조적이었다.

손은 무대 주위를 빙 둘러싸고 있는 테이블 중 하나에 자리를 잡았다.

"이제부터 운전 걱정 말고 한잔하라고. 여기까지 왔는데, 궁금증 한번 풀어봐야지 않겠나."

그러더니 그는 카운터에 있는 매니저 여자를 불렀다. 몸의 실루엣이 고스란히 드러나는 길고 검은 드레스 차림에 치렁치렁한 귀고리를 한 여자가 다가왔다. 그는 매니저 여자와 몇 마디 나누더니 손으로 무대 위를 가리켰다. 그러더니 그의 큼직한 손이 가운데까지 와서 정확히 금을 그어 보였다. 그의 손짓이 끝나기 무섭게 무대는 술렁거렸다. 비키니 걸 절반이 우르르 그들 앞으로 몰려왔다. 검은 파도가 덮쳐오듯 압도적이었다. 가까이 다가온 그들은 좌우로 죽 늘어서더니 길게 연결된 테이블 좌석에 각자 앉았다.

"얘기 나누라고. 난 저기서 포켓볼이나 하고 있을 테니."

뜬금없이 한마디 하더니 손은 이내 당구대 쪽으로 옮겨 갔다. 현은 순식간에 십수 명의 비키니 걸 앞에 덩그러니 혼자 남았다. 젊은 여자들 눈동자가 일제히 자신에게 쏠려 있음을 느끼자 무대에 혼자 올라앉은 듯 부자연스럽고 멋쩍었다. 이런 익숙지 않은 상황은 비키니 걸들에게도 마찬가지로 보였다. 어떤 아가씨는 옆 사람에게 귓속말을 하며 킥킥거리기도 했다. 마침 현 앞에 버드와이저 몇 병이 놓였다. 비키니 걸들 앞에는 화려한 빛깔의 칵테일 마가리타가 한 잔씩 놓였다. 탈출구를 찾은 듯 현은 맥주부터 들이켰다. 잔을 내려놓다 그는 앞자리 아가씨와 눈이 마주쳤다. 그녀는 칵테일 잔에 담긴 스트로를 입에 물고 검고 커다란 눈망울을 굴리며 현을 빤히 올려다보았다. 분홍 핀으로 한쪽 머리를 단정하게 눌러놓은, 귀엽고 순진해 보이는 아가씨였다. 어쩌면 미성년자일지도 몰랐다. 접대부 있는 술집에 처음 갔던 대학 시절처럼 어색하고 불편했다. 다른 점이라면, 그때의 감정이 연민이었다면 이제는 동병상련으로 바뀌었다는 것 정도…….

"오빠."

어디선가 한국말이 불쑥 날아들었다. 현의 오른쪽 대각선 방향에 앉은 여자였다. 현과 눈이 마주치자 여자는 '안녕하세요'라며 한국말로 인사해왔다. 다른 아가씨에 비해 나이가 제법 있어 보이는 필리핀 여자였다. 여자는 '나도 서울 있었어요'라는 말을 바둑판에 돌 놓듯 또박또박 늘어놓았다. 이국의 땅에서 맞닥뜨리는 내 나라 말이나 내 나라 사람은, 집 밖에서 마주치는 가족 같은 면이 있었다. 집에서처럼 익숙하지도 편하지도 않은, 그래서 이상하게도 외면하고픈 충동이 이는 것이다.

그나마 그녀와의 대화는 시선을 한곳에 고정시킬 수 있어 좋았다. 라일라, 라는 이름의 여자였다. 현을 보자 그녀는 기다렸다는 듯 자기 얘기를 늘어놓기 시작했다. 별 소득 없이 끝난 한국행에 관한 이야기였다. 꿈에 부풀어 찾았던 한국에서 성매매 단속 특별법이 시행되면서 예정했던 기한의 반도 못 채우고 동두천과 용산을 오가다 빚만 잔뜩 안은 채 돌아올 수밖에 없었다는 사연이었다.

"그때 나랑 같이 일했던 한국 친구들은 해외로 많이 나갔어요. 주로 홍콩이나 미국, 캐나다 행이었지요. 나처럼 한물간 여자들도 많았어요. 그곳 남자들은 동양 여자 나이를 잘 알아보지 못해서 유효 기간이 오륙 년은 거뜬히 연장된대나……."

그 대열에 합류하지 못해 아쉬운 듯한 어조였다.

"라일라는 이 생활 별로 지겹지 않은가 봐요."

그녀의 태도를 떠올리며 현이 물었다.

"오빠는 밥 먹는 일 지겨워지면, 영영 숟가락 놓을 거예요?"

그녀의 반문에 현은 한 대 얻어맞은 느낌이었다.

"맥주 한잔 더 하겠어요?"

그녀가 고개를 끄덕이자 현은 자기 앞의 버드와이저 한 병을 그녀에게 밀어주었다.

"그놈의 화산 폭발 때문이죠. 이 지긋지긋한 일, 진작 청산하지 못한 건."

맥주를 한 모금 들이켜고 난 그녀가 넋두리하듯 말했다. 피나투보 화산 폭발을 일컫는 그 말은 이 나라에선 미군 철수를 뜻하는 말이기도 했다. 이 골목길 아가씨들 삶에도 그 일은 깊이 뿌리 내리고 있었던 것이다.

"그것과 함께 내 야무진 꿈도 영영 사라져버렸어요."

그녀의 어긋난 첫사랑에 관한 얘기였다. 현은 사무실에 굴러다니던 소설책을 떠올렸다. 『에르미따』. 필리핀의 전설적인 귀족 창녀 이야기를 다룬 소설이었다. 지루하기 짝이 없는 소설이었으나 유독 한 구절이 기억에 남았다.

'우리에게, 미군이란 편안한 족쇄 같은 존재다.'

식민지 나라 원주민 여자와 주둔군 사병 간의 연애는 정치적 이유 때문에라도 그걸 바라보는 시선이 순수하기 어렵다. 라일라의 연애 이야기를 들으면서 별다른 감흥이 일지 않는 건 그 때문인지도 모른다는 생각이 들었다. 그녀의 이야기를 듣는 내내 현은 지난 기억에 사로잡혀 있었다. 마닐라에서의 첫날, 그리고 마닐라 베이의 밤, 제니 생각……

"그래, 궁금증이 좀 풀렸나?"

어느새 손이 돌아와 앉았다.

"저 아가씨가 마음에 들었던 모양이지?"

그가 라일라를 일별하며 말했다. 현이 원한다면 하룻밤쯤 허용할 수 있다는 뉘앙스였다.

"한국에 있다 온 친구라 말이 잘 통했습니다."

현은 사적인 감정이 없음을 분명히 했다.

손은 매니저 여자에게 손짓을 해 보였다. 정해진 수순처럼 여자가 계산서를 들고 다가왔고 손은 셈을 치렀다. 스무 명의 비키니 걸을 앞자리에 앉힌 비용은 만만치 않았다. 이 예기치 않은 즉흥 이벤트가 자신을 위한 것이었다고 생각하자 현은 부채감에 가슴이 묵직해오는 느낌이었다. 손의 친절은 거기서 끝나지도 않았다.

"운전은 내가 하지."

웨이터에게서 직접 키를 건네받으며 그가 말했다.

"아닙니다. 전혀 취하지 않았습니다. 안전하게 모실 수 있습니다."

엄밀히 따지면 손이 더 많이 마셨을 터였다. 저녁 식사부터 게임 끝날 때까지 마신 포도주 양이 만만치 않았다.

"음주 운전도 해본 사람이 잘하지."

그는 기어이 운전대에 앉았다.

'거, 왜, 미스터 손 스타일 있잖아. 한 번씩 사람 어리둥절하게 할 만큼 베푸는 그 큰손의 위력 말이야. 그거 한번 접하면 없던 충성심이 절로 생긴다고.'

사람들 얘기가 떠올랐다. 그날 밤에 있었던 일들 역시 그 말을 뒷받침할 만한 것들이었다. 경계를 나누던 그의 큼지막한 손, 술렁이던 무대, 우르르 몰려들던 비키니 걸들의 검은 물결. 게임 시작 한 시간도 안 되어 두 배로 불어나던 시드 머니, 주위 사람들 발길을 주춤거리게 하던 현금 뭉치. '십 분 안에 판도가 완전히 바뀔 수 있지.' 자신의 한마디를 증명해 보이듯, 올인 한 번으로 모든 걸 깨끗이 내주고 일어나던 단호함…….

물소 떼

리조트를 빠져나오면서부터 비가 부슬거렸다. 자정을 훌쩍 넘긴 시간. 아름드리 고목 행렬이 이루는 기다란 터널이 자동차 불빛에 호젓하게 드러났다. 안개가 부옇게 드리운 밤공기 속으로 부슬비가 추적거렸다. 열대 고목들의 강인하면서도 끈끈한 향이 습한 공기 속으로 스며들었다. 사무실에서 현의 숙소로 향하는 십여 분 거리는 매혹적인 드라이브 코스였다. 낮에도 다른 차들은 찾아보기 힘든 만큼, 해가 지고 나면 전용도로나 다름없었다. 현은 하루의 피로를 그 길에서 말끔히 날려버리곤 했다. 비 내리는 밤길의 정취를 되도록 오래 즐기고 싶었다. 현은 자동차 속도를 최대한 낮추었다.

거목이 이루어내는 숲의 터널은 500여 미터에 달했다. 터널을 벗어나는 지점에 이르면 갈림길이 나온다. 갈림길에서 왼쪽으로 꺾어져 달리는 길은, 들판 한가운데를 가로지르며 나 있다. 낮이면 길 좌우로 펼쳐진 초록 들판이 완만한 둔덕을 이루며 부드럽게 물결친다. 햇빛 찬란한 날, 초록의 들판 한가운데를 달리다 보면 낙원을 가로지르는 기분이다.

"늦은 밤, 거액의 현찰을 싣고 이 길을 갈 때 얼마나 섬뜩한지 알아?"

언젠가 동승한 직원이 말했다. 매혹적인 드라이브 코스에서 신체 건장한 남자로부터 그 얘기를 처음 들었을 때는 웃음이 났다. 무장 강도들이 저지르는 끔찍한 사고가 신문 지상에 심심찮게 오르내리는 나라이긴 했지만 특수경제구역인 이곳 클라크만큼은 안전 지역으로 꼽혔다.

하지만 시간이 갈수록 현도 그 말을 실감했다. 그에게는 밤보다 낮의 풍경이 더 그랬다. 망망대해처럼 펼쳐진 녹색 물결이 한 번씩 섬뜩하게 느껴졌다. 어떤 날은 그 끝 간 데 없는 초록이 불러일으키는 권태에 숨이 막혔다. 달려도 달려도 그 녹색의 늪을 헤어나지 못할 것 같았다. 초록 물결이 자아내는 긴장과 공포까지 길의 매력으로 즐길 수 있게 된 것도 얼마 되지 않은 일이다.

삐이이 핏—

와이퍼가 규칙적인 마찰음을 내며 좌우로 오갔다. 전면 창이 맑아졌다 이내 흐려졌다.

지난번 마닐라행의 일이 떠올랐다.

"제니, 얼마 전 여길 떠났어. 당분간 보기 힘들 거야."

난데없는 소식이 현을 기다리고 있었다. 기다리고 기다렸던 마닐라행이었건만……. 클라크에서 지내는 내내 현의 건조한 일상을 채웠던 것은 마닐라에서의 그녀와의 기억이었다. 강력한 환각제였다. 한 몸이 되었던 그날 밤의 기억이 떠오를 때마다 현은 태엽 감긴 오르골처럼 살아 움직였다. 그녀와의 만남이 삶의 유일한 이유였고 한 가닥 희망이었다. 그녀의 아픈 기억이 가라앉고 나면 그 틈을 비집고 들 수 있지 않을까. 장밋빛 꿈까지 품었다. 그 가당찮은 꿈에 찬물 끼얹듯 그녀는 떠나버렸다. 작별 인사 한마디 없이.

"이 바닥 사람들이 원래 그래. 바람 같아. 소리 소문 없이 사라졌다가 어느 날 짠 하고 나타나거든. 더러는 머나먼 이국땅 어느 카지노 게임 테이블 옆자리에서 우연히 맞닥뜨리기도 하지."

흐르는 물처럼 스쳐가는 바람처럼, 비껴가는 관계가 있다. 현 자신에게 제니는 그런 존재로 보였다. 그날, 마닐라 베이의 밤바람처럼. 정신 차려. 내일이 오늘보다 더 나을 거라고 생각해? 어둠이 밀려가면 찬란한 해가 떠오를 거라고, 정말 그렇게 믿어? 냉소 어린 제니의 목소리가 맴돈다.

삐이이 핏—

와이퍼가 지나면서 창이 맑아진다.

삐이이 핏—

무엇이 자넬 여기로 보낸 것 같나?

삐이이 핏—

꿈이 뭐예요?

삐이이 핏—

　반사적으로 브레이크를 밟았다. 얼핏 어떤 움직임이 잡혔던 것
이다. 차가 멈춘 것은 들판 한가운데였다. 저 멀리서 뭔가가 느릿느
릿 움직이고 있었다. 부연 안개 사이로 정체불명의 검은 실루엣이
한쪽에서 다른 쪽으로 천천히 옮겨가고 있었다. 하이 빔을 켰다. 검
은 물소 떼다. 불빛에 놈들은 일제히 자동차 헤드라이트 쪽으로 고
개를 돌렸다. 부릅뜬, 분노에 찬 검은 눈동자들이 현을 노려보았다.
금방이라도 놈들 무리가 자동차를 향해 돌진해올 것 같았다. 서둘
러 라이트를 껐다. 등골이 서늘하고 식은땀이 흘렀다. 숨죽인 채 놈
들의 움직임을 살폈다. 놈들 무리는 천천히 도로를 가로질러 건너
편 초지로 옮겨가고 있었다. 싱그럽게 펼쳐진 초원 여기저기서 한
가로이 풀을 뜯고 있는 물소 떼는 익히 봐왔어도, 이렇게 비가 부슬
거리는 밤에 무리 지어 이동하는 모습은 처음이다. 어둠에 익숙해
지자 놈들의 실루엣이 점점 또렷해졌다. 안개비 사이로 짙고 거대
하고 육중한 무리의 행렬이 이쪽에서 저쪽으로 옮겨가고 있었다.
이 세상에서 완전히 다른 저쪽 세상으로 이동하듯, 신비롭고 장엄
한 움직임이다. 늦은 밤, 부슬거리는 비를 맞으며 놈들은 어디로 가
는 것일까……? 반대편 초지로 옮겨간 놈들은 어느 순간 시야에서
사라졌다. 다시 불빛을 멀리 비추어 본다. 초록 둔덕만 무심히 펼쳐
져 있다. 놈들은 감쪽같이 사라졌다. 몸속의 기운이 완전히 빠져나
간 느낌. 와이퍼 움직이는 소리만이 정적을 가득 메운다.

　삐이이 핏—

삐이이 핏—

삐이이 핏—

삐이이 핏—

하얀 풍경 위로 검은 무리가 스쳐간다. 물소 떼…… 광부들…….
눈이 내린다. 하염없이. 기차가 지나간다. 검은 연기와 함께 기적
소리가 길게 뿜어져 나온다. 햇빛이 눈 덮인 탄광촌을 비춘다. 흰
눈이 햇빛을 받아 사금처럼 반짝인다. 사금이 흩날린다. 끈질기고
풍요롭고 탐욕스럽게…….

선택하쇼. 사내가 허공을 향해 동전을 던진다. 허공에서 포물선
을 그린 동전은 현의 손에 떨어진다. 현은 손을 펴본다. 손에 쥐어
진 건 반짝이는 동전이 아니라 꿈틀거리는 동물의 심장이다. 피가
뚝뚝 듣는 매끈하고 묵직한 그것의 느낌이 손에 오롯이 전해왔다.
놀라며 깨어났다. 꿈이었다. 정신을 차리고 보니 차창 밖이 훤하다.
비는 그쳤고 구름도 말끔하게 걷힌 하늘이었다. 달까지 훤하게 떠
있다. 공기의 느낌도 다르다. 눅눅하던 기운은 말끔히 가셨다. 젖은
아스팔트가 달빛 아래 반짝인다. 부드러운 둔덕이 어렴풋이 모습
을 드러냈다. 새벽을 향해 가는 시간……. 달빛이 무심히 창으로 흘
러들고 바람이 기분 좋게 현의 몸을 감싸온다.

시동을 건다.

자넨, 이곳에서 뭘 가장 잘할 수 있을 것 같나?

사이드 브레이크를 푼다.

꿈이 뭐예요?

차가 달빛 속으로 미끄러져 들어간다.

제니, 여길 떠났어.

물소 떼가 건너간 길을 지난다. 놈들은 어디로 사라졌을까? 시선을 멀리 던져본다. 둔덕이 달빛 아래 서늘하게 펼쳐져 있다. 제니는 떠났다. 나는 무얼 할 수 있을까? 아무 생각도 떠오르지 않는다. 달빛에 젖은 아스팔트만 간신히 보일 뿐⋯⋯.

쇼핑몰 SM으로 들어섰다. 서늘한 공기와 함께 경비의 인사말이 날아든다. 검색대를 거쳐야 하는 번거로움만 없다면 이곳으로 들어서는 건 상쾌하고 즐거운 일이다. 초현대식 복합 쇼핑몰인 이곳은 냉방 시설 역시 최고 수준이다. 아열대 기후의 살인적인 대낮 무더위를 피하는 가장 좋은 방법이 이런 건물을 찾아드는 것이다. 이곳은 앙헬레스에서 그나마 도시 분위기를 접할 수 있는 곳이기도 했다. 쇼핑이나 영화 관람, 만남의 장소가 되기도 하는 이 복합 쇼핑몰은 무엇보다 안전하고 쾌적했다. 파리가 들끓는 육류나 생선이 퀴퀴한 냄새를 풍기며 팔리고 있는 재래시장은 서민들 차지였다. 외국인들은 치안 때문에라도 그곳을 꺼렸다. 어설프게 기웃거리다가는 구걸꾼이나 소매치기의 표적이 되기 십상이다.

SM은 넓은 도로를 사이에 두고 복잡한 앙헬레스 구시가지와 마주 보고 서 있다. 종합운동장처럼 도넛 모양의 구조물인 이 초현대식 건물은, 건너편의 재래시장과 유흥가 골목이 어지럽게 얽혀 있는 원주민 동네와 대조를 이루었다. 하지만 구시가지는 머잖아 사라질 것이다. 새것은 옛것을 당연한 듯 집어삼킨다. 순식간에 감쪽같이.

현은 카트를 끌고 미스터 손 뒤를 따랐다. 장을 보러 나온 것이다. 일주일 전부터 한식 요리 담당 가정부가 휴가여서 손이 요리사 역을 자청하고 나섰다. 그가 주방에 들어서서 칼을 잡으면 다른 가정부들은 요리학원 수강생처럼 잔심부름이나 하면서 어깨 너머로 한국 요리를 익히곤 했다.

"삼겹살, 삼겹살."

육류 코너로 들어서자 점원들이 한국말로 외쳐댄다. 진열장에는 쇠고기와 닭고기, 돼지고기가 등급별 부위별로 나뉘어 진열되어 있었다. 손이 그걸 들여다보자 현은 긴장했다. 지난 일주일, 똑같은 저녁 메뉴였다. 닭칼국수. 이곳에서 처음으로 접하는 별미 한식이라 첫날은 현도 두 그릇이나 비웠다. 진하게 우려낸 육수에 칼국수 맛이 제대로 났다. 두번째 날도 맛있게 먹었다. 사흘째 올라왔을 때는 질리는 느낌이었고 다음 날에는 몸이 거부 반응을 일으켰다.

'우리 대장은 음식에도 필 한번 꽂히마 끝까지 간데이. 눈치껏 피해 가야제.'

박 이사가 넌지시 귀띔해주었다.

하지만 현은 통과 의례려니 생각했다. 다른 직원들은 재치 있게 한두 번씩 피해 갔으나 현은 정면 돌파를 택했다. 일상에서 나타나는 손의 중독증에조차 적응해야 한다고 생각했다.

"옛 써!"

점원이 큰 소리로 외치며 손이 주문한 걸 진열장에서 꺼내 들었다. 아니나 다를까 이번에도 닭이다. 목이 댕강 잘려 나가고 털이 다 뽑혀 나간 허연 가죽과, 관절을 드러내며 오그라든 노란 발가락을 보는 순간, 현은 속이 울렁거렸다. 질리도록 먹었던 고기 국물 맛이 떠올랐던 것이다. 하지만 내색하지 않았다. 설령 손이 한 달 내내 같은 요리를 하더라도 시침 뚝 떼고 끝까지 먹어낼 생각이었다. 속속들이, 가능하다면 피와 유전자까지 그를 닮기로 작정한 것이다. 자신이 이곳에서 가장 잘할 수 있는 일, 그걸 찾기로 했다. 손을 수행하는 한 그를 그림자처럼 따르면서 그의 수족, 아니 입속의 혀 같은 존재가 돼야 한다. 그가 정현이라는 인간에게 중독되어 더 이상 현 없이는 생활이 불가능해지는 날이 올 때까지. 그러면 비로소 자신의 존재감이 살아날 것 같았다. '없던 충성심이 절로 생기게 하는' 그의 큰손 스타일에 혹해서가 아니었다. 무엇보다 현은 이곳에서 살아남기로 한 것이다. 손의 그늘 아래, 가능하다면 제대로 보란 듯이…….

무엇이 자넬 여기로 보낸 것 같나? 질문의 답이 어느 날 영감처럼 스쳤다. 카지노에서 카지노로 이어지는 광범위한 네트워크에 영향을 미치는 인물, 보이지 않는 힘의 실체, 문제의 답은 바로 질문을 던진 당사자인 것처럼 보였다. 그 질문은 어쩌면 현이 충성해야 할 인물에게 제대로 순종하라는 말인지도 몰랐다.

"헤이, 미스터 손."

누군가 부르는 소리에 그들은 돌아섰다.

마이클이었다. 여느 날처럼 그는 가족과 함께 쇼핑 나들이를 나왔다. 그들과는 이곳 SM에서 가끔 맞닥뜨렸다. 이 지역 외국인들의 행동반경이라야 뻔하다. 클라크에 있는 리조트 내 골프장이나 위락 시설, 아니면 카지노나 이곳 SM 쇼핑몰이 고작이다. 그 외에는 갈 만한 곳도, 누릴 만한 문화 공간도 마땅치 않았다. 마이클은 세 살짜리 딸내미가 타고 있는 카트를 밀고 앞장서고 그 뒤에 아내가 따랐다. 그의 젊은 아내는 자그마한 몸집의 전형적인 필리핀 여자였다. 메모지를 들여다보고 필요한 물품을 꼼꼼하게 체크해가며 물건을 고르는 품새가 야무진 살림꾼 모습이었다. 그런 모습을 보고 있으면 그녀에게 따라붙는 불륜 관련 얘기는 과장되었거나 헛소문에 지나지 않아 보였다. 그들의 세 살짜리 어린 딸이 타고 있는 카트에는 바나나 송이와 망고, 두리안 등 열대 과일이 함께 실려 있었다. 아이는 제 몸집 절반만 한 커다란 바나나 송이에서 떼어낸 바나나를 까서 열심히 먹고 있었다. 검은 눈망울을 굴리며 입을 오물거리는 세 살짜리 아이의 앙증맞은 모습은 보는 이의 넋을 빼놓을 만했다. 그런 아이를 위해서라면 열대 밀림을 맨발로 헤치고 다니고라도 맛있는 과일을 따올 수 있을 것 같았다.

"마이클 저 영감쟁이한테 남은 마지막 꿈이 뭔지 아나?"

손이 멀어져가는 마이클 가족을 바라보며 물었다.

"글쎄요……?"

"딸내미 결혼하는 것 보고 눈 감는 거라나."

"저라면 저런 딸내미 결코 남한테 못 줄 것 같은데요."

"나는 그 딸내미가 독신주의가 될 거 같아 걱정이야."

손이 웃으며 덧붙였다.

이럴 때의 그는 더없이 친근하고 인간미 넘치는 이웃 아저씨다. 소박하고 평범한 일상생활에 자연스럽게 어울리는 장년층 사내……. 현은 그가 왜 마이클처럼 가정을 이루지 않는지 한 번씩 궁금증이 일었다. 늦은 밤 카지노 VIP룸 테이블에 앉아 승률 높은 게임을 이어가는 하이롤러일 때나, 텍사스 홀덤 룸에서 여러 사람과 어울려 카드놀이를 할 때, 클라크에서 카지노 업무로 바쁜 일상을 보내고 있을 때도 그는 왠지 쓸쓸해 보였다.

'이 바닥 떠도는 사람치고 사연 없는 사람이 어데 있겠노.'

박 이사는 누구보다 손에 관해 잘 알고 있는 것 같았지만 그 정도에서 그쳤다. 서로의 과거에 대해 알려고 들지 않는 것, 이 바닥에서는 그것이 불문율처럼 보였다.

과일 코너를 지나자 달콤한 열대 과일 향이 전해왔다. 다채로운 빛깔을 자랑하는 과일이 쌓여 있는 매대 앞을 지나면 잘 구획된 열대 밀림을 걷는 기분이 들었다. 풍성한 농수산물 코너에서 신선한 물건을 고르거나 담장처럼 높이 서 있는 공산품 진열대 사이로 오가며 물건을 카트에 담거나 하는 일이 현은 싫지 않았다. 이곳에서 하는 일 가운데 가장 피부에 와 닿는 일이었다. 클라크에서의 생활은 예상 밖으로 편하고 단조로웠다. 마닐라에서처럼 극단적 사건은 지금껏 한 번도 없었다. 낮에는 골프장을, 밤에는 카지노를 오가는 실체 없는 일의 반복, 그리고 권태가 느껴질 정도로 단조로운,

어제와 오늘이 다르지 않고 오늘이 내일과 별로 다를 것 같지 않은 나날이었다. 일의 어려움은 바로 거기에 있었다.

어느새 그들은 와인 매장에 들어서 있었다. 손이 SM에서 마지막으로 들르는 코너였다.

"샤토 슈발 블랑 있나?"

손이 매장 점원에게 물었다. 점원은 주춤했다. 그가 평소 찾는 와인이 아니었던 것이다.

손이 찾은 건 영화에 나오는 명품 와인이었다. 며칠 전 현이 소개했던 영화다. 사십 대 남자 둘이 와인 여행에 나선 로드 무비 〈사이드웨이〉. 인터넷에서 다운받은 와인 관련 영화 세 편을 그의 바탕화면에 띄워놓았더니 손은 밤을 꼬박 밝히며 한자리에서 영화 세 편을 다 보고 일어났다.

'그런 여행도 해볼 만하겠어.'

세 편의 영화 가운데 그는 〈사이드웨이〉에 가장 관심을 보였다. 그 영향이 샤토 슈발 블랑으로 나타난 것이다.

"마닐라로 가자고. 거기서는 구할 수 있을 거야."

SM을 나오면서 행선지는 전격 바뀌었다.

마닐라 시내 와인 숍을 다 뒤져서라도 그는 문제의 와인을 찾아낼 낌새였다. 고달픈 일이 눈에 선했다. 차라리 다행인지도 몰랐다. 적어도 닭칼국수만큼은 피해 갈 수 있게 되었으므로. 손의 중독증이 와인으로 옮겨간 것 같았다.

투계

종 치는 소리가 요란했다. 베팅이 끝났음을 알리는 소리였다. 경기 운영자 두 사람이 각자 닭을 안고 와서 링 한가운데 앉았다. 관중들은 다들 숨을 죽였다. 그들은 서로 상대 닭을 부리로 쪼게 하면서 투계의 신경을 긁었다. 그렇게 약이 바싹 오른 놈들을 링 위에 내려놓으면 저들끼리 죽기 살기로 덤벼들었다. 놈들의 움직임에 따라 사람들은 아우성이었다. 놈들은 연신 푸르르대며 날개를 힘껏 펼쳐 허공에서 서로를 향해 달려들었다. 둘이 날아오르며 맞붙다가 발에 부착해놓은 '따리'라는 날카로운 면도날에 먼저 베는 놈이 나가떨어지게 돼 있었다. 공격을 당한 놈은 금세 무너져 내렸다. 네댓 번 공중으로 솟구치며 푸드덕거리는가 싶더니 이내 한 마리가 피를 쏟으며 곤두박질쳤다. 허공에 난무하는 닭의 깃털…… 피투성이로 나가떨어지는 모습도 끔찍했으나 더 끔찍한 건 그런 판이 쉴 새 없이 이어진다는 사실이었다. 승부가 판가름 나는 데 오분도 채 걸리지 않았다. 기세등등하던 놈이 단번에 맥없이 쓰러지는 모습을 보면, 바깥에 줄지어 있던 투계들이 오늘 하루 이 링 위에서 줄줄이 피투성이로 엮여져 나갈 모습이 눈에 선했다.

둘 중 하나에 걸어야 했다. 이기거나 죽거나, 두 경우뿐이었다. 엇갈리는 투계의 운명에 따라 사람도 딴 자와 잃은 자로 나뉘었다. 하루 번 일당을 몽땅 날릴 수도 있는 상황을 떠올려본다면 투계가 그들에게도 단순한 오락거리만은 아니었다.

"젠장, 오늘은 운이 영 안 따라주네."

제이슨의 베팅은 번번이 빗나갔다. 일곱 번 베팅에서 다섯 번이 어긋났다. 그것도 고액 베팅에서 어긋나는 바람에 타격이 심했다.

현은 경호원 제이슨을 따라 투계장에 와 있었다. 손흥수가 세부로 출장을 가면서였다. 세부행은 동행 없이 손흥수 혼자 가기 때문에 그를 수행하는 운전기사와 경호원과 현, 삼인방은 휴가나 다름없었다. 세부의 일에 대해서는 다들 구체적으로 아는 바가 없었지만 이번 경우는 업무 관련 일이라기보다는 손의 취향과 관련한 출장 성격이 더 컸다. 그가 스케줄을 무리하게 조정해가며 세부행을 앞당긴 건 와인 때문이었다. 그가 찾는 명품 와인이 세부의 어느 와인 숍에 있다는 정보를 입수하면서였다.

셋은 전날 저녁부터 어울렸다. 미스터 손이 준 티켓으로 앙헬레스 카지노에서 열리는 주말 쇼 공연을 보러 갔던 것이다. 공연 내내 제이슨은 혼자 카지노에 내려가 블랙잭을 했다. 기사인 톰이 제이슨의 도박에 문제를 제기하고 나섰지만 제이슨은 미스터 손이 준 티켓으로 보러 온 공연 아니냐며 항변했다. 쇼 공연은 카지노에 손님을 유치하기 위한 미끼성이었다. 1000페소짜리 공연 티켓은 카지노에서 칩 500페소를 인정해주었다. 현과 톰이 공연을 보는 내내 제이슨은 카지노 테이블에서 블랙잭을 하고 있었다. 공연이 끝나고 그를 찾아갔을 때 제이슨은 시드 머니 열 배의 돈을 딴 상태였다. 그 돈으로 제이슨은 술을 거하게 샀다.

'우리 오늘 투계 보러 갈까?'

다음 날 숙소에서 눈을 뜨면서부터 제이슨은 현과 톰을 부추겼다. 현은 말로만 들었던 '투계'에 솔깃했으나 톰은 시큰둥해했다.

'어제, 블랙잭에서 한탕 한 기세를 몰아 오늘은 투계에서 한몫 잡아보겠다 이거지?'

톰은 나무라듯 하고는 자기 집으로 가버렸다. 휴가 마지막 날이라도 가족과 보낼 거라는 이유를 들었지만 후환을 두려워하는 것 같았다. 어쨌든 도박과 관련한 건 철저한 금기였으므로.

투계장은 클라크의 숙소에서 지프니로 한 시간쯤 걸리는 변두리에 위치해 있었다. 투계장에 도착할 때까지 제이슨은 지프니에 앉아 계속 졸았다. 워낙 잠이 많은 체질인 데다 전날 과음까지 한 탓에 더 맥을 못 추었다. 그런 컨디션에 투계장을 떠올린 게 신기할 정도였다. '올웨이즈 슬리피'라는 별명에 걸맞게 제이슨은 잠이 많았다.

'교대 근무로 잠을 설쳐야 하는데 도저히 못해 먹겠더라고.'

제이슨이 경찰직을 그만두게 된 이유도 잠 때문이라고 했다.

하지만 톰의 얘기는 달랐다. 제이슨이 워낙 겁이 많아서였다는 것이다. 톰에 따르면 몇 년 전 사회면을 장식했던 유명한 무장 강도 사건이 있었는데, 제이슨이 사직하게 된 결정적 원인이 그 사건 때문이라는 것이다. 출동한 경찰과 무장 강도 사이에 총격전이 있었다. 그 치열한 총격전에서 경찰과 범인 양쪽 거의 몰살당했는데 유일하게 제이슨만 살아남았다고 했다. 처음엔 제이슨도 그들과 같이 쓰러져 있었는데, 나중에 밝혀진 바로는 총을 맞아서가 아니라 놀라 기절해 있었다는, 코미디 같은 이야기가 따라붙었다. 그 일을 겪고 제이슨은 경찰 일을 그만뒀고 오랜 실직 생활 끝에 손의 경호원이 되었다는 것이다. 부리부리한 그의 눈을 보면 경호원이 아니라 겁에 잔뜩 질린 소년을 보는 것 같을 때가 있긴 했다.

"젠장, 한 푼도 안 남았네."

제이슨은 전날 블랙잭에서 딴 돈을 다 날리고서야 일어났다. 처음의 의기양양함 같은 건 찾아볼 수 없었다. 허탈한 웃음을 흘리는 그의 어깨는 처져 있었고 걸음은 터덜거렸다. 도박의 뒤끝이란 게 으레 그렇듯.

투계장은 시골 마을 큰길에서 100여 미터 들어간, 잡풀 우거진 공터 한켠에 있었다. 사람들 함성이 공터 마당을 그득 메웠다. 투계가 벌어지는 곳은 철골에 나무를 덧대 만든 원형의 구조물로 공사판 가건물처럼 허름했으나 2000명은 너끈히 수용할 수 있을 정도로 컸다. 노출형 계단 사이로 훤히 보이는 사람들 다리가 시루 속 콩나물처럼 빼곡했다. 시합이 다시 시작되었는지 열띤 함성이 계속 터져 나왔다.

"제프, 이쪽으로 좀 와봐."

투계장 마당을 나서던 제이슨이 현을 한쪽으로 이끌었다. 현은 제이슨을 따라 투계장 한쪽 구석으로 갔다. 시멘트 벽 칸막이 속에 투계가 담긴 박스가 길게 줄지어 있었다. 시합에 출전할 놈들이 줄지어 대기 중이었다. 놈들은 하나같이 날렵하고 수려한 생김새였다. 우아한 빛깔에 반드르르한 깃털을 가진 놈이 있는가 하면, 흰 깃털을 가진 투계의 벼슬은 도발적으로 붉었다. 왕관 모양의 벼슬에서 긴 목과 등을 지나 분수처럼 솟은 꽁지까지, 오르내리는 선이 경쾌하고 날렵하여 도도하면서 드세 보였다.

"이놈들 가운데 절반은 오늘 중으로 세상과 작별을 고할 팔자라고."

제이슨의 말이 실감나지 않을 정도로 놈들은 생동감 넘쳤다.

"아는 사람한테 부탁해놓으면, 싸우다 나가떨어진 놈들, 손에 넣을 수도 있어. 이놈들 고기가 아주 맛있다고. 담백하고 살도 쫄깃거리고 말야."

현은 갑자기 비위가 상했다. 마침 어떤 놈의 화려한 꽁지 깃털에 눈길이 머물던 참이었다. 그런 현에게는 아랑곳없이 제이슨은 투계가 어떻게 사육되는지에 관해 늘어놓았다.

"이놈들은 먹는 것부터 달라. 뱀, 지네, 쇠고기, 멸치, 장어, 시금

치 등 온갖 영양식은 다 먹고 자란다고. 먹이를 줄 때도, 높은 곳에 매달아놓고 먹이지. 그렇게 훈련시켜야 목이 길어지고 다리에 힘이 붙는대나. 그러니 이놈들 고기야말로 진짜 보양식이지…….”

투계 사육에 관한 이야기는 보양식으로 마무리되었다.

“사실, 투계가 로또나 경마랑 다를 게 뭐가 있어. 돈 있으면 카지노에서 테이블 게임 하는 거고, 우리 같은 서민들이야 투계장이나 다니는 거지 뭐. 괜히 서민들 오락거리를 가지고…….”

제이슨은 자신의 투계장 출입이 무슨 문제가 되느냐는 투였다.

그때 한 무리의 사람들이 투계장으로 들어섰다. 그들 곁을 지나치다 제이슨은 걸음을 주춤했다.

“잠깐만, 제프!”

무리 중 아는 사람을 발견했는지 제이슨이 누군가의 이름을 부르며 뛰어갔다.

현은 공터 구석 쪽에 서 있는 아름드리 망고나무 그늘에 앉아 제이슨을 기다렸다. 투계장 안에서는 환호와 탄성이 뒤섞여 흘러나왔다. 희비가 엇갈린 표정의 사람들이 투계장 마당을 끊임없이 오갔다. 망고나무에서는 농익은 노란 망고가 툭 툭 떨어지곤 했다. 감나무에서 홍시 떨어지듯, 바닥에 떨어져 뭉개진 망고 과육은 달콤한 향을 풍겼다. 주변에는 개미 떼들이 바글거렸다. 망고가 열 개째 떨어질 때까지 제이슨은 나타나지 않았다.

“기다리다 목 빠지는 줄 알았다야.”

약속 장소에 먼저 와 있던 친구가 K를 보더니 말했다. 여행 두번째 날 밤에 있었던 술 약속 자리였다. K와 대학 시절 탄광 노조에 몸담았던 친구들이 만나기로 한 자리에 현도 끼게 되었다. 먼저 와 있던 두 친구 중 한 명은 K를 초청했던 카지노 노조 간부로 현도 전날 안면을 튼 사람이었다.

"십수 년 만에 왔더니, 방향 감각도 못 잡겠더라. 이곳은 강산이 변하는 게 아니라 아예 통째로 사라지고 있더만."

"이곳이야 늘 변화무쌍하지. 무협 영화 보듯 어지러워."

낯선 얼굴이 말했다. 양미간에 주름이 깊게 팬 가무잡잡한 얼굴에 군청색 잠바를 걸친 모습이 현이 어릴 적부터 익히 보아온 탄광 노무자 스타일이었다.

"근데 C는 왜 안 보이냐?"

"선약이 있어서 좀 늦을 거래. 요새는 C 그놈이 제일 잘나가. 여기 사는 우리도 얼굴 보기 힘들어. 그래도 K 네가 온다니까 늦어도 꼭 들른다고 했어."

카지노 노조 간부가 설명해주었다.

"부동산 재벌인데, 친구라고 해서 자주 만날 수 있겠냐. 이미 노는 물이 달라져버린걸."

군청색 잠바가 못마땅한 어조로 덧붙였다.

"너는 요즘 어떻게 지내냐?"

"나야, 하던 일, 계속하고 있지."

"하던 일……?"

K가 고개를 갸웃했다.

"신문보급소."

군청색 잠바가 말했다.

"네놈들처럼 진작에 먹물형으로 체질 개선했어야 했는데, 맨날 몸으로 때우는 일만 했더니, 세상 좋아져도 변신도 못하잖아."

불만이 깔린 넋두리였다.

신문보급소 이야기를 징검다리로 해서 이야기는 그들의 젊은 시절로 훌쩍 넘어갔다. 신문보급소는 탄광 노조 운동을 하던 그들의 주요 근거지였던 것이다.

"겨울에 눈이라도 오면 얼마나 끔찍했는데…… 이것도 그때 생긴 상처 아냐."

노조 간부가 바지를 걷어 발목을 보여주었다. 발목 근처에 커다란 흉터가 나 있었다. 오토바이 타고 오르내리며 신문 배달하다 눈길에 미끄러져 다친 자국이라고 했다.

"내 건 탄광용 곡괭이에 찍힌 흉터야."

보급소장이 종아리를 걷어 보였다.

"그건 무공 훈장감이네. 진작 나라 구하는 일에 뛰어들었어야 유공자로 대우받지. 맨날 반국가적 일만 도모했으니 남은 게 상처뿐이잖아."

노조 간부가 우스갯소리로 말했다.

"그래도 너희들은 치고 빠지는 순발력이라도 있었지. 나처럼 어리버리하면 이렇게 평생 찌질하게 살잖아."

보급소장이 말했다.

"어째, 말에 가시가 잔뜩 박혔다야."

노조 간부가 받았다.

"알긴 아는구나. 도둑 제 발 저린다더니. 야, 솔직히 나 요즘 왕따 아니냐. 변변찮게 산다고 친구들까지 싹 안면 몰수하는 거 있지. 난 C 그놈 못 본 지 삼 년도 넘었다. 같은 동네에 살면서."

보급소장이 그동안 쌓였던 서운함을 쏟아놓았다. 약간 뜨악해지는 분위기였다. 젊은 날 이념으로 하나였던 그들은 이제는 각자 다른 현실, 다른 계층에 속해 있었다.

"네놈들한테야 그때 일들이 추억이 돼버렸겠지만 내겐 아직도 현실이다."

보급소장의 자조 섞인 말이 계속 흘러나왔다.

K는 묵묵히 술만 마셨다.

"그나저나 이놈은 왜 아직도 안 나타나는 거야."

어색한 침묵을 깨며 노조 간부가 휴대폰을 꺼내 들었다.

"짜식, 전화기 꺼놓고 있네."

노조 간부는 이내 휴대폰을 내려놓았다.

"야, 그 자식 그만 들먹여. 기사 딸린 외제차 타고 다니는 놈이 이런 데 오고 싶겠냐. 꿀꿀한 옛날얘기 늘어놓는 자리에. 오기 싫어하는 놈 얘기는 집어치우고, 오고 싶어도 못 오는 놈 얘기나 하자."

"오고 싶어도 못 오는 놈?"

"……."

"J 말이다 J."

보급소장의 단호한 말에 사람들 표정이 굳어졌다.

"지나간 얘긴 이제 그만하지."

K가 나직하게 말했다.

"그냥 묻어두면 만사 오케이야? 잊는 게 능사냐고."

보급소장이 K의 눈을 뚫어지게 쳐다보며 따졌다.

"이미 다 밝혀진 얘기잖아. 그 사건에 관해 우리가 모르는 게 뭐가 있어?"

노조 간부가 나섰다.

"그 사건으로 다들 제각각 흩어지고, 처음으로 이렇게 모였잖아. 그리고 K, 너는 J하고 마지막까지 같이 있었던 장본인 아냐. 난 그때 얘기 좀 듣고 싶어서 그런다. 한마디 말도 없이 사라졌다 십수 년 만에 나타나서는, 이제 옛날얘긴 다 잊자고……?"

"내 책, 다들 봤을 거 아냐. 난 거기다 모두 털어놓았어."

"그래, 그 책. 너는 그걸로 또 한 번 스타가 됐지. 탄광 노조 십 개월 경력으로 노동 소설 써서 유명 작가 됐으니 뿌린 것 이상으로 거둔 거 아냐. 넌 항상 우리보다 한 걸음 빨랐지."

"야, 너 무슨 말을 그렇게 막 해?"

노조 간부가 난감해하며 보급소장을 제지하고 나섰다.

"그래, 네놈들 다 이젠 그 꿀꿀했던 시절 옛말이라 이거지. 하지만 나는 그렇지 않아. 네놈들처럼 변신에 성공하지도 못했고, 여전히 난 이 바닥에서 허덕이며 살고 있어. 이 촌구석에서 이십 년 넘도록 신문보급소 일로 연명하며 살아보란 말이다, 이 씹새들아!"

보급소장의 울분이 마침내 폭발했다. 썰렁하던 분위기는 걷잡을 수 없이 황폐해졌다. 그의 입장이나 처지에 어느 누구도 선뜻 동조하고 나서지 않았지만 현은 그의 심정을 이해할 수 있을 것 같았다. 감독을 향해 소주잔을 날리던 그날의 술자리를 떠올리게 했던 것이다. 여유란 것도 가진 자에게나 가능한 일이다. 상처도 그에 따른 적절한 치유가 있어야 아물 수 있는 것. 박탈당하고 배제당한 이에게 상처란 여전히 현재형일 뿐이다.

"그렇게 듣고 싶다면 내, 말해주지."

조용히 술잔만 기울이던 K가 나섰다.

"그 사건 이후로 난 한 가지 기억밖에 없어. 내 젊음을 던졌다고 생각했던 이념적 명분도, 이상도 그때 그 일로 다 무너져버렸다고. 그게 내가 지금껏 한 번도 여길 찾지 않은 이유야."

K의 목소리는 소름 끼치도록 차분했다.

"나는 엄청 운이 좋았지. 폭발 사고 나기 전에 갱을 빠져나왔으니……. 하지만 그 행운이 나는 두고두고 저주스럽더라."

K의 목소리는 희미하게 떨렸다.

"그날, 사고 직후, 내가 할 수 있었던 마지막 일이 뭐였는지 알아?"

K는 말을 멈추고 술잔을 입으로 가져갔다. 침묵과 긴장 속에 그가 잔의 소주를 다 비우고 잔을 내려놓고 입술을 훔치기까지 아득한 시간이 흐른 것 같았다.

"J놈 시신 내가 수습했다. 너희들은 이미 다들 튀어버린 상황이었지. 산산조각 난 그놈 살점 내가 돌과 석탄 더미에서 한 덩어리씩 찾아내 양동이에 주워 담았어. 이 두 손으로, 정육점 고기 주워 담듯……."

떨리는 손을 들어 보이던 K는 말끝을 흐렸다. 그리고 또 한동안 침묵이 흘렀다.

"그놈 살이 이 손에 잡히는 순간, 난 내 속에 뿌리내리고 있던 이념, 모두 토해냈다. 이념도 운동도 망령처럼 느껴지더라. 그리고 떠났지. 뒤돌아보고 싶지 않았어. 지금까지 단 한 번도……."

그건 K의 소설에도, 그와의 인터뷰에도 나오지 않은 얘기였다. 꼭꼭 숨겨둔, 그때까지 한 번도 꺼내지 않았던 기억의 뇌관 같은 것이었다. 긴 침묵이 감돌았다. 그들의 지난 시절 이야기였지만 현은 마치 자기 얘기를 듣고 있는 것처럼 가슴이 답답하고 비참한 기분이 들었다.

현은 조용히 술자리를 빠져나왔다. 머리가 지끈거리고 속까지 메슥거려 더는 그 자리에 있을 수 없었다. 잡목 숲 한켠에다 그는 속의 것을 다 게워냈다. 그러고 나자 속이 좀 누그러들었다. 시원한 밤공기에 머리가 조금씩 맑아졌다. 아카시아 향 그득한 오월의 밤이었다. 멀리 휘황한 불빛이 보였다. 현이 서 있는 곳과는 완전히 다른 분위기의 별천지가 유혹의 손짓을 해왔다.

타가이타이 가는 길

그들은 타가이타이로 향했다. 마닐라에서 한 시간 거리에 있는, 화산 호수로 유명한 관광지, 그곳 정상에 카지노가 있었다. 고산지대다운 서늘한 공기와 함께, 밤이면 그곳으로 가는 굽이진 언덕길에는 기이한 풍경이 펼쳐졌다. 개들이 떼 지어 아스팔트 주변으로 몰려나와 있었다. 이 지역 사람들이 개를 풀어놓고 기르는 것인지 아니면 주인 없는 개들인지 알 수 없었다. 길가에서 어슬렁거리는 놈들이 있는가 하면 아예 바닥에 배를 대고 널브러져 있는 놈도 있었다. 개들이 아스팔트의 카바이드 냄새를 좋아하기 때문이라고도 했고 고산지대라 낮 동안 달궈진 아스팔트 바닥의 뜨듯함을 즐기기 위해서라는 말도 있었다. 개들의 밤 마실 원인을 정확히 알 수는 없었지만 자동차로 그 어두운 길을 달리다 보면 개들 세상에 불쑥 끼어든 불청객 같은 느낌이었다.

손흥수는 전날에 이어 같은 곳으로 행선지를 정했다. 먼 거리에 있는 카지노를, 그것도 이틀 연속 찾는 것은 흔치 않은 일이었다.

전날 밤, 100만 페소를 잃은 그는 컨디션이 좋지 않다며 미련 없이 자리에서 일어났다. 게임 시작 이십 분 만이었다. 무리해서 벌인 게임의 당연한 결과였다. 그럼에도 다음 날 다시 그곳을 찾은 것은 박 이사의 한마디 때문이었다.

'대장, 월급날이 얼마 안 남았는데, 사무실 잔고가 택도 없이 부족합니다.'

저녁 식사 후 손은 사무실을 나섰다.

"도박사에게도 동기 부여는 중요하지. 목표가 있으면 승률이 확실히 높아지거든."

전날의 실패는 깨끗이 잊은 듯 손은 자신 있게 카지노로 향했다.

타가이타이 카지노는 관광지에 있는 카지노답게 화려하고 고급스러웠다. 평일이어서인지 사람도 많이 붐비지 않아 한산하고 편안한 분위기였다. 최신식 슬롯머신이 넓은 홀 대부분을 차지하고 있었고 테이블 게임을 할 수 있는 룸은 한쪽에 따로 마련돼 있었다.

전날 크게 잃어서인지 게임에 임하는 손의 자세가 부쩍 신중했다. 시작부터 잘 풀렸다. 삼십 분도 되기 전에 지난밤 잃은 걸 모두 되찾았다. 그러더니 반 시간 만에 원금의 두 배를 땄다. 동기 부여가 힘을 발휘한 것인지 전날과는 확실히 다른 결과였다.

"이 정도면 두 달 치 월급은 되겠는걸."

포개진 칩을 헤아려보던 그는 미련 없이 자리에서 일어났다.

"300만 페소?"

환전소 직원의 눈이 동그래졌다. 처음 현금 100만 페소를 칩으로 바꿀 때부터 놀라워하던 그는 순식간에 불어난 돈 앞에 입을 다물지 못했다. 하이롤러가 많이 찾는 카지노가 아니라는 건 환전소 직원들 반응만 봐도 알 수 있다. 직원 둘이 거액의 현찰을 마련하느라 분주하게 오갔다. 작은 금고와 큰 금고를 차례로 뒤져가며 있는 돈을 다 긁어모으더니 한참 만에야 액수를 맞춰 내밀었다. 현은 그들로부터 건네받은 현찰 뭉치를 자신의 륙색 가방에 차곡차곡 담았다. 현금 300만 페소가 담긴 배낭을 메자 어깨가 제법 묵직했다. 그런 다음 현은 톰에게 출발을 알렸다.

손은 언제나처럼 덤덤한 표정으로 유유히 VIP룸을 나섰다. 이럴 때면 박 이사의 말이 새삼 가슴에 와 닿았다.

'도박이야 한마디로, 갬블러랑 카지노랑 기 싸움 하는 거 아이라. 내, 지금껏 이 바닥에서 우리 대장만큼 기 센 사람은 본 적이 없대이.'

현이 돈을 직접 챙겨 든 건 처음이었다. 지금껏 돈 관련 일은 박 이사가 도맡아 처리했으나 그는 사무실 일로 오지 못했다. 경호원 제이슨은 해고당했다. 투계와 관련한 일련의 사건 때문이었다. 그날 투계장에서 현은 혼자 돌아와야 했다. 나무에서 망고가 10개째 떨어지도록 제이슨은 나타나지 않았다. 그는 어둑해질 무렵 맥 빠진 모습으로 나타났다. 다른 사람한테 빌려서 한 돈마저 날린 채였다. 빈털터리로 들어서기가 아쉬웠는지 그의 손에 묵직해 보이는 검은 비닐봉지가 들려 있었다. 다 털리고 그나마 건진 게 싸우다 죽은 투계 한 마리였다. 제이슨은 그걸 백숙으로 만들었다. 현이 손사래 치자 제이슨은 혼자서 그걸 해치웠던 것이다. 그러고 다음 날 병원행이었다. 투계 다리의 면도날에 묻은 독, 그것이 원인이었다.

'그거 먹으면 투계에 행운이 따른다잖아.'

정신을 차린 제이슨이 늘어놓은 항변에 다들 어이없어했다. 해고는 정해진 수순이었다. 그로써 현은 제이슨 역할을 대신하게 되었다.

묵직한 돈 배낭의 뿌듯함이 카지노를 나서면서 긴장으로 바뀌었다. 류색의 무게가 전해오자 현은 박 이사와 제이슨의 빈자리가 실감났다. 톰은 미리 차를 대기시켜놓고 현관 앞에서 기다리고 있었다. 차에 오르고 나니 비로소 안도감이 들었다. 그들이 탄 차는 어두운 경사 길을 헤치고 나갔다. 한쪽으로는 산을 끼고 다른 쪽으로는 멀리 바다를 내려다보고 있는 언덕길이었다. 불빛이 이루는 라인으로 해안 마을이 그려졌다. 카지노로 향할 때 머리 꼭대기에 걸려 있던 달이 이제는 한쪽으로 비껴난 곳에서 그들을 따라오고 있었다. 차갑도록 매끈한 보름달이었다.

고산지대답게 서늘한 밤바람이 차창으로 밀려들었다. 개들은 여전히 아스팔트 주변을 떠나지 않고 있었다. 더러 길 한복판에 누운 정신 나간 놈들이 자동차 불빛에 고개를 쳐들고 슬금슬금 사라지는가 하면 길가 풀섶에 무리 지어 어슬렁거리는 놈들도 있었다. 그 사이를 지나는 차가 혹시 놈들을 치지나 않을까 걱정스러워하다가도 빤히 쳐다보는 놈의 눈과 마주치기라도 하면 섬뜩했다. 고산지대 밤공기와 개들의 술렁거림에 창백한 달빛까지 어우러진 타가이타이의 밤 풍경은 신비와 괴기스러움이 묘하게 섞여 있었다. 굽이진 길이 어지러울 정도로 계속되었다. 경사가 완만해지면서 도로 갓길이 넓게 펼쳐져 있는 지점에 이르렀다.

"잠깐 멈추지. 볼일 좀 보게."

손의 말에 톰은 차를 갓길 풀섶에 댔다. 현도 손의 뒤를 따라 차에서 내렸다. 주변에 널브러져 있던 개들이 사람 발길에 하나둘씩 몸을 일으켰다. 놈들은 침입자를 피해 슬금슬금 물러났다. 뒷걸음질 치면서 으르렁거리는 놈이 있긴 했으나 대개는 더운 지방 동물답게 유순했다. 물러서던 놈들은 게으름인지 여유인지 멀리 가지도 않고 근처 바닥에 다시 주저앉았다.

손이 볼일을 보는 동안 현은 한 발치 떨어진 곳에 머물며 주위를 둘러보았다. 미풍에 실려오는 풀 향기가 상큼했다. 드문드문 집들이 언덕배기에 자리하고 있는 듯 불빛이 간간이 보였다. 그때였다. 도로 위로 언뜻 불빛이 비치는가 싶더니 자동차 한 대가 나타났다. 굽이진 언덕길을 내려오던 차는 속도를 늦추며 비상등이 켜진 현 일행의 밴 곁에서 잠시 머뭇거렸다. 그들도 경사진 갓길에 정차해 있는 차를 발견하면서 당황한 모양이었다. 오는 내내 다른 차는 볼 수 없었던지라 갑자기 나타난 낯선 차에 현은 긴장했다. 과민 반응일 수도 있었다. 배낭을 메고 돈뭉치의 무게가 전해오면서 신경이 부쩍 예민해져 있었다. 낯선 차는 경사로 위에서 잠시 주춤거리더니 그들 곁을 지나가버렸다.

"거참, 달 한번 좋~다!"

손은 풍경에 취한 목소리였다.

"톰, 클라크로 가자."

그는 원래 마닐라로 예정돼 있었던 행선지를 바꾸었다. 그 이유가 달빛 때문이라는 듯 손은 달리는 내내 창밖의 달을 내다보며 감탄사를 쏟아냈다. 목적지가 즉흥적으로 바뀌는 건 더러 있는 일이었다. 주된 활동 영역인 마닐라와 클라크, 세부 세 곳을 손은 일주일이나 열흘, 길게는 한 달 단위로 오가며 생활했다. 절반은 클라크에서 머물렀고 나머지 절반은 마닐라와 세부에 각각 머물렀다.

차가 클라크를 향해 달리는 내내 달은 그들 뒤를 그림자처럼 따랐다. 늦은 밤의 도로는 한산해 차는 평소의 절반의 시간으로 클라크에 들어섰다. 안전지대로 들어서자 현도 비로소 긴장이 풀렸다.

"톰, 라이트 꺼도 되지 않겠어."

손이 들판을 가로질러 난 길로 접어들자 말했다.

톰은 헤드라이트를 끄고 천천히 차를 몰았다. 어둠에 익숙해지자 길이 달빛 아래 허옇게 펼쳐졌다. 주변의 녹색 물결도 차츰 모습을 드러냈다. 리조트로 가는 지름길이 있음에도 손이 굳이 이 길을 택한 걸 보면 그도 현과 마찬가지로 이 길을 좋아하는 모양이었다. 달은 그들 바로 곁에서 소리 없이 따라오고 있었다. 현이 물소 떼를 만났을 때와 흡사한 밤 풍경이었다.

"잠시 내려서 달구경이나 하고 갈까요?"

톰이 모처럼 자기 목소리를 냈다.

"좋지!"

손이 쾌히 승낙했다. 차는 들판 가운데쯤 멈췄고 세 남자는 차에서 내렸다. 끝 간 데 없는 초록 들판이 달빛 아래 은은히 펼쳐져 있고 그 가운데를 가로지르며 길이 하얗게 나 있었다. 톰은 반대편 길쪽으로 가더니 등을 돌리고 서서 오줌을 누었다. 현 역시 두 사람과 멀찍이 떨어진 곳에서 소변을 보기 시작했다. 오줌 줄기가 달빛에 반짝이며 뻗어나갔다.

"환장하도록 밝은 달밤이네."

손의 목소리가 녹색 초지 위로 은은히 내려앉았다.

무엇이 당신을 여기로 보낸 것 같소? 이 순간 그렇게 묻는다면 누구든 스스럼없이 손가락으로 달을 가리킬 것 같았다.

현은 손의 등 뒤로 길게 늘어져 있는 그림자를 물끄러미 내려다보았다. 달빛이 그의 몸을 투과해 그의 내면을 바닥에 그대로 비춰주듯 쓸쓸함이 배어 있는, 중년을 훌쩍 넘어선 사내의 그림자······.

그때였다. 낯선 불빛이 느닷없이 비쳐 들었다. 은은한 달빛 속으로 그것은 난폭하게 틈입해왔다. 길 초입에서 갑자기 자동차가 나타난 것이다. 그와 동시에 반대편 길에서 또 한 대의 자동차가 보였다. 늘 호젓한 길에서 두 대의 차가 동시에 나타난 것 자체가 심상치 않았다.

"빨리 차에 타!"

손이 외쳤다. 세 사람은 반사적으로 차 안으로 뛰어들었다.

정체불명의 차는 길 양쪽에서 빠르게 달려오고 있었다. 순식간의 일이었다. 톰이 시동을 거는 순간, 맞은편에서 오던 차는 어느새 그들 앞에 당도해 있었다. 뜻밖에도 경찰차였다. 경찰 복장의 두 남자가 차에서 내렸다. M16 소총을 손에 든 무장 경찰. 그들 중 하나가 톰의 운전석 바로 앞까지 왔을 때였다.

"톰, 무조건 달려. 저놈들 가짜 경찰이야!"

손이 외쳤다.

그와 거의 동시에 일어난 일이었다. 뒤차에서 내린 사내 하나가 현의 옆으로 다가와 열려진 창으로 불쑥 총구를 겨눈 건……. 사내의 희번덕이던 눈동자와 총구를 달빛이 또렷이 살려냈다.

땅! 총성이 밤하늘을 갈랐다. 현이 반사적으로 손홍수 쪽으로 몸을 날리는 순간, 또 한 번의 총성이 울렸다. 등 뒤로 뭔가 뜨거운 것이 들러붙는 느낌이었다. 짙은 화약 냄새, 귀를 먹먹하게 하는 총성, 심하게 휘둘리던 몸, 그리고 짓누르는 듯한 고요…….

몸이 가라앉는다. 종잇장이 물속으로 가라앉듯 서서히. '완전한 바닥'이다. 더는 추락할 곳도 없는 안전지대, 맨 밑바닥. 목적지에 다다른 셈이다. 휴식만 남았다. 어디선가 빛이 한 줄기 흘러들고 사람의 외침이 들린다. 소리의 주인공은 아버지다. 가! 돌아가라고! 혼신의 힘을 다해 소리친다. 아들을 부르는 것이 아니라 오지 말라는 외침이었다. 돌아가! 목청껏 외치며 아버지는 벽 속으로 사라져 간다. 어느 순간 단단한 벽만 완강하게 버티고 있다. 갱 안을 떠도는 처연한 목소리…… 돌아가! 돌아가라고!

　노랑과 투명 수액의 크고 작은 병들이 허공에 걸려 있다. 링거 병
이다. 수액이 가느다란 줄을 타고 몸으로 흘러들고 있었다. 이쪽과
저쪽의 경계에 걸쳐진 징검다리 혹은 동아줄 같은 선들. 현은 그것
들을 통해 이쪽으로 건너온 자신을 깨달았다.
　"악몽이었거니, 생각하라고. 그날 밤 일은……."
　태초의 말처럼 그것은 깊이 각인되었다. 꿈으로 여겨라. 그가 말
했으므로 모든 것은 꿈으로 화할 터였다. 사실 자신의 과거란 악몽
이나 다름없었다. 들추거나 되짚어보고 싶지 않은 일들로 그득했
다. 한 방울씩 규칙적으로 떨어지는 수액을 바라보며 그는 마른침
을 삼켰다.
　그날 밤 일은 더 이상 확대되지 않았다. 총격이 따랐던 강도 사건
이었지만 경찰의 적극적인 개입도 없었다. 무엇보다 손이 그 일을
더 이상 문제 삼지 않으려 했고, 경찰도 마찬가지 입장이었다. 외
국인들이 많이 사는 특수경제구역 내에서 치안 문제가 발생했다는
것 자체가 그들의 지위 체계를 흔들어놓을 수 있는 심각한 사안이
었던 것이다. 사건은 그날 밤 현장에 있었던 사람들 기억에만 남은
채 마무리되었다.
　휘영청 걸린 보름달부터 현실감이 없던, 한바탕 꾸고 난 꿈으로
남게 된 일……. 타가이타이 언덕길의 밤하늘에서 시작한 일이다.
아니 더 오래전, 비가 부슬거리던 늦은 밤 숙소로 향하던 길에서 물

소 떼의 이동을 보던 때부터였다. 놈들이 길 건너 저편 초지로 사라진 그 순간부터였는지도……. 아니, 그보다 더 전의 일이다. 이곳에 오던 첫날, 어둠침침한 슬럼가 골목에서부터 시작한 일이었다. 시꺼먼 망토 같은 그림자가 등 뒤로 끈질기게 달라붙던 그때부터. 아니다. K를 따라 여행에 나서면서였다. 아니 아니, 탄가루 날리던 고향 마을에서부터 시작된 일이다.

현은 한동안 가위눌림과 환청에 시달렸다. 통증은 환부에만 머물지 않았다. 낯선 사내가 불쑥 그의 목에 총을 겨누던 모습이 되풀이해 나타났다. 충혈된 눈, 시커먼 총구……. 위협하는 사내는 범인에서 손의 모습으로, 톰으로, K선배, 제이슨으로 시시각각 바뀌었다. 다들 번갈아 가며 현을 위협해왔고 때론 현이 그들에게 총구를 겨누기도 했다. 천지를 뒤흔드는 총소리, 코를 찌르는 화약 냄새, 달빛이 잔인하게 살려내는 파열된 얼굴……. 멀리서 어둠이 밀려왔다. 고요하고 빠르게. 검은 물소 떼가 덮쳐와 그를 짓밟고 지나갔다. 육중한 어둠의 무게, 그리고 일정한 간격으로 들려오는 총소리……. 땅 땅! 땅 땅! 귀가 먹먹해오고 주위 모든 것이 실재감을 잃고 갱 속으로 떨어져 내렸다. 시커먼 물이 흘러내리는 갱 속, 암흑의 탄광인가 싶으면 일순간 그것은 금광으로 변해 있었다. 그러다 보면 어느새 카지노에 와 있었다. 한 치 앞도 보이지 않는 컴컴한 막장에서 눈부셔 제대로 눈을 뜰 수 없는 또 다른 막장으로 그는 어지러이 옮겨 다녔다.

돈의 힘

"돈 가방 메고 있었으이 망정이지, 우얄 뻔했노."

박 이사가 그날 일을 들먹였다.

꿈이라 여겼던 사건은 그렇게 한 번씩 현실로 나타났다. 손을 향해 몸을 날린 순간 등 뒤로 들러붙던 뜨거운 감각, 세차게 휘둘리던 몸, 또 한 번의 총성, 처연한 달빛⋯⋯.

"제프 니가 우리 대장 생명의 은인이 돼버린 기라."

생명의 은인. 가당찮은 말이라고 현은 생각했다. 꿈이 현실과 혼동되듯 진실 또한 거짓과 능란하게 자리바꿈하기도 하니까.

"어설픈 놈들인 건 분명했어요. 총 들고 위협하던 놈이 어떻게 차 시동 소리에 놀라 뒷걸음질하는가 몰라."

톰이 그때의 현장 상황을 떠올리자 박 이사는 더 열을 올렸다.

"운이 억수로 좋았던 기지. 여기 놈들 단순 과격한 기야 알아주는 거 아이라. 무장 강도 사건이라카마 앞뒤 안 가리고 총을 난사해 대이께 터졌다 하모 대형 참사제. 그런 거에 비하마 그건 얼라들 장난 같았던 기라. 제프 니 등짝에 난 부상 빼고 다른 피해는 머가 있더노. 차창에 구멍 하나 난 것 말고는 아무 문제 없고, 돈도 한 푼 안 털렸제……."

활기를 띤 이야기는 제법 멀리까지 갔다. 카지노에서부터 따라 붙은 계획적 범행이라는 것, 그런 만큼 내부 사정을 잘 알고 있는 자가 연루되었을 거라는 등등. 하지만 그가 누구인지에 대한 민감한 사안에 이르러서는 다들 말을 아꼈다.

"놈들이 가진 것도 순 엉터리 총이었어요. 어떻게 륙색 하나 제대로 못 뚫는지……."

당시 정황을 잘 알고 있는 톰이 덧붙였다.

"그기 다 돈심이었는기라. 돈심."

박 이사의 사투리식 표현에 현은 피식 웃음이 났다. 돈의 힘. 아니 정확히 말하면 그건 돈뭉치의 힘이었다. 환전소에서 현찰 뭉치를 챙겨 넣은 후 배낭은 현의 등을 떠나지 않았다. 수백 장 빳빳한 지폐의 밀도와 부피감이 만들어낸 일종의 방탄벽이었던 것이다. 돈의 활용도란 이렇듯 상상을 초월한다.

"돈으로 안 되는 게 뭐가 있든?"

삶에서 얻은 엄마의 믿음도 거기에 뿌리를 내리고 있었다.

"두고 봐라. 언젠가는 여기가 금싸라기 땅이 될 거니까."

엄마는 확신에 찬 목소리로 말했다. 역까지 마중 나와 있던 엄마와 함께 집으로 돌아오던 길이었다. 유황 물이 흐르는 개천을 따라 집들이 늘어서 있고 길 건너편은 크고 작은 상점들이 즐비했다. 상가 분위기에서 경기가 조금씩 기울고 있는 게 보였다. 폐광이 생겨나고 사람들이 다른 일자리를 찾아 떠나기 시작하면서 집과 낡은 건물들이 헐값에 나왔다. 머지않아 사라져버리고 말 동네에서 엄마는 금싸라기 운운하며 앞날에 대한 희망에 부풀어 있었던 것이다.

"네 아버지랑 이 탄광촌에 뜨내기 신세로 와서 지금껏 살아낸 것, 그게 어디 쉬운 일이었겠니?"

엄마는 무능한 아버지에 대해 늘 불만이었다. 아버지는 마지막까지 엄마에게 짐을 떠넘겨놓고 갔다. 사고 후 보상금이 날아갈 위기에 처하는 바람에 엄마는 장례식 내내 슬퍼할 겨를도 없었다. 사고 수습 때 나온 어느 광부의 부주의한 말이 화근이었다.

'작업은 무슨 작업, 낮술에 취해 갱 한쪽 구석에 널브러져 있었다니까.'

아버지의 사인死因은 갱 붕괴와 상관없는, 산소 결핍증이라는 의심을 낳았다. 사측과 유족 간에 보상금 문제를 둘러싸고 상황이 복잡하게 돌아가던 중이었다. 협상은 다시 중단되었고 일은 실타래처럼 꼬여갔다.

"어쨌든 보상금 문제도 이 엄마가 잘 해결할 거라고 했잖아."

당신의 수완을 한껏 펼쳐 보인 일이었다. 생존과 직결된 그 문제를 해결하기 위해 엄마가 그동안 치러야 했던 대가를 어린 아들은 잘 알고 있었다. 얼마나 많은 사람들과 악다구니를 했고 어떤 이웃을 등 돌리게 했는지, 그리고 누구에게 아부하고 돈을 찔러줬는지……. 해결해야 할 일이 있을 때면 엄마는 곧잘 어린 아들을 데리고 나섰던 것이다. 지원군이 필요해서가 아니라 당신의 수완과 노고를 아들에게 보여주려는 생각이 더 큰 것 같았다. 아니, 살아남는다는 게 얼마나 힘겨운 일인지 일깨워주려는 의도인지도 몰랐다.

"내가 뭐랬어. 이런 날이 올 거라 했잖아."

엄마의 예견은 십 년 만에 가시화되었다. 레저 시설이 들어선다는 소문이 나돌면서 무리해서 사놓았던 땅 값이 치솟았다. 시커먼 탄가루와 시멘트 더미가 어떻게 금싸라기로 변하는지 현은 엄마의 어깨 너머로 똑똑히 보았다.

'내가 이념을 좇아 살았다고 생각해? 천만에.'

K는 코웃음 쳤다.

돌이켜 생각하니 K가 암시했던 것 역시 엄마가 집착했던 금싸라기와 다르지 않은 것 같았다. 현이 K에 대해 품어왔던 오랜 의문, 학생 운동에서 탄광 노조 운동가로, 소설가로, 친환경 농사꾼으로, 꿈과 이상을 좇으며 택한 K의 일들이 어떻게 번번이 현실적 성공으로 나타나는지, 그의 예견이 어쩌면 그토록 잘 적중하는지에 대한 의문이 풀리는 듯했다.

'난 내가 추종했던 유물론 대가大家의 통찰을 한 번도 의심한 적이 없었어. 철저한 현실 인식이 냉철한 이상주의자를 만들지. 사람의 정신을 감싸고 보호하는 건 결국 피와 살과 뼈더라고. 『자본론』
은 거기서 시작한 거야.'

K의 골수까지 파고들어 있는 유물론의 대가는 K 삶의 실질적인
조력자였다.

'친구의 살점을 손으로 집어본 인간이 어떻게 이전과 같을 수 있
겠어? 그 생생한 손의 감각이 내 모든 의식과 가치를 송두리째 뒤
흔들어 재구성해놓았지.'

"제프 한 시간만 시장 구경 좀 하고 있어. 볼일 좀 보고 올게."

기사 톰이 복잡한 재래시장 입구에 차를 세우며 말했다.

처음 있는 일인지라 현은 눈을 동그랗게 떴다.

"갔다 와서 얘기해줄게. 한 시간이면 충분해."

톰은 구체적인 언급은 피하며 현에게 양해를 구했다.

현도 마다할 이유가 없었다. 며칠 병실 생활에 갑갑했던지라 바
깥바람이 쐬고 싶던 참이었다. 이왕 나선 김에 현은 시장 구경을 제
대로 할 생각이었다.

"볼일 끝나면 사무실로 그냥 들어가. 나 데리러 오지 말고."

현이 말했다. 시장통에서 서로 시간 맞추어 만나는 일이 더 번거
로울 것 같아서였다.

톰의 차가 혼잡한 길을 느릿느릿 빠져나가는 걸 보며 현은 시장
안쪽으로 들어섰다. 도로를 사이에 두고 쇼핑몰 SM과 마주하고 있
는 이 재래시장은 앙헬레스에서 가장 규모가 컸다. SM을 오가면

서 지금껏 먼발치에서만 봐왔을 뿐 한 번도 발 들여놓을 기회가 없었다.

초입의 생선가게 골목을 들어서자 비린내와 쾨쾨한 냄새가 뒤섞여 났다. 그 냄새부터 시작해 복잡하고 시끄럽고 어수선한 것까지 재래시장 분위기였다. 장터 마당 쪽으로 나서자 한켠이 소란스러웠다. 사람들이 빙 둘러서서 뭔가를 구경하고 있었다. 다가서서 보니 두 사내가 티격태격 자리다툼을 하고 있었다. 염소 장수와 악어를 팔러 나온 사내였다. 둘이 목에 핏대를 세우며 쏟아내는 타갈로그어는 따발총 소리 같았다. 염소 장수가 원래 자기 자리라며 악어 주인에게 자리를 비켜달라고 하자 악어 주인은 자기가 먼저 맡은 자리라며 버티는 중이었다. 악어 주인은 주변 가게들을 손으로 가리키며 노점에 자기 자리가 어디 있냐고 따졌다. 그는 운 좋게 잡은 악어를 팔러 나온, 장사꾼이 아닌 어부로 보였다. 사내의 발치에는 주둥이가 밧줄에 꽁꽁 묶인 악어 한 마리가 눈을 뒤룩뒤룩 굴리며 자신을 쳐다보는 시장 사람들을 신기한 듯 쳐다보고 있었다. 주둥이에서 꼬리까지 길이가 2미터쯤 돼 보이는, 중간 정도 크기의 악어였다. 염소 장수 곁에는 새끼 두 마리가 딸린 염소 일가족이 있었다.

두 사내가 옥신각신하는 사이 갑자기 어미 염소가 울음소리를 내며 쓰러졌다. 악어가 바로 곁에 있는 염소를 꼬리로 친 것이다. 어미 염소는 바닥에 맥없이 주저앉았다. 주인이 놀라며 쓰러진 염소를 보듬어 안았다. 사내가 바닥에 쭈그려 앉아 어미 염소를 이리저리 살펴보는 동안 새끼 염소들은 애처롭게 울어댔다. 어미 염소의 젖을 짜내자 유백색 젖에서 피가 스며 나왔다. 염소 주인은 그걸 들이밀며 악어 주인한테 책임지라고 따졌고 악어 주인은 애당초 병든 염소를 데리고 와서는 자기한테 뒤집어씌운다고 맞받아쳤다. 염소 장수는 멀쩡한 자기 염소를 욕보인다고 악어 주인에게 다시 바락바락 대들었다.

둘의 다툼은 지루하게 이어졌다. 구경꾼들까지 지쳐 반쯤 사라지고 나서야 간신히 합의에 이르렀다. 다친 어미 염소와 새끼 한 마리를 악어와 맞바꾸는 물물교환, 그리고 악어 주인이 염소 주인에게 자리를 내주는 것으로 결론 났다. 악어 주인은 어미 염소와 새끼 한 마리를 몰고 천천히 시장을 빠져나갔다. 본래의 자기 자리를 차지한 염소 장수는 오른편에 염소, 왼편에 악어를 놓고 앉아 있었다. 완벽한 수평을 도출하기 위한 긴 저울질의 결과였다.

현은 시장의 원리를 서늘하게 깨달으며 돌아섰다. 그때, 지갑이 없어진 걸 알았다. 호주머니를 아무리 뒤져도 지갑은 나오지 않았다. 구경하느라 정신이 팔려 있는 사이 누가 빼간 모양이었다. 세상에 공짜 없다더니. 쓴웃음이 절로 나왔다. 현은 시장을 어슬렁거리며 어떻게 돌아갈 것인가 고민했다. 시장 한복판을 두 바퀴째 돌고 있을 때 비가 쏟아지기 시작했다. 장 보던 사람들은 우산을 펼쳐 들거나 처마 밑으로 피했다. 노점상들 역시 허둥대며 좌판을 챙겨 들고 비를 피할 수 있는 곳으로 찾아들었다. 현도 서둘러 근처 건물로 뛰어들었다. 복잡하던 시장 바닥이 점심시간 끝난 학교 운동장처럼 휑해졌다. 그 많은 사람들이 순식간에 다들 어디로 사라졌는지 신기했다. 한동안 빗소리만 요란하게 장터 바닥을 두드려댔다. 아이 하나가 갑자기 비가 퍼붓는 장터 마당으로 뛰어들었다. 그러자 여기저기서 웃통을 벗어 던진 아이들이 뛰어나오기 시작했다. 술래잡기라도 하듯 아이들은 빗속에서 정신없이 뛰어다녔다. 개중에는 온몸에 비누칠까지 하면서 목욕을 하는 아이도 있었다. 아이들의 맑은 웃음과 외침 소리가 빗소리를 뚫고 장터 마당을 굴러다녔다. 장터가 샤워장으로, 놀이마당으로 다채롭게 변신해갔다.

그 광경을 물끄러미 보고 있으니 현은 비 오는 날 빈집에서 뒹굴던 때가 생각났다. 마당에 떨어지는 낙숫물 소리를 들으며 마루에서 엄마를 기다리곤 했다. 갱 붕괴 사고 후 집은 늘 비어 있었다. 생계를 책임져야 했던 엄마가 일을 다녔던 것이다. 학교에서 돌아와 텅 빈 집을 본다는 건 빈 냉장고를 보는 것만큼이나 실망스럽고 짜증 나는 일이었다. 차츰 집 대신 바깥에서 시간을 보내기 시작했다. 일주일에 두 번 야학이 열리는 신문보급소 뒷방은 그런 현에게 시간 보내기 딱 좋은 곳이었다. 신문 냄새 잔뜩 밴 보급소 사무실을 들어서면 마음이 편했다. 사무실 뒤에 딸린 공부방에는 만화와 동화책이 많았다. 야학이 없는 날의 그곳은 동네 아이들 놀이방이나 다름없었다. 아이들은 거기 있는 만화책들을 보기 위해 수시로 들락거렸다.

어느 날, 집으로 가던 길에 본 보급소는 여느 날과는 분위기가 달랐다. 보급소 기와지붕 위로 겨울 햇살이 살짝 걸쳐 있는 오후였다. 지붕의 그늘진 한쪽은 흰 눈이 그대로 쌓여 있어 용머리를 중심으로 흑과 백이 또렷이 대비를 이루었다. 이사라도 하듯 보급소 앞에 잡동사니들이 잔뜩 쌓여 있고 사무실에는 낯선 사람들이 들락거렸다. 보급소 간판은 못이 하나 빠져나갔는지 삐뚜름하게 걸려 있고, 신문을 쌓아두던, 노란 비닐 장판이 깔린 평상 위에는 신문과 책, 스크랩북 등이 어수선하게 쌓여 있었다. 사무실 안은 더 난장판이었다. 대학생 형들은 보이지 않았고 낯선 아저씨만 두엇 보였다.

"아저씨, 여기 형들, 어디 갔어요?"

현이 사무실 안을 들여다보며 물었다.

"학생은 집에 가서 숙제나 해라. 이런 데 얼씬거리면 안 돼."

서랍 속 서류를 들춰보던 남자가 훈계조로 말했다.

그들은 사무실 책상과 캐비닛, 공부방을 샅샅이 뒤지며 책과 유인물, 노트 들을 찾아 한쪽에 모아놓았다.

그날 이후로 보급소의 네 칸짜리 녹슨 함석 문은 굳게 닫혀 있었다. 그해 겨울방학이 끝나고 봄과 여름이 지나가고 가을이 오도록.

닫힌 보급소는 날이 풀리면서 현의 비밀 요새로 바뀌었다. 뒤쪽 창문을 통해 몰래 들어가 혼자 뒹굴곤 했다. 책과 스크랩북이 여기저기 굴러다녔다. 현은 신문지 깔린 바닥에 누워 뒹굴며 책이나 스크랩북을 뒤적이거나 그림을 그리기도 하며 놀았다. 날이 갈수록 그곳은 현 자신만의 공간이 아니란 걸 알 수 있었다. 낯선 물건들이 하나둘 늘어가기 시작한 것이다. 부탄 가스통도 뒹굴고, 담배꽁초 가득한 소주병, 화투짝도 여기저기 띄었다. 심지어는 여자 스타킹과 속옷도 굴러다녔다. 그것들이 현의 자리를 자꾸 좁혀 들어왔다.

이듬해 가을, 그곳은 잿더미로 변했다. 꺼멓게 그을린 함석 문, 움푹 내려앉은 기와지붕……. 기둥에 세로로 길게 걸려 있던 보급소 나무 간판은 숯처럼 변해 바닥에 떨어져 있었다. 현의 그림이 담긴 다섯 권의 스크랩북도 재로 변해 사라졌다. 아쉽다기보다는 후련했다. 더는 그곳을 찾을 이유도 없었던 것이다. 닫힌 함석 문처럼 현의 유년도 거기서 막을 내렸다.

　훗날, K 선배와 친구들과의 술자리에서 신문보급소 얘기가 나왔을 때 현은 내심 놀랐다. 그것에 얽힌 기억은 자신의 유년 시절에서 완전히 삭제해버린 부분이었다. 어쩌면 그때의 야학 교사 가운데 K나 그 친구들, 아니면 그들과 연관 있는 사람이 끼여 있었을 수도 있었다. 하지만 현은 그 기억만큼은 절대 드러내놓지 않았다. K에게조차…….

　무섭게 퍼붓던 비가 거짓말처럼 그쳤다. 시장 마당으로 사람들이 다시 몰려나왔다. 햇빛이 다시 강하게 내리쬐기 시작했다. 시장 초입은 트라이시클과 지프니와 사람이 복잡하게 얽혀 있었다.

　"아저씨이!"

　불쑥 뒤에서 한국말이 들려왔다. 돌아다보니 웬 필리핀 여자가 현에게 손짓을 해 보였다. 모르는 여자였다. 현은 사람을 잘못 본 모양이라 생각하며 돌아섰다.

　"아저씨, 나, 라일라예요."

　여자가 황급히 현을 따라붙으며 말했다.

현은 걸음을 멈추고 다시 뒤를 돌아다보았다. 그제야 지난번 비키니 바 조명 아래서 보았던 그녀의 모습을 간신히 되살릴 수 있었다. 그녀가 아는 척하지 않았더라면 못 알아봤을 것이다. 반갑고도 신기했다. 이국 땅, 그것도 처음 찾아든 시장 골목에서 아는 사람을 만나다니…….

"언젠가, 동료들과 술 마시다가 라일라가 일하는 곳을 찾아 나선 적 있었어요. 결국 못 찾았지만."

현은 톰과 제이슨과 셋이서 카지노에 쇼 공연 보러 갔던 날을 떠올렸다. 3차 술자리에서 비키니 바 얘기가 나오면서 이전의 그곳을 찾기로 했다. 취기에 힘입어 찾아 나섰지만 역시 취기 탓에 헤매기만 하다 발길을 돌렸다.

"뜻밖인데요. 나를 다시 찾아주시다니."

그녀는 어린애처럼 기뻐했다. 유흥업소 여자가 제3의 장소에서 손님을 아는 척하는 것도, 손님이 일행과 업소 여종업원을 다시 찾는 일도 흔한 경우는 아니었다.

"그나저나 시장 구경한 값 톡톡히 치렀어요."

현은 남의 싸움 구경에 정신 팔려 지갑 잃은 사정을 털어놓았다.

"저런, 이런 곳에서는 늘 조심해야죠."

라일라가 안타까워하며 자신의 지갑을 꺼냈다. 그녀는 꼬깃꼬깃한 지폐를 꺼내고 동전까지 해서 100페소를 만들어 현에게 건넸다.

"이 정도면 되겠죠?"

"충분합니다."

시장 구경 뒤끝의 씁쓸했던 기분을 그녀가 말끔히 날려주었다.

"나, 다시 서울 들어갈 수 있게 됐어요. 이번에는 정말 괜찮은 일거리가 생겼거든요. 서울 가기 전에 꼭 한번 놀러 오세요."

그 말을 끝으로 라일라는 출근 시간에 늦겠다며 서둘러 사라졌다.

아닐라오

'아닐라오에서 다이빙을 해보지 않았다면 당신은 진정한 다이버가 아니다.'

건물 입구에 내걸린 현판에는 영어로 그렇게 쓰여 있었다. 스킨 스쿠버다이빙을 위한 다이버들이 주로 묵는 해변의 휴양 리조트였다. 에메랄드 빛 바닷물과 잘 어우러지는 5층짜리 엷은 파스텔 톤 하늘색 건물이 바다를 끼고 있었다. 마당 한가운데 원형 수영장이 있고 한쪽에는 다이빙 연습을 위한 수심 5미터짜리 사각 풀이 갖춰져 있었다. 마당 모퉁이는 시멘트 계단으로 이어져 바다와 연결돼 있었다.

톰은 이곳으로 오기 전부터 평소의 그답지 않게 들떠 있었다.

"아닐라오라는 해변 마을로 갈 거야. 미스터 손 리조트가 있는 곳이지. 그의 행선지 중에서 내가 제일 좋아하는 곳이야."

섬 출신답게 톰은 고향에라도 가는 것처럼 굴었다. 며칠 내내 마음고생이 심했던 터라 더 그런 모양이었다.

"제이슨이 가족들과 함께 잠적해버렸어."

현을 시장 초입에 내려주고 사라졌던 날, 사무실로 들어선 톰이 절망적인 표정으로 말했다. 그러더니 속사정을 현에게 낱낱이 털어놓았다. 제이슨에게 제법 큰돈을 빌려주었다는 것, 얼마 전부터 제이슨과 연락이 되지 않아 그를 찾아다녔다는 것, 급기야 제이슨 아들의 학교까지 찾아갔더니 이미 가족들과 함께 잠적했다는 등의 내용이었다. 제이슨이 다시 투계에 손댔을 거라는 추측과 함께 보름달 밤의 사건에도 그가 연루되었을 거라는 말까지 따랐다.

클라크의 총격 사건까지 나오자 현은 고개를 갸웃했다. 자신이 직접 겪은 제이슨은 그럴 사람이 아니었던 것이다.

"제이슨이 그런 일을 도모할 배짱이 없는 위인이란 건 나도 알아. 하지만 쥐도 궁지에 몰리면 고양이를 무는 법 아니겠어. 그놈이 내 돈 떼먹고 잠적할 거라는 것도 꿈엔들 생각했겠냐고."

톰의 말도 일리가 있었다. 내부 사정을 모르고 하기는 힘든 범행이라는 것도 그런 혐의를 낳았다.

"어쩌면 그놈들 진짜 경찰이었는지도 몰라. 경찰 몇 명 매수하는 것쯤이야 이곳에선 식은 죽 먹기니까. 제이슨이라면 그 정도 일이야 손쉽게 할 수 있었을 테고, 놈들이 유난히 몸을 사린 것도 이상하고……."

현은 거기까지 동의할 수는 없었지만 톰은 점점 확신을 띠어갔다.

"아마 나한테서 빌려간 돈도 투계판에서 다 날렸을 거야. 궁지에 몰리면 못할 일이 뭐가 있겠어."

톰은 마지막엔 거의 체념하는 어조였다. 워낙 제이슨과 친분이 두터웠던지라 문제를 더 확대할 생각은 없어 보였다. 현에게만 하소연하듯 털어놓은 말이었다. 한동안 실의에 빠져 지냈던 톰에게 아닐라오행은 적절한 선물처럼 보였다.

"아무래도 미스터 손이 제프 자네를 위해 아닐라오를 택하신 것 같은데, 휴양 좀 하라고."

톰은 갑작스런 아닐라오행의 이유를 현에게서 찾으려 했다.

"나야 병원에서 지겹도록 휴식을 취했는데 뭘. 내 생각에는 톰을 위해서인 것 같아."

"무슨 소리. 자네야 미스터 손 생명의 은인이잖아."

"톰의 노련한 운전 솜씨 덕이 더 컸지."

현은 화려한 타이틀을 톰에게 돌렸다. 생명의 은인, 운운할 때마다 내심 불편했다. 현장에 있었던 톰조차 당시 정황을 완전히 꿰고 있진 못했다. 운전석에 앉은 그로서는 급히 차를 몰고 빠져나와야 했으니 그럴 만도 했다. 피해가 그 정도에 그쳤던 건 사실 톰의 역할이 컸다. 특유의 순발력이 빛을 발했다. 재빨리 그곳을 빠져나오지 않았더라면, 돌이킬 수 없는 상황에 처했을지도 몰랐다. 이쪽이든 저쪽이든, 적어도 현 자신의 등에 남겨진 가벼운 총상에 그치지는 않았을 것이다.

곰곰 생각해보면 운전석에 앉은 톰의 경우가 차라리 나았다는 생각이 들었다. 불편한 진실 같은 건 피해 갈 수 있었으니까. 환한 보름달 아래 급박하게 몰아치던 상황이 현에게는 너무도 선명하게 보였다. 뒤에서 나타난 사내가 겨누던 총구, 귀가 먹먹해오던 총성, 코를 찌르는 듯한 화약 냄새, 처참하게 파열한 얼굴……. 끔찍한 장면이 불쑥 불쑥 덮치듯 떠올랐다. 의식의 가위눌림이 압박해올 때마다 현은 임시 처방으로 손의 말을 떠올리곤 했다. 그저 한바탕 꾸고 난 악몽이었을 뿐이라고.

싸르륵 싸르륵 파도 소리만 규칙적으로 들릴 뿐, 리조트 앞마당은 고요했다. 어두워지면서 리조트 이용객들은 객실을 찾아들고 젊은 서양인 커플만 수영장 옆 테이블에 앉아 밤바다를 구경하고 있었다. 현은 그들이 앉은 테이블과 대각선 방향에 있는 마당 끝, 바다를 향해 난 계단 맨 위 칸에 앉아 있었다. 적당한 습기를 머금은 바닷바람이 온몸을 감싸왔다. 멀리 등대 불빛이 보였고, 해안을 따라 늘어선 마을의 집들과 크고 작은 리조트에서 흘러나오는 불빛이 곳곳에서 반짝였다. 해변 마을에서 바라보는 밤바다는 도심에서 보던 마닐라 베이와는 다른 정취였다. 그곳이 마음을 들뜨게 하는 열정의 바다였다면 이곳은 파도 소리마저 차분한 휴식과 위안의 바다였다.

"이곳 아닐라오는, 내가 이 나라에 처음 들어와 잠수하느라 일

년을 보낸 곳이야."

손이 다가서며 말했다. 그는 들고 온 와인을 테이블에 올려놓았다. 그가 자리를 잡고 앉자 여종업원이 와인 잔을 챙겨 들고 와 테이블 위에 세팅해놓았다.

"한국에서 범법자로 도망 온 처지였으니 숨죽이고 살 수밖에. 그때만 해도 외환관리법 위반이란 중범죄였거든."

의외로 그의 신상 얘기가 흘러나왔다.

"어쨌든 다이빙에 빠져들고는 도피 생활이라는 걸 완전히 잊고 지냈지. 아마, 365일 가운데 적어도 300일은 물속에서 보냈을걸."

그가 말한 '잠수'에는 은둔 생활과 스킨스쿠버다이빙 두 가지가 다 포함돼 있었다. 연 300회. 믿기지 않는 수치였지만 그라면 불가능한 일도 아닐 거라는 생각이 들었다. 그의 중독증은 일상 곳곳에 배어 있었다. 포도주 외의 술은 입에 대지도 않았고, 옷이라면 무채색만 고집했다. 카지노에서도 매번 똑같은 테이블에 앉아 게임을 했고 한번 메뉴를 정하면 상황이 바뀔 때까지 같은 음식만 먹었다. 스킨스쿠버다이빙도 태풍이나 쓰나미 같은 천재지변 상황에서나 포기했을 터였다. 정착하던 시절의 회상에 잠긴 채 그는 한동안 묵묵히 와인만 마셨다. 파도 소리 사이로 간간이 와인 따라지는 소리가 맑고 경쾌하게 들렸다.

"카지노와는 어떻게 인연을 맺게 되셨습니까?"

현은 그동안 궁금하게 여겨왔던 질문을 했다.

손은 습관적으로 잔부터 들고는 목을 축인 다음 천천히 내려놓았다.

"사업하는 사람들에게 그건 여러모로 유용하지. 시간 때우기 좋고 친분 쌓기도 좋은 곳이거든. 경우에 따라서는 돈세탁도 할 수 있고 말이야."

사업가였던 그는 마흔 초반까지 온 세계를 누비고 다닌 일 중독자였다고 했다. 몬테카를로에서 도박사인 클라이언트와 우연히 카지노에 첫발을 들여놓았고 그때부터 게임에 빠져들기 시작했다는 것이다. 사업은 이미 본궤도에 올랐고 그동안 정신없이 매달렸던 일에 염증을 느낄 무렵이어서 카지노에 빠져드는 건 시간문제였다고 했다.

"한창 거기 빠져 있을 때는 사흘이 멀다 하고 해외 출장을 다녔지. 당시만 해도 국내 카지노는 내국인 출입이 허용되지 않았거든. 출장을 빙자한 원정 도박이나 다름없었어. 동남아에서 유럽, 중동, 미국까지 전 세계 카지노란 카지노는 거의 다 훑고 다녔지."

그의 중독 성향이 일에서 게임으로 넘어갔던 것이다.

"가장 기억에 남는 카지노? 그야…… 라스베이거스였지. 처음 그곳에 발을 들여놓았을 때는 뭐랄까, 저런 바다를 만난 기분이더라고."

손으로 바다를 가리키며 그가 덧붙였다.

"그 웅숭깊은 바다에서 결국 화산 폭발을 맞은 격이 돼버렸지만……."

쓸쓸하게 웃으며 그는 다시 술잔으로 옮겨갔다. 떠올리고 싶지 않은 기억이라도 있는 듯 그는 말을 멈추고 한동안 술만 들이켰다.

"열대의 바닷속은 어떻습니까?"

현은 화제를 돌렸다.

손은 대답 대신 젊은 커플이 있는 쪽으로 시선을 돌렸다.

"저런 연애처럼 황홀경 그 자체야."

스킨십에 빠진 두 남녀는 다른 일은 안중에도 없어 보였다. 그 모습에서 뭔가가 생각난 듯 손이 현을 돌아다보며 물었다.

"자네, 제니한테 관심 있지 않았나?"

느닷없는 질문에 현은 잠시 긴장했다.

"궁금하긴 했습니다. 말 한 마디 없이 훌쩍 사라져버려서."

현은 태연한 척했으나 속내를 들킨 기분이었다.

"원래 그런 년이야. 바람처럼, 종잡을 수가 없어."

친숙한 사이에서나 할 수 있는 표현이 스스럼없이 나왔다.

"그래도 의리는 있지. 이 바닥 물 먹은 여자치고는 촌스러울 만큼 순정적이기도 하고 말이야. 데이브라는 놈한테서 끝까지 못 벗어난 걸 보면……."

신뢰와 연민, 그리고 인간적 끈끈함이 묻어나는 말이었다. 현은 자신이 알고 있는 제니와 손이 파악하고 있는 제니가 크게 다르지 않다고 느꼈다. 어쩌면 그는 제니의 행방을 알고 있지 않을까. 그만큼 신뢰하는 직원이었다면 그가 모를 리 없다. 그렇지만 물어볼 용기는 나지 않았다.

"밤이 제법 깊었나 보군."

손은 마지막 잔을 비우고 일어났다.

　라스베이거스……. 손홍수는 자신의 일생에서 가장 끔찍한 일을 맞았던 곳을 떠올렸다. 처음 그곳 카지노에 들렀을 때, 그는 도박의 메카에 어울리는 게임을 한번 해보고 싶었다. 그때까지 해본 것 중에서 최고액, 10만 불을 칩으로 바꿨다. 호기롭게 시작했으나 게임은 처음부터 풀리지 않았다. 이틀 밤을 꼬박 밝힌 끝에 10만 불이 흔적도 없이 날아갔다. 호텔 방 침대에 한 번 누워보지도 못한 채 비행 시간에 맞춰 공항으로 직행해야 했다. 기내에서 제공하는 위스키를 몇 잔 마시고 곯아떨어졌던 그는 비행기가 김포공항에 도착하고 깨어났다. 공항 청사를 빠져나오는 내내 10만 불짜리 게임이 꿈속의 일처럼 여겨졌다. 그것이 라스베이거스와의 첫 인연이었다.

　방랑벽과 중독증, 그 둘 사이를 시계추처럼 오간 것. 지금까지 자신의 삶을 단순화시키면 그런 도식이 그려졌다. 불치의 방랑벽. 그것의 뿌리를 찾아들면 그의 기억은 할아버지 손에 이끌려 탄 기차 여행에 어김없이 가닿았다. 할아버지는 건장한 체격이었다. 어린 홍수는 할아버지의 크고 두툼한 손에 이끌려 일찍부터 세상 구석구석을 구경할 수 있었다. 기차에 오르면 할아버지는 어린 손자에게 먹을 것을 잔뜩 안겨놓고 곯아떨어졌다. 할아버지의 코 고는 소리는 기차 바퀴 소리만큼이나 우렁찼다. 신나서 따라나섰던 손자도 창밖에 어스름이 내리기라도 하면 집이 그리웠다. 하지만 할아버지의 코 고는 소리는 철통처럼 굳건해, 집을 향한 그리움은 제풀에 사그라졌다. 포만감에 지쳐 잠들었다가 선득한 기운에 깨어나면, 할아버지 등에 업혀 어둡고 낯선 골목을 접어들고 있었다. 하룻밤 묵어갈 곳을 찾아들던 골목길의 기억은 지금도 선명했다. 할아버지의 넓은 등에 얼굴을 파묻고 있으면 어린 흥수의 등 뒤로 차가운 밤공기가 내려앉았다. 가슴에는 할아버지의 따뜻한 체온이 흘렀고, 등 뒤로는 세상의 찬바람이 부딪쳐왔다. 그의 몸은 그렇게 안팎으로 단련돼 있었다.

'노름해서 돈 벌었다는 놈 없듯이, 금광으로 부자 됐다는 놈도 내 못 봤다. 금광으로 한탕 한 일확천금, 금광으로 날리게 돼 있어. 그게 세상 이치야.'

그러면서도 할아버지는 평생 금광을 찾아 전국을 떠돌았다.

'노름꾼이 그 뒤끝을 몰라서 투전판에 앉아 있는 줄 알아? 거미가 거미줄을 치지 않을 수 없는 거랑 같은 이치야.'

끝을 뻔히 알면서도 열정을 불사를 수 있는 용기……. 그런 할아버지가 흥수에게는 불가사의한 존재였다. 할아버지는 집 울타리와 바깥세상을 거침없이 넘나든 자유인이었다. 현실 감각이 누구보다 뛰어났지만 허황해 보일 정도로 꿈도 컸다. 당신 생애 내내 집안이 부침浮沈을 거듭할 수밖에 없었던 것도 그런 기질 때문이었다. '손부자네'라는 명성에 걸맞던 재산을 다 날리고 할아버지가 남긴 유산은 겨우 끼니나 연명할 정도의 전답 몇 마지기였다. 어른이 되고도 그는 마음이 복잡하거나 중요한 결정을 내려야 할 일이 있으면 곧잘 차에 올랐다. 움직이는 차 안에서는 이상하게도 집중이 잘 되었다. 훗날, 사업을 할 때도 마찬가지였다. 해외 출장이 잦은 그는 비행기 안에서 회사 일을 거의 해치웠는데, 사무실보다 훨씬 효율적이었다. 왕성하고 추진력 있는 기질에 운도 따라주어 사업은 잘 굴러갔다. 그는 성공한 사업가였으며 또한 단란한 가정의 가장이기도 했다. 미래의 삶 또한 의심의 여지 없이 낙관적이었다. 라스베이거스 카지노 테이블에 앉기 전까지는…….

돌이켜보면 그는 삶의 극적인 순간을 게임 테이블에서 여러 번 맞았다. 10만 달러를 잃은 라스베이거스 카지노에서의 첫 게임부터 그랬다. 테이블에서 일어나면서 다짐했던 대로 그는 몇 달 뒤 다시 그곳을 찾았다. 두번째는 달랐다. 행운의 여신이 자신의 어깨에 올라앉아 있다는 확신이 들었다. 최고 베팅을 했을 때, 그가 쥔 패는 '내추럴 나인'을 만들었고 '타이'까지 적중했다. 지난 게임에서 잃었던 걸 고스란히 되찾았다. 행운은 거기에 그치지 않았다. 그는 또 한 번 거액의 칩을 자기 앞으로 쓸어왔다. 수확의 짜릿함이 손끝으로 전해졌다. 바로 그때, 행운의 여신이 변덕을 부렸다.

사장님, 드릴 말씀이……. 수행 직원 하나가 테이블 곁으로 급히 다가왔다. 직원이 전해준 건 IMF 소식이었다. 그건 회사 부도 소식이나 다름없었다. 멀쩡하던 회사가 IMF라는 쓰나미에 순식간에 휘말려든 것이다. 그때부터 떠돌이 신세는 시작되었다. 카지노는 그에게 더없는 환각제이자 도피처였다. 그곳만큼 자신을 안전하고 편하게 숨겨주는 장소도 없었다. 회사는 거덜 났지만 카드는 적중했다. 자신감을 불러일으키는 유일한 곳이 게임 테이블 앞이었다.

러시안 룰렛

허공에 깃털이 난무한다. 형형색색 다채롭다. 덤벼라, 덤벼! 빨리 찍으라고, 찍어! 외침과 환호가 터져 나온다. 투계장이다. 무수한 사람들이 둘러서서 자신이 돈을 건 닭을 미친 듯이 응원한다. 물어라, 물어! 죽여, 죽이라고! 불쑥 허공으로 솟구쳐 오른 싸움닭의 날카로운 발톱이 상대를 공격한다. 깃털이 휘날린다. 또 한 번의 공격. 뾰족한 부리가 상대의 목을 찍는다. 피가 튄다. 그래, 그래, 한 번 더! 탄성과 아우성이 교차한다. 환호하는 사람, 머리를 감싸 쥐는 사람, 공중에다 주먹질하는 사람, 제각각이다. 투계가 또 한 번 솟구친다. 날카로운 부리가 상대 닭의 붉은 벼슬을 찍는다. 죽거나 이기거나, 둘 중 하나다. 허를 찔린 놈이 바닥에 곤두박질친다. 한 마리, 두 마리, 다섯 마리, 열 마리……. 쉴 새 없이 나가떨어진다.

바닥에 피가 흥건하다. 돈다발이 공중에서 흩날린다. 10페소짜리, 50페소짜리, 100페소짜리……. 사람들이 돈을 향해 달려든다. 벌떼 같다. 손을 뻗치다 제지당하고, 멱살을 잡고 뒹굴고, 짓밟고 짓밟힌다. 투계나 다름없다. 땡땡땡땡— 싸움이 끝난다. 투계꾼도 싸움닭도 같이 바닥에 널브러져 쌓인다. 돈과 깃털이 쌓인 시체들 위로 내려앉는다. 아무런 움직임도 없다. 잠잠하다. 숨 막히는 고요……. 나가떨어졌던 투계들이 하나둘 살아난다. 부러진 날갯죽지, 찢긴 벼슬, 상처투성이의 투계들이 사람들 위를 종종걸음으로 쫓아다닌다. 푸석푸석 먼지가 일어나고, 끼긱 끼긱 끼긱 끼긱 끼긱, 닭들의 괴성이 들린다.

디리링 디리링.

전화벨 소리에 현은 깨어났다. 요란하고도 끔찍한 꿈이었다.

디리링 디리링.

수화기를 들었다.

"내 방으로 좀 건너오지."

손이다. 자정도 훌쩍 넘긴 시간, 그가 이런 시간에 호출한 것은 처음이다. 대체 무슨 일일까? 현은 침대에서 몸을 일으켰다. 옷을 주워 입고 대충 매무새를 정리하고 밖으로 나왔다. 밤바람이 제법 선선했다. 현이 묵고 있는 별채에서 객실 전용 건물인 본채로 들어서려면 마당을 통해야 했다. 비탈진 곳에 지어진 건물이라 해안 절벽을 내려가듯 가파른 계단을 한참 내려가서야 마당에 닿았다. 수영장 수면은 야외등 불빛이 반사되어 반짝였다. 일렁이는 수면이 이상하게도 괴기스러워 보였다. 현은 마당을 가로질러 곧장 본관 건물로 들어섰다. 1층 프런트도 비어 있었다. 바닥과 벽면이 모두 대리석으로 되어 있는데도 건물 안에서는 바다의 짠 내가 묻어났다.

손의 방은 3층에 있었다. 문을 열면서 현은 주춤했다. 방을 잘못 찾은 게 아닐까. 희미한 조명 아래 펼쳐진 실내가 침실 분위기와는 거리가 멀어 보였다. 얼핏 카지노 룸을 연상시켰다. 아니나 다를까 방 한가운데 게임용 테이블이 놓여 있다. 찬찬히 살펴보니 안쪽 창가로 소파와 테이블이 놓인 넓은 스위트룸이었다. 손의 방이 맞았다. 전면 창 바로 앞에 놓인 소파 등받이 위로 그의 뒷모습이 희미한 조명 속에 보였다. 섬뜩했다. 마닐라에서의 첫날 밤이 떠올랐던 것이다.

조심스레 룸 안으로 발을 들여놓았다. 빠져나왔던 꿈의 세계로 다시 들어서듯 비현실적인 분위기다. 대형 스위트룸인 그의 침실은 전면 창으로 바다가 내다보이는 방이었다. 흐린 실내조명 덕에 창밖의 밤 풍경이 어렴풋이 보였다. 등대 불빛과 해안을 따라 나 있는 마을의 불빛이 반짝였다.

"탁 트인 바다를 보며 게임을 하고 싶었지."

침실 한복판에 게임 테이블이 떡하니 놓여 있는 요령부득의 상황에 대한 손의 설명이었다. 소파 주변 바닥에 뒹굴고 있는 빈 와인병 두 개가 그의 취기를 짐작케 해주었다.

현이 자리에 앉자 그는 테이블 위에 있는 새 와인을 땄다. 슈발 블랑. 그걸 따는 순간이 특별한 날이 된다는, 영화에 등장한 바로 그 와인이다. 마닐라 와인 숍을 샅샅이 뒤지다 열한번째 숍에서 간신히 찾아낼 수 있었던, 진열장에서 삼 년째 주인을 기다리고 있던 두 병의 와인, 그중 하나다. 해변 휴양지에 명품 와인까지, 엄청난 호사다. 현은 그가 따라준 와인을 손에 들었다. 그리고 천천히 음미하듯 마셨다. 독특한 향기와 깊고 부드러운 맛이 여느 와인과는 확실히 달랐다. 이 달콤함, 이것이 바로 그 결과다. 곱슬머리 사내가 내놓았던 두 가지 중에서 했던 선택. 지금까지의 생활도 그래서 가능했다. 빈속에 들이킨 알코올의 기운이 급속하게 번졌다. 몸이 후끈해왔다. 잔을 내려놓던 현의 눈에 얼핏 뭔가가 잡혔다. 손이 앉은 소파 옆자리에 놓여 있는 검은 물건……. 총이다. 38구경 리볼버. 알코올의 더운 기온이 급속히 번지면서 한편으로는 등줄기가 서늘해왔다.

"한때 이걸로 룰렛을 한 적 있었지."

그가 옆자리의 리볼버를 집어 들었다. 그는 권총을 풀고 탄창을 돌리고 잠그는 걸 반복했다. 장난감을 다루듯 가볍고 능숙한 손놀림이었다.

"확률이란 게 얼마나 재밌는가 하면 말이야. 6분의 1의 확률을 가진 이 러시안 룰렛이, 언젠가 내가 했을 때는 말이지, 서른세 번 동안 한 번도 발사된 적이 없었어. 서른세 번 동안……."

그는 덤덤하게 이야기를 늘어놓았다.

현은 서른세 번 동안 한 번도 일어나지 않은 6분의 1의 확률에 대해 생각했다. 믿기지 않는 일이지만 불가능한 건 아니다. 확률이란 일반적 결과는 예측하게 해주지만 구체적인 결과에 대해서는 아무것도 알려주지 않으니까. 동전 던지기를 무한히 반복하면 대수의 법칙상 50대 50의 결과에 가까워지는 건 분명하지만, 막상 동전을 던질 때 앞면이 나올지 뒷면이 나올지에 대해서는 아무 힌트도 못 주는 것처럼 말이다.

"그때, 룰렛을 하면서, 난 자살과는 인연이 없다는 걸 깨달았어."

긴 침묵 끝에 나온 한마디. 여전히 믿기지 않았다. 도박 세계의 유령들이 막다른 길에서 떠올리는 수단, 자살. 노련하고 뚝심 있는, 아무리 큰 게임에도 결코 흔들리거나 감정의 변화를 보이지 않는 그가 삶의 저 밑바닥까지 닿아보았다는 사실 자체…….

그는 테이블 위의 권총을 다시 집어 들고 그것을 만지작거리기 시작했다. 현은 흘끗 그를 보았다. 취기에도 그의 눈은 여전히 빛났다. 이 손홍수란 인간은 제정신이 아니다. 미쳐도 단단히 미친, 도박 중독을 넘어 그것을 철저하게 자기 것으로 만들려는 광기에 사로잡힌 인간이다. 게임을 즐기면서도 그것과 정면 대결을 하려고 나서는, 뭔가 끝장을 보고야 말겠다는 파괴적 광기, 아니 광기를 넘어 살의 충동마저 있는 인간이다. 그날 밤 사건이 무엇보다 잘 증명해주지 않나. 클라크 들판을 가로지르는 길 위에 비쳐 들던 달빛……. 그때의 상황이 현의 뇌리에 생생하게 되살아났다. 불안하게 흔들리던 사내의 눈동자, 차갑게 빛나던 총구, 귀가 먹먹할 정도의 굉음, 화약 냄새, 맥없이 나가떨어지던 검은 그림자. 긴박하게 돌아가던 순간의 장면 하나하나가 또렷하게 되살아났다.

　제일 먼저 본 것은 괴한의 것이 아니라 손의 총이었다. 그가 총을 갖고 있으리라고는 상상도 못했다. 먼저 불을 뿜은 것도 그의 것이었다. 코를 찌르는 화약 냄새, 엄청난 금속성 굉음이 한 번, 두 번, 이어졌다. 아니 세 번이었던가? 놈들도 반격은 예기치 못했던 것 같았다. 그들의 총은 그저 위협용으로 보였다. 급작스런 상황에 허둥댈 뿐 제대로 대응도 못하는 오합지졸이었다. 현이 반사적으로 몸을 날려 손흥수를 덮치는 순간, 등 뒤로 뭔가 뜨거운 것이 들러붙었다. 뒤늦게 발사된 놈의 총탄은 절묘한 타이밍이었다. 그 한 발이 뜻밖의 상황을 연출한 것이다. 현을 손의 생명의 은인으로 만든 것이다. 누구든 그렇게 믿을 만한 정황이었다. 손흥수조차……

　누구에게나 결정적인 순간이 있다. 이것이냐 저것이냐, 둘 중 하나를 택해야 하는.

　'와 잭팟이다! 잭팟!'

　행운의 금궤는 눈부셨다.

　'봐라. 이런 날이 올 거라고 했잖아.'

　엄마는 당신의 선견지명을 거듭 일깨웠다.

　'패 두 개 합치면 되것다. 내 실패 경험과 너의 패기.'

　모든 걸 저버리고 사라진 선배의 호언장담.

　'내가 이념을 좇아 살았다고 생각해?'

　K의 냉소 어린 반문.

　'그 작품, 우리랑 해볼 생각 없나?'

영화 기획자의 장밋빛 제안.

극적 순간들, 그리고 주인공들이 현의 뇌리를 스쳤다. 황금빛 꿈에 드리운 빛과 그림자를 현은 잘 알고 있었다. 행운의 여신이 내미는 손조차 거부했다. 대신 폐허 같은 어둠 속으로 성큼성큼 걸어 들어갔다. 길고 긴 어둠의 갱도 끝에 어쩌면 진정한 황금의 땅이 있을지도 모른다고 생각했다. 금궤에 열광하던 그들을 단죄라도 하듯, 그걸 증명해 보이고 싶었다. 그리고 현이 도달한 곳, 그곳이 여기였다. 아니, 또 한 번의 선택이 있었지. 곱슬머리 사내가 내밀었던 선물. 둘 중 하나 택하시지. 몸을 팔 것인지 아니면……. 그때는 깊이 고민하지 않았다. 그저 본능에 따랐을 뿐이다.

"그날, 굳이 그러실 필요가 있었습니까?"

궤도를 벗어난 질문이었다. 손의 지시를 어기고 악몽을 기어이 현실로 바꾸어놓은 것이다.

"총 말입니다."

단호한 목소리였다.

"놈이 먼저 우리에게 총을 겨누지 않았나."

나직하면서도 따지듯 되묻는 손의 목소리.

"하지만, 놈들은, 그저 위협용이었을 뿐……."

현은 번득이는 그의 눈빛을 보면서 말을 얼버무렸다. 자신이 아는 한, 그들은 먼저 공격을 해오지 않았다. 손의 총이 불을 뿜자 놈들은 놀라 허둥댔다. 오합지졸이 따로 없었다. 현이 손의 몸을 덮친 건 사실 그를 보호하기 위해서가 아니었다. 그를 말리기 위해서였다. 반사적으로 오합지졸의 편에 섰던 것이다. 이유는 알 수 없었다. 자신이 그 오합지졸의 하나에 불과하다는 자각 때문이었을 수도 있었다.

"난, 모두를 지켜야 했어."

명분과 당위에 찬 어조였다.

"미스터 손이야말로 제 생명의 은인이셨군요."

현이 빈정거리듯 말했다.

새 잔을 들이켜면서 그는 마음을 가라앉혔다. 손에게 진실을 털어놓을 생각은 없었다. 그의 생명의 은인이라는 특혜를 누리고 싶어서가 아니라 그것이 더 이상 의미가 없게 돼버렸기 때문이다. 그림자처럼 따르고자 했던 손홍수라는 인간은 현이 감히 흉내 낼 수 없는 차원의 사람이었다. 그의 수족이 되어 그의 신임을 얻고 재기의 가능성까지 엿보았던 한 가닥 희망, 그것은 스스로 만들어낸 환상에 지나지 않았다.

현의 시선은 테이블 위의 권총에 머물렀다. 슈발 블랑, 그리고 38구경 리볼버. 절묘하게 어울리는 오브제다. 순간 파괴력을 지닌 그 작은 물건이 현의 마음에 들어앉았다. 한 손에 오롯이 잡힐 것 같은 작고 단단한 외양부터 매혹적이다. 서른세 번의 시도에도 번번이 6분의 1 확률을 넘어섰다는, 신비롭고 기이한 물건.

당신은 이걸 꼭 당겨야만 하는가? 물음표 모양의 방아쇠가 유혹하듯 묻고 있다. 손가락 하나로 모든 것이 결정 나는 삶의 순간, 그 순간의 파괴력이 낳는 완전한 무無의 세계. 냉정한 눈으로 봐도 그것은 여전히 매력적이다. 저걸 손에 쥐고 있다면, 누가 저 깜찍한 곡선의 방아쇠에 손가락을 올려놓고픈 충동이 일지 않겠는가. 보름달이 휘영청 드리운 밤이거나 파도 소리가 이토록 가까이서 들리고, 슈발 블랑의 더운 기운이 온몸을 헤집고 다니는 이런 밤이라면 말이다. 선택하시지, 몸을 팔 것인지 아니면…….

의식이라도 치르듯 현은 와인 마지막 잔까지 말끔히 비웠다. 그리고 권총을 잡았다. 금속성의 차갑고 묵직한 감촉이 손으로 전해왔다.

"러시안 룰렛, 그거 저도 한번 해보고 싶습니다. 6분의 1 확률 정도라면."

현이 선언하듯 말했다. 스스로 자신의 운명을 결정짓고 싶었다. 누군가의 재산의 일부로서가 아닌, 실패한 삶을 지리멸렬하게 이어가는 지질한 존재로서는 더더욱 아닌…….

"취했군. 그만하지."

손은 현에게서 총을 빼앗으려 했다.

현은 그의 손을 보기 좋게 따돌렸다. 그는 현보다 더 취했고 움직임도 훨씬 둔해져 있었다. 총을 쥔 현이 자리를 떨치고 일어나는 순간, 손이 그를 온몸으로 가로막았다. 취기에 비틀거리는 두 사내의 몸이 뒤엉켜 바닥에 쓰러졌다. 엎치락뒤치락 한바탕 둔중한 몸싸움이 있었다. 상대에게 팔을 잡히지 않으려고 내뻗다가 현의 손에서 총이 떨어져 나갔다. 그것은 카펫을 벗어나 마룻바닥으로 튕겨

나갔다. 그걸 다시 집기 위해 현은 필사적으로 몸을 빼내려 했으나 손홍수 역시 악착같이 현을 붙들고 늘어졌다. 또 한 차례의 몸싸움이 있었다. 긴 몸부림 끝에 손을 완전히 밀어내고 현은 그에게서 빠져나왔다. 바닥의 권총을 집어 들고 천천히 자리에서 일어났다. 현은 비틀거리는 걸음으로 발코니로 나갔다. 바람이 거셌다. 파도 소리도 바람만큼이나 거칠어져 있다. 등대 불빛은 변함없이 반짝였다. 마닐라 베이의 밤이 떠올랐다. 하얀 가루로 사라져간 사내, 멀리서 반짝이던 등대 불빛, 모슬린 치마를 나부끼며 제방 위를 걷던 제니……. 슬프고도 감미로웠던 기억을 떠올리며 그는 총구를 관자놀이에 댔다. 그리고 힘껏 방아쇠를 당겼다.

땅!

총성이 아닐라오의 밤하늘을 갈랐다.

딥 다이빙

오전 내내 비가 퍼부었다. 열대의 폭우는 난폭하기 그지없다. 해변이라면 바닷물이 금방이라도 덮쳐올 듯하고 평지라면 땅바닥을 뚫을 듯한 기세다. 그러다가도 언제 그런 일이 있었느냐는 듯 감쪽같이 멎고 눈부신 햇빛이 다시 내리비치곤 했다. 리조트 앞바다에는 일꾼들이 배를 붙들어 매느라 정신이 없었다. 풍랑에 배 한 척이 떠밀려 가는 바람에 그걸 구해 오느라 그들은 아침나절부터 진땀을 뺐다. 그 덕에 크고 작은 다섯 척의 배가 모처럼 한자리에 모여 넘실대고 있었다.

창밖을 내다보며 손은 이곳 아닐라오에 정착하던 무렵을 떠올렸다. 한국을 벗어나 이곳에 정착할 수 있었던 건 전적으로 차 선생 덕이었건만 결국 그에게 진 빚은 갚지 못하게 돼버렸다. 대한민국 호텔계의 산증인이라고 할 수 있는 입지전적 인물, 그가 차영빈이었다. 손이 카지노를 전전할 무렵 그의 병정(대신 도박을 해주고 수익의 일정 비율을 수고비로 받는 사람을 일컫는 카지노계의 은어) 노릇을 몇 번 했던 게 인연이 되었다. 초대형 호텔을 몇 개나 소유한, 호텔 경영의 대가인 그의 숙원은 국내 호텔에 카지노를 유치하고 활성화하는 일이었다. 그것은 사업가로서의 야심이 아니라 호텔 경영 대부로서의 사명감 같은 것이었다.

'관광 산업의 핵심은 카지노야. 우리나라는 그런 점에서 완전히 헛장사하는 거라고. 외국 도박사들을 끌어들이지 못하니 외화 벌이 못 하지, 국내의 꾼들은 다들 해외에 나가 크게 날리고 들어오지, 이중으로 손해 보는 거 아냐.'

그는 관광 산업에서 카지노의 비중이 얼마나 큰지를 알리는 일에 여생을 바치기로 결심했다. 나름의 애국주의였다. 한번 목표를 정하자 추진력 있게 밀어붙였다. 그런 면에서는 손과 닮았다. 다른 점이라면 손은 대의명분에 얽힌 일이라면 생리적으로 거부 반응이 일어났다. 차 선생의 계획이 손 자신의 일과 무관치 않음에도 별 관심이 없었던 건 그런 성향 탓이었다.

차의 사업이 얼마만큼 결실을 맺었는지는 알 수 없었다. 그의 부음을 듣던 날, 도박사인 자신이 할 수 있었던 일이란 그의 영혼을 위로하는 게임을 한판 벌이는 것이었다. 씻김굿 같은 의식이려니 했다. 기분 탓이었는지 그날 게임은 초반부터 내리 잃기만 했다. 도무지 나아질 낌새가 없어 판을 접을까 하던 차였다. 그때 그가 나타났다.

'정현이라고 합니다.'

순간적으로 차 선생의 현현顯現 같았다. 그걸 입증이라도 하듯 게임이 반전했다. 부진을 면치 못하던 게임이 승승장구했다. 그의 출현으로 씻김굿은 성공적으로 마무리되었다. 이 바닥으로 흘러드는 인생들 절반이 그렇듯 그 역시 어떤 경계에 서 있다는 느낌이 들었다. 남들과 다른 건 느낌의 강도였다. 손이 지금까지 봐왔던 어느 누구보다 골이 깊어 보였다. 그 점에 마음이 끌렸다.

'제프 그 친구, 미스터 손께서 신경 좀 써주셔야 될 거예요.'

떠나기 전, 제니가 말했다.

'제발 정신 차려, 제니. 끝까지 사내놈 걱정이냐.'

손의 핀잔에도 제니의 눈빛은 흔들리지 않았다.

'그날 밤, 데이브 옆자리를 넘봤대요.'

손은 자신의 예감이 빗나가지 않았음을 깨달았다. 그리고 지난 밤, 손은 그 가능성을 확신할 수 있었다. 차 선생에게 진 빚을 갚을 수 있겠다는…….

이런저런 생각들을 떠올리며 손은 오전 내내 침실에서 뒹굴었다. 과음의 후유증도 만만치 않았던 것이다.

정오가 되면서 풍랑은 완전히 가라앉았다. 구름이 해를 가리긴 했지만 바다는 언제 그런 일이 있었냐는 듯 해수면이 호수처럼 잔잔해졌다. 마당 수영장에는 초보자들을 위한 다이빙 강습이 예정대로 이루어지고 있었고 한쪽 구석에서는 톰과 일꾼 몇몇이 장비를 점검하고 있었다. 톰은 이곳에 오면 마치 어린 시절로 돌아간 것처럼 활기에 넘쳤다. 어려서부터 물에 단련된 그는 장비 없이 하는 스킨다이빙에 능했다. 수심 20미터 정도는 맨몸으로 자유롭게 오갔다.

반나절을 빈둥거리고 나니 손은 지난밤의 숙취에서 말끔히 풀려날 수 있었다. 모처럼 다이빙으로 몸을 좀 풀어볼 생각이었다. 날이 흐리긴 했지만 맑은 날은 맑은 대로, 흐린 날은 또 흐린 대로 물속은 나름의 정취가 있었다. 이렇게 흐린 날의 바닷속은 더 차분하고 평온했다. 그 속에 몸을 푹 담그고 나오면 심신이 한결 상쾌해질 것 같았다.

"준비 됐습니다, 미스터 손."

톰이 출발 준비를 알려왔다. 다이빙에 그는 늘 톰을 데리고 나섰다. 장비 준비는 물론 배 다루는 기술까지 뛰어난 톰은 두 사람 몫을 혼자서 거뜬히 해냈다.

두 명이 한 조가 되어 하는 것이 스쿠버다이빙의 기본 수칙이었으나 손은 혼자서 하는 다이빙을 좋아했다. 심해 다이빙의 위험을 잘 알고 있는 전문 다이버들은 그건 일종의 자살 행위라며 그를 말리고 나섰다. 손은 전혀 개의치 않았다. 위험한 경우가 몇 번 있긴 했지만 지금까지 별 사고 없이 잘해왔다. 톰도 손의 스타일을 아는 터라 그를 따라나설 때 자신의 역할이 어디까지인지도 알고 있었다. 손이 다이빙을 하는 동안 톰은 배 위에서 낚시를 하거나 수영 실력을 발휘해 해산물을 따거나 하면서 시간을 보내곤 했다.

해저 풍경이 뛰어난 곳으로 아닐라오 다이버들이 첫손 꼽는 다이빙 포인트는 리조트에서 반 시간 거리에 있었다. 물속으로 들어서자 여느 날보다 한 톤 가라앉은 분위기였다. 초입에 넓게 펼쳐진 다채로운 산호밭 역시 평소만큼 현란하지는 않았다. 노랑 줄무늬 열대어 떼가 손의 곁을 한가로이 스쳐갔다. 암컷이 죽으면 수컷이 성전환까지 해서 종족을 보존한다는 노랑 돔이다. 볼 때마다 느끼는 것이지만, 생명체의 존재 이유가 종족 보전이라는 신성한 의무를 일깨워주는 놈의 외양치고는 너무도 천진스럽고 명랑해 보인다.

　이렇게 흐린 날은, 보이는 것에 크게 마음 빼앗기지 않고 차분하게 잠수를 즐길 수 있어 좋다. 손은 감압減壓을 하면서 아래로 향한다. 해초들이 너울거리며 다가든다. 수염이 긴 붉은 잉어 한 마리가 손에 잡힐 듯 스쳐간다. 벨벳 외피를 가진 펑퍼짐한 호박만 한 조개는 호객 행위 하는 유곽 아가씨처럼 입을 쩍 벌린 채 화려한 속살을 고스란히 드러내놓고 있다. 흐르는 듯 마는 듯 게으르게 흘러가는 시간의 흐름을 누리는 것도 이 물속 누비기의 즐거움이다. 정착을 고민하던 초기, 그가 이곳을 하루도 거르지 않고 찾았던 것도 그런 매력 때문이었다.

　어느새 성게가 밀집해 있는 곳에 닿았다. 어른 주먹만 한 크기의 몸통에, 길고 억센 가시가 돋아 있는 성게들이 한곳에 모여 온통 시커먼 가시밭을 이루고 있다. 물속에서는 이런 눈에 띄는 군락지가 이정표가 돼주곤 한다. 거대한 성게밭을 지나 우측으로 꺾어져 10여 미터 아래로 내려가면 그가 즐겨 찾던 거북 동굴이 있다. 한

때는 그곳을 찾는 재미로 잠수를 하곤 했다. 침침한 동굴 속에 명상하는 자세로 앉아 그는 동굴 바깥쪽 밝은 곳을 오가는 물고기들 실루엣을 지그시 바라보곤 했다. '거북 동굴'이라고 붙인 이름에 걸맞게 그곳은 거북 한 마리가 터줏대감처럼 살고 있었다. 백 년은 족히 되었음직한, 어른 등판만 한 크기의 거북이었다. 아직도 놈이 그곳을 지키고 있을까. 골프에 빠져 한동안 다이빙은 잊고 지냈다. 거의 일 년 만에 찾는 곳이었다. 날까지 흐려 시야가 더 나빴지만, 동굴을 찾는 건 그리 어렵지 않았다. 안으로 들어서자 한 치 앞도 보이지 않아 손으로 더듬거려 앉을 자리를 찾아야 했다. 다행히 넓적한 바위를 하나 골라 앉을 수 있었다. 거북의 낌새는 느껴지지 않았다. 놈이 없다고 생각하자 주인 없는 집을 찾은 것처럼 서운했다.

정착을 모색하던 무렵, 그는 이 속에 들어앉아 자신의 문제를 고민했다. 거침없이 온 세상을 누비고 다녔던 자신이 이곳 도피 생활을 잘 견뎌낼 수 있을까, 반신반의하면서 그는 적응 훈련이라도 하듯 이 동굴을 찾았다. 이곳에 들어서면 성당이라도 찾는 듯 마음이 가라앉고 평온했다. 동굴은 작은 기도실 같았고 한쪽 구석에서 묵묵히 자리를 지키고 있는 거북은 고해성사를 들어주는 늙고 무뚝뚝한 신부 같았다.

뭔가 꿈틀, 하는 낌새에 놀라 손은 몸을 뒤챘다. 자신이 깔고 앉은 바위가 갑자기 움직였던 것이다. 이내 뭔가가 다리 사이로 쑥 빠져나가는 게 느껴졌다. 그놈이었다. 그는 바위가 아니라 거북의 등판에 올라앉아 있었던 것이다. 놀랍고도 반가웠다. 거북은 옛 친구를 대접이라도 하듯 한참이나 묵묵히 그의 몸을 떠받치고 있었던 것이다. 주인의 도리를 다했다는 듯 놈은 어두운 동굴을 벗어나 바깥으로 유유히 사라졌다.

현은 심한 두통을 느끼며 깨어났다. 눈을 떠보니 자신의 방 침대였다. 지난밤 손의 호출을 받았던 전화기도, 시간을 확인했던 탁상시계도 제자리에 그대로 놓여 있다. 정오를 훌쩍 넘어선 시간이다. 머리가 지끈거리고 움직일 때마다 온몸이 쑤시고 결렸다. 빈속에, 그것도 자다가 깨어나 마신 술이었으니 아무리 명품 와인이라 한들 술이 약한 사람에게 편안한 기상을 허락할 리 없었다. 어떻게 방으로 돌아왔는지도 기억나지 않았다. 지난밤 일들을 곰곰 되짚어보았다. 바다에 면한 손의 침실, 넓은 방 한가운데 떡하니 놓여 있던 게임 테이블, 바닥에 뒹굴던 와인 병, 러시안 룰렛, 차갑고 묵직한 권총, 몸싸움, 자신의 관자놀이에 조준했던 총구⋯⋯. 실제와 영화 장면이 같이 편집된 느낌이었다. 알코올의 힘인지 아니면 그 순간의 분위기가 자아낸 충동이었는지 알 수 없다. 어떤 불가사의한 힘이 작용했던 것 같기도 했다. 권총이 결정적이었다. 그것이 모든 걸 바꾸어놓았다. 자신이 총을 택한 게 아니라 총이 자신을 택한 것 같았다.
그는 손으로 자신의 관자놀이를 만져보았다. 별다른 느낌이 없다. 거울을 들여다본다. 아무런 흔적도 띄지 않는다. 자세히 들여다봐도 마찬가지다. 분명히 관자놀이를 겨누었고, 방아쇠를 당겼건만……. 밤하늘을 갈랐던 총성, 짙은 화약 냄새, 그 생생한 감각을 어떻게 의심할 수 있을까. 이런저런 정황을 떠올려본다. 빗나간 조준, 아니면 공포탄……? 마침내 그는 간단명료하면서도 어이없는 결론에 이르렀다. 공포탄! 그렇다면 그날 밤 손이 발사한 것도? 젠장. 그는 얼굴을 베개에 푹 처박았다.

"바다는 수심 30미터부터가 진짜라고 할 수 있지."

손은 뜬금없이 바다 속 얘기를 꺼냈다. 지난 밤 사건에 대해서는 아무런 언급이 없었다. 현은 잘못을 저지르고 눈치를 보는 아이처럼 그의 한마디 한마디에 민감하게 반응하고 있는 자신을 깨달았다.

"어때, 딥 다이빙 한번 해볼 생각 없나?"

뜻밖의 제안이 현을 다시 긴장시켰다. 어쩌면 지난 밤 자신의 실수에 대한 징계가 아닐까라는 생각이 얼핏 들었다. 겉으로 보기엔 그의 제안이 용서 혹은 화해의 제스처로 보이기도 했다. 그 어느 쪽이든 현이 할 수 있는 답은 하나뿐이었다.

"해보겠습니다."

화해가 아니라 징계라 해도 그것은 자신의 죗값을 달게 받겠다는 뜻이니 사죄의 기회인 셈이다.

"초보 다이버라면 마스터한테 목숨이 달려 있기도 하지. 내가 마스터 역을 할 텐데, 어때, 그래도 따라나서겠나?"

언뜻 위협처럼 들렸다. 목숨을 걸라는 말인가, 아니면 신중하게 생각해서 선택하란 말인가? 냉혹하게 말하면 심해에서 물거품처럼 사라질 수도 있는 일이다. 하지만 뒤집어 생각하면 연 300회 이상 다이빙 경험이 있는 고수를 마스터로 한다는 얘기이기도 한 것이다.

"최고 마스터와의 동행을 제가 마다할 리 있겠습니까."

첫날 목표는 수심 40미터였다. 삼십 분간의 적응 훈련을 한 다음 현은 그를 따라나섰다. 에어 탱크를 등에 멘 손이 먼저 물속으로 뛰어들었다. 시퍼렇게 넘실거리는 바닷물에 순간 겁이 나기도 했지만 현은 두 눈 질끈 감고 뛰어내렸다. 두려움은 거기까지였다. 몸이 물에 닿는 순간 받쳐주는 부력에 일단 안도했고 물속으로 들어서면서 공포는 거의 사라졌다. 환상적인 물속 풍경을 보면서였다. 앞장선 손은 마스터 역할을 잊지 않고 한 번씩 현을 돌아다보았다. 그때마다 그의 은회색 머리칼이 물결에 이리저리 휩쓸렸다. 그 부드러운 실버 톤 물결이 다이버로서의 경륜을 나타내주는 것 같았다. 수심이 깊어지면서 물속 풍경은 완전히 바뀌었다. 산호초밭과 형형색색의 물고기 떼가 만들어내던 화려함은 사라지고 대신 무채색 바위와 절벽이 만들어내는 중후한 분위기로 변했다. 깊이 들어갈수록 태양빛이 줄면서 시야가 흐릿해졌다. 심연으로 들어서는 느낌이었다. 수심 40미터, 첫 관문은 의외로 쉽게 통과했다.

"오늘은 수심 50미터에 도전해볼까 하는데."

다음 날 손이 말했다.

빛이 줄고 수온이 낮아지는 심해는 전문 다이버들이나 시도해볼 수 있을 정도로 위험이 도사리고 있는 곳이다. 하지만 현은 전날의 다이빙에서 웬만큼 자신이 생긴 데다 예측 불허의 위험이 도사리고 있다는 점도 마음에 들었다. 거기에는 손의 영향도 있었다. 그를 따라다니다 보면 이상하게도 모험심이 생겼다.

수심 40미터를 넘어서자 물속 환경은 완전히 바뀌었다. 수온이 낮아지고 빛이 줄면서 어두워졌다. 절벽이 곳곳에 드리워 있고 그 사이 사이에 크레바스처럼 짙은 어둠이 깃들어 있었다. 깎아지른 듯한 절벽이 또 다른 절벽과 만들어내는 틈새의 어둠이 발아래에서 현을 유혹했다. 흐릿한 바닷물 속에 드리운 무채색의 명암 대비가 그렇게 신비로울 수 없었다. 조금만 더 내려가면 닿을 수 있을 것 같은 절벽들의 틈새, 그것이 블랙홀처럼 그의 마음을 끌어당겼다. 앞서가던 손이 바위 뒤쪽으로 사라지는 걸 보면서 현은 발밑 쪽으로 방향을 틀었다. 위험을 무릅쓴 일탈이었다. 심해의 블랙홀을 향해 가는 내내 현은 묘한 흥분을 느꼈다. 하지만 이내 닿을 것 같던 절벽은 좀체 가까워지지 않았다. 시야가 점점 흐려졌다. 방향은 커녕 눈앞의 것도 잘 보이지 않았다. 무중력의 허공에 떠 있는 느낌, 우주 한복판에서 미아가 된다는 것도 나쁘지 않을 것 같았다. 한때는 그런 모험을 꿈꾼 적도 있지 않았던가. 잊고 있던 꿈을 되살리게 해주는, 심해의 저 밑바닥, 그 깊은 어둠 속에서 누군가 손짓하고 있었다. 아버지다. 아, 아버지. 어쩌면 아버지도 갱도에서 블랙홀 같은 어둠의 유혹을 뿌리치지 못했던 게 아닐까. 그 유혹에 몸을 맡기면서 결국 돌아올 수 없는 길을 갈 수밖에 없었는지도…….
정신 바짝 차려야 한다. 살면서 막장은 어디든 어느 순간이든 있어. 아버지가 주의를 주었다. 그건 심해나 갱 속이나 마찬가지다. 해파

리인가? 얇고 희부연 막이 일렁이며 다가온다. 희부연 막이 더 가까워진다. 선택하시지. 몸을 팔 것인지 아니면⋯⋯. 현은 반사적으로 방향을 틀지만 몸은 이미 얇은 막에 말려들고 있다. 막이 그물처럼 현을 에워싼다. 벗어나려 발버둥 칠수록 몸을 옥죄어온다. 정체불명의 그것에 포획당한 채 현은 어딘가로 하염없이 끌려간다. 선택하라고. 몸이 해조류처럼 흐느적거리다가 마침내 크고 작은 물방울이 되어 물속으로 번져간다. 막장은 어디든 어느 순간이든 있어. 혹등고래의 울음처럼 소리가 심해에 울려 퍼진다. 막장은 어디든 어느 순간이든⋯⋯.

바위가 얹힌 듯 가슴이 짓눌려온다. 숨을 쉴 수 없다. 심장이 터질 것 같다. 필사적으로 누군가 숨을 불어넣는다. 펌프질하듯 강력한 공기가 폐부 깊숙이 밀려드나 싶더니 간신히 숨통이 틘다. 그래도 살 것 같다. 들숨과 날숨이 규칙적으로 살아난다. 차츰 호흡이 자연스러워진다. 눈이 부시다. 물을 벗어난 수초처럼 늘어져 있는 몸, 현은 그런 자신을 느낀다. 이글거리는 태양 아래서 누군가 자신을 내려다보고 있다.

"심해에서 욕심을 부리는 건 자살 행위야."

엄중한 목소리⋯⋯. 손이다. 그의 얼굴이 햇빛에 벌겋게 익어 있었다. 이마와 콧잔등에 배어난 땀이 사금처럼 반짝였다.

산소 중독. 말로만 듣던 일이 자신에게 일어났던 것이다. 실감이 나지 않았다. 빨려들듯 다가섰던 신비로운 곳, 신세계가 기다리고 있을 것 같은 그곳이 죽음의 문턱이었다니⋯⋯.

배가 물살을 가르고 나갔다. 열대의 태양 아래 세상은 눈부시게 펼쳐져 있었다. 멀리 둘러 있는 산들, 푸른 하늘과 하얀 구름이 어우러져 짙푸른 바다 위에 떠 있었다. 물에 한번 헹궜다 나온 것처럼 싱그러운, 그 청청한 풍경 한가운데 손이 있었다. 은회색 머리가 바람에 부드럽게 날리고 윤기 있는 구릿빛 피부를 가진 그의 모습은 들판에 우뚝 서 있는 고목 같다. 뜨거운 태양과 강한 비바람을 숱하게 맞으면서도 오랜 세월 꿋꿋이 버티고 견뎌온, 그리고 그 아래를 지나는 이들에게 짙은 그늘을 드리워주는 아름드리나무…….

자신이 깃들 수 있는 곳은 그의 그늘뿐이라는 확고한 진실의 재확인, 결코 그 그늘을 벗어날 수 없을 것 같은 감미로운 좌절이 현의 가슴을 물들였다. 그렇듯 편하고 달콤한 유혹에 다들 자신의 운명을 맡기는 것인지도 몰랐다. 그러니까 힘의 실체란, 모두가 그것에 기꺼이 자신의 운명을 맡기고 싶어 하는 자발적 충동, 안락과 평온을 향한 게으름의 유혹인지도 몰랐다. 그런 충동을 불러일으키는 진정한 힘의 주체, 그가 바로 손흥수였다.

아닐라오 체류는 거기까지였다.

빅 딜

"라일라? 그런 사람 없는데요."

매니저로 보이는 남자가 고개를 저었다. 가운데 머리를 닭의 볏처럼 세운, 게이가 아닐까 싶을 정도로 목소리와 얼굴선이 여자처럼 고운 남자였다.

"라일라? 아, 아일린 말하는 거예요. 서울에 있다 온 왕고참 언니……."

카운터 의자에 앉아 끝칼로 손톱을 문지르고 있던 여종업원이 끼어들었다.

아, 아일린, 하며 매니저는 그제야 알았다는 듯 고개를 끄덕였다.

"아일린이라면, 요즘 안 나와요."

짧게 답한 그는 미심쩍어하는 눈길로 현을 훑어보았다.

"지금쯤 한국에 있을걸요."

무심히 한마디 덧붙인 여자는 다듬던 손톱을 입으로 훅 불었다.

현은 근처를 지나는 길에 라일라에게서 빌린 돈을 갚고 잠깐 얼굴이나 볼까 해서 들렀던 것이다. 또 한발 늦었다. 짬이 나지 않아 차일피일 미루는 동안 시간이 훌쩍 가버린 것이다.

헛걸음 하고 그곳을 나온 현은 앙헬레스 환락가 큰길을 천천히 걸었다. 유흥업소 건물들은 압도하는 크기의 네온 간판으로 입구를 장식하고 있었다. 햇빛 아래 드러난 건물의 본모습은 조악하기 이를 데 없었다. 가느다란 유리관과 먼지투성이 전선이 복잡하게 얽혀 있는 네온 간판이 어떻게 밤이면 그토록 화려하게 변신하는지 신기했다. 업소 앞 보도 곳곳은 술병과 쓰레기로 넘쳐나고 있었다. 휘황한 네온사인이 사라진 대낮의 환락가는 슬럼가나 다름없어 보였다. 업소가 밀집해 있는 곳을 벗어난 이면도로에는 업소 종사자들을 상대로 하는 크고 작은 상가와 간이 음식점, 집들이 뒤섞여 있었다. 업소 영업 시간에 맞춰 문을 여는지 아직 굳게 닫힌 채였다. 썰렁한 회색 시멘트 벽들이 이루는 좁은 골목길을 걷고 있으니 탄광촌의 골목길이 생각났다. 사람들이 떠나고 상가도 집들도 비어가고 티켓 다방도 문을 닫았던……. 활기 넘치던 탄광촌이 폐광촌으로, 그것이 다시 화려한 레저 도시로 탈바꿈하듯 삶에도 변화의 궤도는 고스란히 나타났다. 아버지의 살과 피의 대가로 얻어낸 보상금에다 엄마의 생존 의지가 만들어낸 황금빛 결실, 그것은 다시 아들의 장밋빛 꿈에 고스란히 제물로 바쳐져 지푸라기처럼 흩어졌다.

"제이슨 그놈, 멀리 날랐어."

숙소로 돌아왔을 때는 또 다른 '떠난 자'의 소식이 현을 기다리고 있었다.

"가족들이랑 호주로 취업 이민 떠났대. 나쁜 자식."

톰이 분개했다. 끈질긴 수소문 끝에 제이슨 소식을 알아냈건만 이미 손쓸 수 없는 상황이 돼버린 것이다. 한국인 오너 밑에서 오랫동안 같이 일해오면서 톰과 제이슨은 동료 이상의 사이였다. 피만 나누지 않았을 뿐 친형제나 다름없었다. 그만큼 배신감이 큰 모양이었다. 현의 경우도 그랬다. 긴 세월 동고동락해왔던 선배의 배신에 비하면 첫 시나리오를 가로채다시피 했던 기획사 간부와 감독에 대한 배신은 장난에 불과해 보였다.

제니와 라일라에 이어 이제는 제이슨까지, 각자 사정은 달랐지만 그들은 어쨌든 새로운 곳을 찾아 떠났다.

손은 라스베이거스 카지노에서의 마지막 게임을 떠올렸다. 또 한 번의 충격적인 소식을 접했던 곳……. 최고액 베팅이 적중했다가 다시 하향 곡선을 그리며 게임이 오르내리기를 거듭하고 있을 때, 한국에서 청천벽력 같은 소식이 날아들었다. 아내와 딸의 교통사고 소식이었다. 정황상 그것은 단순한 교통사고가 아니었다. 분별 있는 아내가 늦은 밤, 어린 딸을 태우고 한적한 교외로 차를 몰고 나갈 이유는 없어 보였다. 자신이 카지노를 전전하면서 도피 생활을 하는 동안 아내와 딸은 채권자들의 빚 독촉과 협박에 시달렸던 것이다. 불안과 공포는 여린 아내를 우울증으로 내몰았고 심한 우울증은 극단적 결과를 낳았다. 혈혈단신으로 그는 이국의 카지노에 남았다. 녹색 게임 테이블, 딜러의 의상과 카드의 화려한 컬러가 흐릿하고 아련해졌다. 아득한 시간이 흐르고⋯⋯. 딸깍, 슈에서 카드 떨어져 나오는 소리가 그를 일깨웠다. 하트 에이스. 더 이상 떨어질 나락도, 잃을 것도 없었다. 그래, 뭐든 한번 덤벼봐라, 이제 더는 물러설 데도 없다. 신이든 운명이든 한판 붙어보는 거다. 지금 바로 이 자리에서⋯⋯. 그는 테이블의 카드를 집어 들었다.

"도박사는 그렇게 생겨나기도 하지."

손의 이야기는 그렇게 마무리되었다. 한 도박사의 탄생에 얽힌 비극적인 과거사였다. 그러니까 지존으로 불리는 이 손흥수란 인물은 현의 삶을 좌우하는 힘의 실체가 아니라 자신과 크게 다를 바 없는, 뿌리 뽑힌 삶을 추슬러 살아야 하는 처지의 도박사에 지나지 않았던 것이다. 그 사실이 현에게 복잡한 감정을 불러일으켰다. 자신처럼 낙오자라는 꼬리가 따라붙지 않는, 연민 따위나 불러일으키며 끈끈한 소시민적 관계에 놓이지 않는, 자신과는 다른 차원에 속해 있는 진정한 보스, 혹은 일상사에 초연한 카리스마의 소유자라는 환상적 기대가 깨진 데 대한 실망감, 그 이면에는 끈끈한 동류 의식에 따른 정서적 친밀감도 없지 않았다.

"화산 폭발하듯 하루아침에 거덜나버린 삶, 그걸 어떻게 이전으로 되돌리겠어."

그의 말은 체념이라기보다는 현실을 인정하는, 아니 그런 현실을 차라리 즐기겠다는 여유, 혹은 냉소처럼 들렸다. 아니, 냉소도 아니다. 일종의 대결이다. 운명 혹은 삶과의 정면 대결. 아니, 그리스 비극의 영웅에 따라붙는 수식처럼 그런 상투적인 대응이 아닐지도 모른다.

　"자네가 오던 첫날의 게임 기억나나?"

　손이 현의 기억을 일깨웠다.

　그날 일이라면 현은 제니와 손이 했던 말의 토씨까지 그대로 재현할 수 있을 정도였다. 내리 잃기만 하던 게임이 현이 나타나면서 반전했다고 손이 좋아했던 일 하며 그 게임이 차 선생이라는 인물의 죽음을 기리기 위한 것이었다는 사실, 게임에서 딴 거액의 돈을 부의금으로 보내던 일, 부의금 액수까지 정확히 기억하고 있었다.

　"맞아, 차 선생의 부음을 받던 날이었지."

　손은 차영빈이라는 인물에 관해 좀더 자세히 들려주었다. 그 얘기를 들으면서 현은 두 사람의 관계가 자신과 K의 경우처럼 닮았다는 생각이 들었다. 존경하는 인생의 대선배이자 늘 부채 의식을 일깨우는 삶의 은인, 하지만 추구하는 가치나 기질적 성향은 거리가 있는……

　차 선생 이야기가 끝나자 손은 현을 쳐다보며 진지하게 말했다.

　"자네가 해야 할 일이 있어."

　그 말이 현을 긴장시켰다.

　"도박 중독. 그걸 막을 수 있는 비법을 한번 강구해보라고."

"비법이오?"

"어떤 형태든 상관없어. 자네가 가장 잘할 수 있는 방법으로."

그가 도박사로서의 삶을 정리하기로 한 것인가? 얼핏 그런 의문이 들었다. 이 세계를 완전히 떠나기 위한 방편, 아니면 그 삶을 정리하면서 대승적 차원에서 떠올린 계획인가? 이를테면 은퇴하는 도박사가 베푸는 자선의 한 방법으로 공익적 성격을 띤 작업 같은 것…….

"혹시 은퇴하실 생각이라도……?"

현이 조심스럽게 물었다.

"천만에. 그 반대야. 도박사로서 내 삶을 유지하기 위한 수단이지."

그에 따르면 카지노가 잘 굴러가기 위해서는 도박이 개인에게 미치는 폐해를 최소화해야 한다. 게이머가 중독자의 길로 들어서면 카지노는 고객을 잃게 되고 결국 카지노의 존립은 어려워질 수밖에 없기 때문이다.

"간단한 논리라고. 에볼라 바이러스라고 들어봤겠지."

그는 한때 전 세계를 공포의 도가니로 몰아넣은 악명 높은 바이러스를 예로 들었다. 생존 기반인 숙주마저 파괴하는, 치명적 한계를 지닌 바이러스. 진화한 바이러스는 숙주에게서 한껏 영양을 취하면서 그것과 끝까지 같이 살아남는 것이다. 그러니까 카지노 혹은 도박이라는 바이러스는 숙주인 게이머가 건강하게 살아남도록 공생을 모색하는 존재로 끊임없이 진화, 변신해야 한다는 말이었다.

"그걸 가능케 하는 방법을 고안해보라고. 도박을 오락으로 생각하고 그걸 순수하게 즐길 수 있도록 게이머의 자질을 길러주는 계도용 프로그램 같은 거……."

"단도박회에서 하는 도박 방지 혹은 치료용 프로그램 같은 것 말씀이신가요?"

"그런 순진무구한 방법 말고."

그는 고개를 저었다.

"목적의식이 전혀 묻어나지 않는 고도의 세련된 방식이어야지."

손의 의도는 차 선생이 하려 했던 일과 크게 다르지 않아 보였다. 공익성 짙은 차 선생의 사회적 이상을 도박사인 손의 개인적 꿈과 접목시키는 일로 이해하면 될 것 같았다. 숙주와의 공생 관계를 영원히 이어가는 진화된 바이러스 같은 프로그램, 그것도 기존의 것과 차별화되는 새롭고 창의적인 방식의……. 결코 만만치 않은 요구 조건이었다. 생각할수록 막막했다. 실체 없고 허황해 보이는 일일수록 구체적인 접근이 필요하다. 처절하고 리얼한 현실일수록 판타지가 먹혀드는 것처럼. 현은 영화의 세계에서 통하는 논리를 새삼 되새겼다. 그때 어떤 생각이 섬광처럼 스쳤다.

"미스터 손. 언젠가 제가 추천해드렸던 영화 중에서, 두 남자가 와인 산지를 따라 여행하던 영화 기억나시죠?"

"바람기 많은 놈팽이랑 무명작가가 나오던 영화?"

그는 영화 내용을 제대로 기억하고 있었다.

"그때 미스터 손께서 '저런 여행도 괜찮을 것 같다'고 말씀하셨잖습니까?"

"그랬었지."

"그런 식의 테마 여행은 어떠신가요?"

"테마 여행?"

"카지노 여행 말입니다."

손은 자신의 제안이 그것과 어떤 상관관계인지 생각하는 표정이었다.

"한 도박사의 삶의 궤적을 좇는 카지노 여행 말입니다."

현은 좀더 구체적인 설명을 덧붙였다. 그 궤적을 따라 현장 체험을 하다 보면 도박과 도박사의 문제와 정면으로 부딪치게 될 것이고, 상황을 직접 겪으면서 문제를 보다 깊이 이해하게 될 것이고, 그러면 손이 말한 과제를 해결할 구체적 실마리가 풀리게 될 거라는 말이었다.

"베팅 같은데?"

손이 미심쩍어하는 눈빛으로 반문했다.

"대신 확률이 높은 베팅입니다."

현이 자신 있게 대답했다. 말을 하면서도 자신에게 언제 이런 배짱이 생겼는지 스스로 놀랐다.

"빅딜이로군."

손은 짧게 대꾸하며 웃었다. 뜻밖이긴 했으나 낯선 제안은 아니었다. 그것은 오랫동안 잠재워야 했던 자신의 열망이기도 했다. 그것을 현이 일깨운 셈이었다.

현은 자신의 이 즉흥적인 발상이 황당하고 주제넘는 성격의 것이라는 걸 모르지 않았다. 하지만 이왕 빼든 칼, 물러설 수는 없었다. 무엇보다 현은 손흥수라는 인간을 제대로 이해하고 싶었다. 그러면 그가 맡긴 일의 윤곽이 잡힐 거라는 확신이 있었다. 또한 그 일이야말로 팔았던 자신의 그림자를 되찾을 수 있는 기회이자, 재기의 발판을 마련할 계기라고 여겼다. 자신은 물론 손에게도 분명 의미 있는 일이다. 그러니 손의 말대로 이건 피차간에 빅딜이다.

생각에 골똘해 있던 손이 결정을 내렸다는 듯 현을 쳐다보았다.

"좋아! 카지노 여행, 그것이야말로 이 세상에서 나만이 할 수 있는 일이지."

겐팅 하일랜드

"고달픈 여행이 될 거야. 경우에 따라서는 처참할 수도 있어."

손은 자신이 생각하는 카지노 여행이 결코 만만치 않을 것임을 현에게 미리 못 박았다. 오랫동안 잠들어 있었던 손의 열정과 방랑벽을 현이 일깨운 셈이었다. 손은 여행에서 지켜야 할 몇 가지 원칙을 정해놓았다.

첫째가 자급자족 원칙. 도박 자금과 여행 경비를 현지 카지노 게임에서 번 돈으로 조달한다는 것이었다. 카드 이용도, 카지노에서의 계좌 개설도 '절대 불가'였다.

두번째 원칙은 철저하게 헝그리 정신에 입각한 게임을 하는 것. 지금까지 손이 해왔던 하이롤러 게임이 아닌 일반인 수준의 게임을 하는 것으로, VIP룸은 이용하지 않는다는 원칙이었다.

"우리의 목적은 카지노 여행이지 도박이 아니니까."

그의 생각에 현도 기꺼이 동의했다.

세번째 수칙은 '금주'였다. 그것은 여행 중 건강 관리를 위해서도 필요한 일이었다. 손으로서는 엄청난 결단을 필요로 하는 일이었으나 그는 과단성 있게 세번째 수칙으로 내세웠다.

손은 오래전부터 그런 여행을 꿈꾸고 계획해왔던 것처럼 보였다. 결정적 계기가 없었을 뿐. 현은 그 계기를 자신이 촉발시킨 거라고 생각했다.

첫 여행지는 말레이시아의 겐팅 하일랜드로 정해졌다. 해발 1800미터 고원지대에 있는, 세계에서 가장 높은 곳에 있는 카지노였다. 손이 준비한 것은 말레이시아행 항공권과 현금 5000달러가 전부였다. 짐도 단출하게 꾸렸다. 손은 기내용 손가방 하나였고 현은 마닐라에 올 때 메고 왔던 배낭 그대로였다.

"또 그 배낭인가?"

공항 로비에서 손이 현의 배낭을 보더니 한마디 했다.

총알이 뚫고 간 구멍을 메우기 위해 수선공한테 맡겨 짜깁기를 했으나 솜씨가 어설퍼 흔적이 흉터처럼 남아 있었던 것이다. 현은 그것을 자신이 겪은 극적 사건들에 대한 기념으로 여기기로 했다. 또한 그건 어느 순간부터 행운의 부적처럼 보였다.

마닐라를 출발한 비행기는 이내 쿠알라룸푸르공항에 착륙했고 그들은 곧바로 겐팅 하일랜드로 이동했다.

"격세지감이야. 예전에는 자동차로 굽이굽이 고갯길을 올랐던 기억이 나는데, 그새 이게 생겼네."

손이 케이블카에 오르면서 말했다.

젠팅 하일랜드라는 이름에 걸맞은 곳이었다. 정상에 가까워질수록 구름이 신비롭게 펼쳐졌다. 세계가 신들의 주사위 놀이로 나뉘어졌다는 신화처럼, 산꼭대기에는 신들이 빙 둘러앉아 희희낙락 게임에 빠져 있을 것만 같았다.

케이블카가 정상에 닿고 문이 열리자 고산지대의 서늘한 기후가 흠씬 밀려왔다. 낯선 나라에 왔다는 실감이 제대로 났다. 손은 발아래 펼쳐진 풍경을 한동안 넋 놓고 바라보았다. 고향에라도 온 듯 감회에 젖은 표정이었다. 현이 제안해 나서긴 했지만, 손흥수 자신이 일찍부터 꿈꿔왔던 여행이기도 했다.

"아닐라오 리조트의 내 방도 바로 여기서 힌트를 얻은 것이지."

현은 방 한가운데 뜬금없이 게임 테이블이 놓여 있는 그의 전망 좋은 침실을 떠올렸다.

케이블카에 탄 어느 한국인 관광객에게서 들은 얘기로는, 규모에서 차이가 난다 해도 이곳이 강원랜드와 닮은 점이 많다는 것이었다. 주변 자연환경을 이용하여 호텔과 카지노, 인공 호수와 18홀의 골프장과 테마파크, 컨벤션 센터가 곳곳에 조성되어 종합 레저 타운으로 손색이 없는 곳이었다. 실제로 휴양지에 온 기분이 물씬 났다. 손이 이곳을 첫 행선지로 잡은 것도 그런 이유가 아닐까 싶었다. 쉬면서 지친 심신을 달래고, 다음 여행을 본격적으로 준비할 수 있도록 하기 위한……

케이블카에서 내려 걷는데 어디선가 '굴뚝 없는 관광 산업'이니 '21세기형 친환경 산업'이니 하는 한국말이 크고 또렷한 목소리로 들려왔다. 한국인으로 보이는 단체 관광객을 이끄는 어느 반백의 중년 신사가 한 말이었다. 중년 남자들로 이루어져 있는 단체 관광객들은 짐작컨대 호텔이나 카지노 관련 일에 종사하는 산업 시찰단으로 보였다. 말쑥한 정장 차림의 중년 신사는 가이드가 아니라 관련 분야 전문가로 보였다.

"이제는 도박 중독자가 문제가 아니라 카지노 산업의 세금에 맛들인 국가의 세금 중독이 문제예요."

그들 곁을 스치는 순간 중년 신사의 말이 또렷하게 들렸다.

그들을 지나쳐 어느새 그들은 '겐팅 드 카지노' 앞에 서 있었다. 이 나라에서 유일하게 공인된 카지노였다.

"정말 강원랜드랑 닮았는데요."

현이 케이블카에서 들었던 정보를 떠올리며 말했다.

"등잔 밑이 어둡다더니, 내 나라 카지노는 한 번도 못 가봤네."

손이 아쉬워하며 말했다.

"이왕 나섰으니, 그곳도 들리셔야죠."

"그럼, 마지막 여행지는 그곳으로 해두자고."

손이 다짐하듯 말했다.

주말이라 그런지 카지노 로비는 무척이나 혼잡했다. 외국 관광객이 압도적으로 많았다. 자국민 보호를 위해 이곳 카지노는 내국인의 경우 일정 금액을 보증금으로 맡겨놓아야 카지노에 입장할 수 있다고 했다. 집에 돌아갈 차비였다. 카지노 룸은 그린·실버·골드 세 등급으로 나뉘어 있었다. 일반인은 그린 룸을, 골드 회원은 VIP룸을 이용했다. 그 둘의 절충형이 실버였다.

손은 정해놓은 원칙에 따라 일반인들이 이용하는 '그린'을 택했다. 대형 경기장만 한 룸에 게임 테이블이 헤아릴 수 없을 만큼 많았고 사람들도 북적거렸다. 중국계 관광객이 많아서인지 블랙잭, 바카라, 룰렛 외에도 다이쇼, 판탄 테이블까지 있었다. 손은 바카라 테이블 이곳저곳을 둘러보다가 마음에 드는 곳 하나를 발견해 자리를 잡았다.

"미니 바카라인 줄 몰랐네……."

손이 불만스럽게 중얼거렸다. 카드는 딜러만 만질 수 있었던 것이다.

"손맛이 없으니 영 게임하는 기분이 안 나는걸."

그는 십여 분 만에 자리를 접고 일어났다. 익숙지 않은 건 현도 마찬가지였다. 혼잡한 분위기에 금세 피로가 몰려들었다.

손은 별도의 멤버 카드를 발급받아 실버 룸으로 자리를 옮겼다. 적어도 그곳은 그린 룸만큼 혼잡하지는 않았다. 게임 테이블을 몇 군데 둘러보다가 그는 중국인 남자가 앉은 테이블 앞에 멈추었다. 가무잡잡한 얼굴에 호리호리한 몸매의 중년 남자는 게임이 잘 안 풀리는지 곤혹스런 표정이었다. 손은 그 남자 옆에 자리를 잡았다. 새로운 슈가 시작하면서 손도 같이 베팅을 했다. 몇 차례의 베팅에서 손의 승률이 높은 것을 보더니 중국인 남자는 손의 베팅을 그대로 따라 하기 시작했다.

한 슈가 끝날 무렵, 손은 3000달러에 가까운 돈을 땄다. 평소 게임으로 치면 한 번 베팅 정도의 액수였지만 그는 결과에 만족했다. 그러고는 미련 없이 자리에서 일어났다. 그 정도면 여행 경비로 충분했던 것이다. 손을 따라 중국인 남자도 곧 자리에서 일어났다.

"선생님 덕분에 저는 본전 다 찾았습니다. 그 전까지 2000달러 잃은 상태였거든요."

중국인 남자는 손에게 정중하게 감사를 표하더니 답례로 저녁을 대접하고 싶다고 청해왔다. 손은 남자의 요청에 기꺼이 응했다. 저녁까지 공짜로 해결하게 된 사실에 뿌듯해하는 그의 모습에서 현은 하이롤러의 이미지에서 벗어난 그를 보았다.

남자는 중국 식당으로 손과 현을 안내하더니 풍부한 해산물 요리가 나오는 광둥식 정찬을 골랐다. 그리고 반주로 곁들일 술을 손에게 고르라고 청했다.

"술은 입에도 못 댑니다."

손이 시침 뚝 뗀 채 말하며 남자에게 선택권을 넘겼다.

남자는 공교롭게도 와인을 골랐다.

대만 출신인 그는 상선商船의 선장이라고 자신을 소개했다. 소금기와 태양에 적당히 그을린 그의 가무잡잡한 얼굴은 건강하고 활기차 보였다. 망망대해만 바라보다가 육지에 내려서면 그는 절로 사람들 북적거리는 곳을 찾게 된다고 했다.

"저 같은 사람한테는 카지노가 딱이죠. 일단 사람들 많아 좋고 식사와 잠자리, 모든 게 해결되는 곳이니까요."

배가 항구에 정박하고 있는 동안 선장이 주로 시간을 보내는 곳도 카지노라고 했다.

"사실, 게임엔 젬병이에요. 주로 잃는 편입니다. 그나마 다행인 것은 출항 시간에 맞춰 일어나야 한다는 사실이죠. 그래서 덜 잃어요."

손과 남자는 한동안 각 나라 해물 요리에 대한 이야기를 경쟁적으로 늘어놓았다. 둘 다 음식 경험과 맛에 관한 거라면 누구에게도 뒤지지 않을 미식가로 보였다. 급기야 남자는 와인과 음식의 궁합에 관한 이야기를 꺼냈다. 그런 사내와 마주하고도 손은 꿋꿋이 '금주' 원칙을 지켜냈다.

"캡틴, 나중에 퇴직하면 나랑 같이 선상 카지노 사업 한번 안 해보겠소?"

손이 불쑥 엉뚱한 제안을 했다.

"홍콩이나 마카오에다 유람선만 한 척 띄우면 돼요."

"생각보다 간단하군요. 멋진 계획이십니다."

그도 기꺼이 응했다.

"선장과 갬블러, 이거 유망한 사업 파트너끼리의 만남 같지 않소?"

"저는 쓸 만한 배 한 척 물색할 테니, 카지노는 미스터 손께서 책임지세요."

"좋소. 카지노에서 프로 게이머는 테이블의 꽃이라고 할 수 있지요. 그들이 카지노를 살아 움직이게 하니 말이오."

"실력 있는 도박사라면 카지노 측 손실이 상당할 텐데도요?"

"횟집에 싱싱한 활어를 공급하기 위해 장사꾼이 운반용 수조에다 뭘 넣는지 아시오? 뱀장어를 넣지요. 고기들이 그놈 피해 도망 다니느라 도착할 때까지 생생하게 살아 있으라고."

선장은 무슨 얘긴지 잘 알겠다는 듯 고개를 끄덕였다.

"어느 분야든 고수란 역시 대단하군요."

선장의 찬사에 손은 자신은 생계형 도박사에 지나지 않는다며 손사래 쳤다.

평소와 달리 손은 식사 내내 수다스러울 만큼 말이 많았다. 그 덕에 식사 분위기는 화기애애했지만 현은 그의 모습이 너무도 낯설어 적응이 잘 되지 않았다. 선장은 다음 날 새벽 일찍 출항해야 한다며 식사가 끝나자 바로 일어났다. 선장이 가고 나서야 손의 이상 행동에 대한 의문이 풀렸다.

"그놈의 와인 참느라 죽는 줄 알았어. 너무 떠들었더니 목이 다 아프군."

국경 넘나들기

차는 말레이시아 조호르바루에서 싱가포르로 넘어가는 다리 위를 달리는 중이었다. 그들은 전방이 훤히 보이는 고속버스 맨 앞 좌석에 앉아 있었다.

"저기 바닥 좀 보라고."

손흥수는 버스 전면 창에 펼쳐진 아스팔트 한쪽 차선을 가리켰다. 자세히 보니 어느 지점부터 선의 모양과 굵기가 달랐다.

"차선이 바뀌는 바로 그 부분이 국경선이야."

국경이라면 으레 철책이나 시멘트 벽, 또는 강을 연상하는 현에게 도로 위의 차선 모양으로 구분되는 국경선은 싱겁다 못해 장난스러워 보였다. 여행이나 도박을 위해 넘는 국경선은 그래야 한다는 듯, 초등학교 때 짝꿍이 책상 위에 긋는 금처럼 애교스러운 국경선을 사뿐히 넘어 그들은 새로운 나라로 들어선 것이다. 쉴 새 없이 다가와 멀어져가는 아스팔트 바닥을 바라보며 현은 자신이 넘어선 것이 국경만은 아닐 거라며 애써 의미를 부여했다.

"예전엔 전 세계 국경을 동네 마실 다니듯 이렇게 넘나들었지. 그런 인간이 십수 년간 한곳에 발이 묶여 살았다고 생각해봐."

손은 마닐라공항을 벗어날 때처럼 또다시 감격스러워했다. 그럴 때마다 현은 자신의 제안이 빛을 발하는 것 같아 내심 뿌듯했다.

겐팅 하일랜드에서의 열흘 동안 손은 게임 테이블에 세 번 앉았다. 두 번 따고 한 번 잃으면서 결과적으로 5000달러를 땄다. 여행 경비를 확보하자 그는 도박에서 완전히 손을 떼고 골퍼로 변신했다. 라운딩에 더없이 좋은 날씨였다. 고원지대의 선선한 기후에 만족해하며 그는 이른 아침이면 필드로 나섰다. 동터서 해 질 때까지 그는 그곳에 머물렀다. 18홀을 두 번 도는 라운딩이었다. 아무리 고산지대라지만 열대의 태양 아래서 어떻게 36홀 라운딩이 가능한지 현은 눈으로 보고도 믿기지 않았다. 때론 그걸 지켜보는 자신이 현기증이 날 지경이었다. 온종일 그린을 누비다 숙소로 돌아오면 손은 바로 곯아떨어졌다. 늦게 자고 늦게 일어나는 올빼미형 체질인 그가 가장 자신 없어 하던 잠버릇이 놀랍게도 단번에 고쳐진 것이다.

"다스리기 어려운 건 이렇게 몸으로 밀어붙이면 돼."

과도해 보였던 그의 라운딩은 골프에 혹해서가 아니라 게임과 술을 잊기 위한 방편이었다. 기운이란 기운은 남김없이 써버림으로써 어떤 욕구도 생겨나지 못하게 하는 신체적 전략이었다. 하이롤러인 그가 하루아침에 생계형 도박사로 변신한다는 건 쉽지 않은 일이었다. 혹독한 적응 훈련이나 다름없었던 열흘간의 말레이시아 체류를 끝내고 그들은 싱가포르로 건너온 것이다.

"예전에 사업할 때, 동남아 지역으로는 이 나라를 가장 많이 오갔어."

시내로 접어들자 손이 차창 밖을 내다보며 말했다. 그의 젊었을 때 모습이 언뜻 연상되었다. 전 세계를 누비는 혈기 왕성한 사업가. 차창으로 스쳐가는 바깥 풍경처럼 세월이 흘러, 의욕으로 넘쳤던 젊은 사업가는 어느덧 반백의 신사로 변해 있다. 창밖은 다시 빽빽한 빌딩 숲인 도시의 현실로 돌아와 있었다. 하늘은 푸르고 공기는 맑고 거리는 더없이 깨끗했다. 매연으로 찌든 마닐라 시내와는 대조적이었다.

"이 나라는 너무 깨끗하고 단정해."

불평에 가까운 말이었다.

"이곳 사람들은 도박과는 담 쌓고 살 것 같은 분위기인데요."

현이 응수했다.

"그래도, 얼마 전 카지노를 합법화한 나라라고. 그 이후로 관광 수입이 엄청 늘었다더군."

그는 신문 기사를 인용해가며 설명을 덧붙였다. 세금 확보에 혈안인 정부에 카지노가 얼마나 큰 먹잇감인지, 그 수입이 어떻게 복지 예산으로 쓰이는지에 관해 나라별 사례까지 소개했다. 겐팅 하일랜드에서 해설자가 산업 시찰단에게 해주던 설명보다 더 자세하고 전문적이었다. 평소의 그는 도박사임을 내세우며 카지노 관련 비즈니스에 대해서는 선을 그으면서도 특정 사안에 맞닥뜨리면 타고난 사업가 기질이 유감없이 발휘되었다.

"정부가 돈맛을 봤으니, 이 나라 카지노 산업도 이제 날개를 단 셈이야."

그가 흥미로워하며 말했다.

그러는 사이 택시는 시내의 한 고층 호텔 앞에 멈추었다. 커다란 공원을 끼고 있어 도심에서도 휴양지 분위기가 나는 호텔이었다. 차에서 내린 손은 호텔 건물을 찬찬히 훑어보았다. 이곳에 오기 위해 이 나라를 택했나, 싶을 정도로 건물을 바라보는 그의 눈에 끈끈한 애정이 묻어났다.

"예전과 크게 달라진 것 같진 않네."

짧은 감상을 덧붙인 뒤 그는 건물로 들어섰다. 현은 그를 따라 호텔 안으로 들어서면서 주춤했다. 프런트 데스크의 여자를 보면서였다. 흰 블라우스에 초콜릿색 투피스 차림에서 얼핏 제니를 떠올렸던 것이다. 제니를 처음 봤을 때의 옷 색상과 비슷했다. 이 여자처럼 유니폼 스타일의 단정한 차림은 아니었지만……. 가까이서 본 얼굴 생김새와 분위기도 제니와는 많이 달랐다. 풋풋하고 의욕으로 넘치는, 투명한 피부의 이십 대 여자다.

'이 바닥 사람들이 원래 그래. 바람처럼 종잡을 수 없어. 한마디 말도 없이 사라졌다가는 어느 날 바람처럼 휙 나타나지. 때론 이국 땅의 어느 카지노 게임 테이블에서 만나기도 하고 말이야.'

가슴 깊이 뿌리 내린 말이 빚은 착시 효과였다. 이 여행을 부추긴 또 하나의 이유이자 자신의 내밀한 기대, 그것이 제니와의 만남이었다.

딸깍. 문 열리는 소리와 함께 서늘한 실내 공기가 밀려들었다. 반사적으로 곰팡내를 떠올렸으나 코끝에 와 닿은 건 상큼한 풀 향기였다. 방 안 공기에서부터 룸 관리에 세심하게 신경 쓴 호텔이었다. 실내로 먼저 들어선 손은 창가로 다가가 익숙한 손놀림으로 블라인드부터 올렸다. 그는 낯선 방에 들어서면 전망부터 확인하는 버릇이 있었다.

"이곳 날씨도 변덕이 죽 끓듯 하는군."

그가 짜증스럽게 말했다. 밖은 그새 소나기가 퍼붓고 있었다. 외출이 순조롭지 않음을 확인한 그는 욕실로 향했다.

현은 세찬 빗줄기에 가려진 창밖 전경에 눈길을 두었다. 마닐라에 처음 도착하던 날이 떠올랐다. 후텁지근한 아열대 기후가 일깨우던 이방인 의식, 밤새 오락가락하던 비처럼 불안정했던 심리, 불면증, 끔찍한 사고…… 첫날 밤부터 그곳을 떠나올 때까지의 일들이 터치폰 화면처럼 빠르게 지나갔다. 떠나온 지 열흘도 되지 않건만, 그곳에서의 일들이 지구 반대편에서 일어났던 것처럼 아득하게 여겨졌다.

"하늘이 그새 또 변심했네."

손이 샤워를 마치고 나왔을 때, 하늘은 마치 그의 편이라는 듯 비가 감쪽같이 멎어 있었다. 건너편 공원 숲이 해끔하게 제 모습을 드러낸 것이다. 소나기 세례를 받고 난 숲은 더 청정해 보였다.

"예전엔 얼마나 바빴는지, 저곳 한번 찾아들 짬이 없더라고."

젖은 머리를 빗어 올리던 손으로 그가 건너편 공원을 가리켰다. 울창한 열대 숲 위로 햇살이 눈부시게 쏟아져 내리고 있었다. 머리를 다 말리고 난 그는 현에게 잠시 쉬고 있으라고 이르고는 엷은 회색 재킷을 챙겨 들었다. 예전에 누려보지 못했던 여유를 만끽하겠다는 의도로 비쳤다.

"아참, 많이 늦을지도 모르지."

문 앞에서 그는 뭔가 깜빡했다는 듯 돌아섰다. 입구 벽에 부착된 키홀더에서 카드키 하나를 빼 들고는 이내 사라졌다. 현이 행선지를 물어볼 겨를도 없었다. 공원 산책에 나섰을 거라는 짐작은 몇 분 뒤 눈으로 확인할 수 있었다. 호텔 주차장 마당을 나선 손이 도로를 건너는가 싶더니 그는 숲으로 빨려들 듯 사라졌다.

현은 공원 숲을 바라보며 그와의 '빅딜'을 떠올렸다. 현에게 이 여행은 손이 부과한 문제의 해결이라는 명분 외에 한 가지 의미가 더 있었다. 자신의 현존재에 대한 본질적 물음, 그 답을 찾기 위한 것이기도 했다. 무엇이 당신을 이곳으로 오게 했을까.

'잠시 여길 좀 떠나 있는 게 어때?' 현에게 처음으로 제3의 장소를 권했던 이가 K였다. 카지노에서 현을 구해내기 위해 떠올린 마지막 수단이기도 했다. 현은 K가 자신에게 베풀었던 은혜와 앞날에 대한 기대를 모르지 않았다. 하지만 더는 그에게 의지하고 싶지 않았다. 자존심과 염치, 거기다 양심마저 허락지 않았다. 구차한 삶보다 파멸이 낫겠어. 무엇보다 현은 K의 그늘에서 자유로워지고 싶었다. 그의 마지막 호의를 끝내 거절했다. 그리고 돌이킬 수 없는 길을 택했다. 떳떳한 파멸. 그렇게 한국을 떠나왔고 필리핀에서도 그런 태도는 크게 다르지 않았다. 생사를 넘나드는 일련의 사건을 겪기 전까지…….

침대 한가운데 머물던 햇볕이 어느새 창가 테이블로 옮겨왔다. 테이블 모퉁이에 간신히 걸쳐 있는 빛마저 뒷걸음질하고 있었다. 반사적으로 현은 빛을 따라나섰다. 바깥으로 나선 그는 손의 동선을 좇아 공원 숲으로 향했다. 직접 찾아든 공원은 호텔 방에서 내려다보던 것과는 비교가 안 될 정도로 거대하고 울창한 숲이었다. 키 큰 야자수 행렬이 울타리처럼 빽빽하게 경계를 둘렀고 고목을 친친 감고 기어오르는 넝쿨 식물과 아름드리나무가 곳곳에 짙은 그늘을 만들었다. 공원이라기보다 야생의 숲 그 자체였다. 한차례 소나기가 퍼붓고 간 숲은 흙냄새와 열대 식물의 뿌리와 이파리가 내뿜는 향기로 그득했다. 현은 숲의 이 강렬한 기운이 자신을 불러들였다고 생각했다. 뒷걸음질하던 빛을 따라온 것도, 손의 자취를 좇아온 것도 아니었다.

비슷비슷해 보이는 나무들과 똑같은 모양의 벤치로 이루어진 숲길은 그 길이 그 길 같았다. 갈림길로 접어들다 현은 벤치에 앉은 누군가와 눈을 마주쳤다. 순간적으로 손홍수를 떠올렸지만, 그는 아니었다. 중국계로 보이는 성성한 백발의 노신사였다. 갈림길 모퉁이 벤치에 회색 상의의 남자가 앉아 있다. 가까이 다가가봤으나 손이 아니다. 오른쪽 갈림길에서 걸어오고 있는 건장한 체구의 남자, 그 역시 아니다.

저녁 어스름이 내리고 있었다. 사람들이 하나둘 숲을 빠져나가기 시작했다. 현도 호텔 쪽으로 방향을 잡았다. 어쩌면 손이 호텔 룸에 돌아가 있을지도 모른다. 콜라 캔 두 개가 놓인 벤치가 보였다. 두 캔 중 하나는 쭈그러든 채 쓰러져 있다. 아까 지나쳤던 벤치다. 방향을 바꿨다. 어릴 적 빈집을 나와 헤매 다닐 때 생각이 났다. 엄마와 친구를 찾아 지겹도록 이 골목 저 골목 헤집고 다녔던……. 그러다 발견한 탈출구, 그것이 신문보급소였다. 돈도 벌고 시간도 때울 수 있는 곳. 보급소 안쪽에 딸린 공부방은 보급소의 녹슨 함석문이 굳게 닫힌 뒤에도 한참 동안 현의 아지트였다. 빈집을 대신해 주던 자신만의 요새. 하지만 그것도 차츰 허물어지기 시작했다. 낯선 물건이 점점 현의 자리를 좁혀왔다. 화투짝, 소주병, 마스크, 부탄가스, 손수건, 스타킹……. 낯선 것들 속에 낯익은 것도 있었다. 분홍 꽃무늬 손수건. 처음엔 우연의 일치라고 생각했다. 시장 바닥에 널린 숱한 상품들 중 하나에 지나지 않는다고. 내 분홍 꽃무늬 손수건이 어디 갔지? 엄마가 서랍장을 뒤지며 그걸 찾기 전까지는.

다시 갈림길이 나타났다. 현은 오른쪽 길을 택했다. 가지 끝에 노란 리본이 길게 달린 아름드리나무. 이것 역시 아까 지나왔던 그 나무다. 웅숭깊은 숲은 길을 내줄 기미조차 없다. 헤어나려 할수록 더 꼬여들 뿐, 어둠이 내린 숲은 위협적이다. 그거 재해로 처리하느라 내가 굴 감독한테 얼마나 갖다 바친 줄 아냐. 무너진 갱과 아버지에 얽힌 악몽을 엄마는 한 번씩 들추었다. 그 넋두리에 녹아 있는 감춰진 진실, 그것까지 어린 아들이 감당해야 할 몫이었다. 현은 더 이상 자신의 아지트를 찾지 않기로 했다. 또한 어느 누구의 발길도 허락하고 싶지 않았다.

바닥에 굴러다니는 작은 녹색 플라스틱 라이터가 눈에 띄었다. 방법은 생각보다 간단해 보였다. 라이터를 주워 들었다. 그러자 구석에 어른 키 높이만큼 쌓여 있던 신문지 더미와 책꽂이에 꽂힌 스케치북, 꽃무늬 손수건, 화투짝, 만화책이 하나씩 생생하게 눈에 잡혔다. 그것들은 현의 처분을 기다리고 있었다. 라이터를 켜서 신문 한쪽 귀퉁이에 갖다 댔다. 다닥 다닥 스릇스릇. 괜찮아. 걱정 마. 불길은 소곤소곤 속삭이며 번져갔다. 다닥 다닥 스릇스릇. 그러다 불길은 단번에 타올랐다. 신문도 스케치북도 만화책도, 손수건까지 타들어갔다. 눅눅한 기억을 한 번에 날릴 수 있는, 뜨겁고 눈부신 놀이였다. 한바탕 불꽃놀이 끝에 모든 건 가벼운 재로 남았다. 현의 유년은 그렇게 자신의 손으로 막을 내렸다.

마침내 공원 숲을 벗어났다. 우뚝 선 호텔 건물이 현을 맞았다. 서둘러 호텔 룸을 찾아들었다. 여전히 그곳은 비어 있었다. 손은 돌아오지 않았다. 그를 찾아야겠다는 생각이 더 간절해졌다. 룸을 나와 호텔 지하에 있는 카지노를 찾았다. 그가 꼭 그곳에 있을 것만 같았다. 규모가 크지는 않았으나 머신과 테이블 게임이 골고루 갖추어져 있는 카지노였다. 화려한 불빛, 경쾌한 기계음, 적당히 술렁이는 분위기에 친근감이 들었다. 해외 출장 온 샐러리맨들이 대부분이었다. 게임 테이블을 눈여겨보았지만 손의 모습은 찾을 수 없었다. 현은 지친 걸음을 다시 되돌렸다.

밤이 깊어도 손흥수는 돌아오지 않았다. 혼자 떠난 게 아닐까. 그런 생각을 하니 침대가 아니라 망망대해에 누워 있는 기분이었다. 그가 없는 여행은 생각할 수 없었다. 또한 이 여행 없이 현 자신의 현재와 앞날도 상상하기 어려웠다. 손흥수, 그리고 카지노 여행. 그 두 가지가 현의 존재 기반이자 운명의 버팀목이 돼 있었던 것이다.

손은 돌아올까, 돌아오지 않을까? 나는 진실로 그가 돌아오기를 기다리는 것인가, 아니면 그 반대인가? 현은 스스로에게 물었다. 자신 속에 깊이 뿌리내리고 있는 이율배반의 감정을 잘 알고 있었다. 성취 혹은 결실이 눈앞에 있을 때, 이상하게도 그걸 붙잡고 싶은 욕망과 저버리고 싶은 충동이 자신 속에서 늘 팽팽하게 맞섰다. 첫 장편 시나리오가 영화화되었을 때, 조금만 더 신중했어도 모든 게 달라질 수 있었다. 어쨌든 히트작이란 건 거기에 관련한 사람들의 미래를 일정한 시기까지는 보장해주는 힘이 있었다. 하지만 바위에 계란 치기의 충동이 그걸 거부했다. 잭팟의 행운이 닥쳤을 때도 마찬가지였다. 굴러온 행운을 인정하면 되었다. 그럼에도 막다른 길로 내달렸다. 치기인지 자존심인지, 결정적인 순간에 솟구치는 뒤틀린 감정을 다스리지 못했다. 가슴 저 밑바닥에 도사리고 있는 무모하고 대책 없는 충동, 그것은 대체 어디서 시작된 것일까? 금싸라기가 지푸라기로 변해 흩어져버렸을 때, 아니면 엄마의 그 악스런 생존력에 환멸을 느꼈을 때, 그도 아니면 라이터 불에 모든 것이 잿더미로 변한 그 순간부터……? 그때는 눈에 보이지 않으면 다 없어지는 줄 알았다. 거짓도 탐욕도, 부끄러운 기억도. 잿더미와 함께 나쁜 기억은 말끔히 사라지고 새 삶이 환하게 열리는 줄 알았다. 하지만 그 기억마저 그림자로 달라붙을 줄은 몰랐다. 자신의 꿈을 짓밟은 이들에게 날리고자 했던 '결정적 한 방'은 아무리 애써도 지워지지 않는 자신의 원죄의식을 향한 것이었는지도 몰랐다. 둘 중 하나 선택하시지. 몸을 팔 것인지 아니면……. 사내의 제안을 들었을 때 현은 묘한 흥분을 느꼈다. 자신에게 더 팔 것이 남았다는 사실 때문이었다. 몸을 팔 것인지, 아니면……. 사내의 다음 말은 나오지 않았다. 대신 제니가 표현해준 셈이었다. 몸만 팔지 않았어. 대신 양심을 팔았지. 그게 훨씬 편하니까. 현은 꼬리에 꼬리를 물고 이어지는 생각에 뒤척이다 새벽녘에야 잠들었다.

"공원 벤치에서의 하룻밤이었어. 처음엔 그렇게까지 할 생각은 아니었는데……."

다음 날 아침에 나타난 손은 자신의 외박에 대해 짧게 해명했다. 너무도 자연스럽고 멀쩡한 모습이었다. 지난밤 현의 마음고생을 떠올려본다면 원망스러울 정도로.

"이제 골프 대신 야영이신가요?"

현이 겐팅 하일랜드에서의 일을 떠올리며 말했다.

"적응 훈련 한번 해본 셈이지. 하루아침에 노숙자 신세로 전락하지 않을 거라고 어떻게 장담하겠어."

"저는 왜 빼놓으셨습니까?"

"젊은 사람이 예행연습까지 필요하겠어?"

"그래도 한 배를 탄 동지 아닙니까."

따지는 듯한 현의 말에 손은 의미심장한 웃음을 지어 보였다.

"걱정 말라고. 그렇잖아도 오늘은 같이 거기서 묵어야 할 테니. 실은 어젯밤, 게임 반 시간 만에 여행비를 다 날렸거든."

손이 머쓱해하며 말했다. 현은 그를 찾아 헤맸던 전날 밤의 정황을 대충 짐작할 수 있었다. 손은 현에게 체크아웃 준비를 이르고는 욕실부터 찾아들었다. 여행이 본격적으로 시작될 낌새였다.

"도박장에서 일어난 전설 같은 이야기 하나 해줄까."

숲길을 어슬렁거리던 손이 말했다. 저녁을 먹은 후 그들은 산책 겸 잘 곳을 찾기 위해 공원 숲을 찾아든 것이다.

"어느 도박장 천장에서 사람이 떨어지는 사고가 생겼어. 거기서 무슨 일이 일어났을 것 같나?"

"글쎄요……. 내기가 걸렸습니까?"

현의 반문에 손은 빙그레 웃으며 고개를 끄덕여 보였다.

"어떤 내기였을 것 같나?"

"글쎄요?"

현이 고개를 갸웃했다.

"떨어진 사람이 죽었는지 살았는지에 관한 거였지."

"어느 쪽에 건 사람이 더 많았습니까?"

"반반이었어. 자네 같았으면 어떻게 했겠나?"

"저야, 우선 사람부터 살리고 봤겠죠. 도리상⋯⋯."

"맞아 그게 도리지. 정상적인 상황에서는 말이지."

손은 십분 인정한다는 어조였다.

"하지만 도박장에서는 그것이 결코 도리도 아니고 정의도 아니야."

힘이 실린 목소리였다.

"그렇겠군요. 죽었다는 쪽에 내기를 건 사람한테 피해를 주는 일일 테니까요."

현이 그의 말에 동조했다.

"맞아. 전쟁터의 군인처럼 도박장에는 도박꾼들이 따르는 룰이 있게 마련이지."

손은 걸음 속도를 늦추고 주위를 둘러보았다.

"오늘은 그 룰을 따르자고."

그것이 손이 꺼낸 이야기의 결론이었다. 그는 아름드리나무 밑 아늑해 보이는 장소에 있는 벤치 하나를 골라 앉았다. 하룻밤 침대 역할을 해줄 벤치였다.

"열대지방이야 비만 퍼붓지 않는다면 노숙도 할 만하지."

다리를 뻗고 길게 드러누우며 그가 말했다.

현은 그의 벤치와 등을 맞대고 있는 뒤편 벤치에 자리를 잡았다. 하룻밤의 삼림욕이라고 생각하니 그리 나쁠 것 같지도 않았다. 숲의 공기를 한껏 들이마시고 심호흡을 크게 했다. 우려했던 현실이 생각보다 자연스럽게 느껴지는 건 손의 영향이 컸다. 도박사로서의 삶이 가져온 부침 심한 생활이 아무리 익숙하다 해도 평소 호화로운 생활에 젖은 그가 이런 환경을 거리낌 없이 대하는 태도는 놀라운 것이었다. 경외감이 들 정도로.

띄엄띄엄 서 있는 낮은 조도의 등이 숲을 은은하게 밝혀주었다. 손의 코 고는 소리가 들려오기 시작했다. 그 소리가 현의 주변에 든든한 울타리처럼 에워쌌다. 전날 그를 찾아 숲을 헤매 다녔던 일 하며 호텔 방에서 그를 기다리며 밤새 뒤척였던 일, 혹시나 자신을 두고 떠난 게 아닐까 노심초사했던 기억도 났다. 전날이 손흥수에게 적응 훈련의 하룻밤이었다면 현에게는 자신이 얼마나 그에게 깊이 의존해 있는지 일깨운 하룻밤이었다.

"이틀 연속 벤치 신세를 졌더니 이제 침대가 그립네."

다음 날, 일찌감치 깨어난 손의 첫 마디였다. 게임을 해야 할 이유가 분명해졌다. 한나절 내내 공원을 어슬렁거리며 심신을 단련한 그는 날이 어두워지자 카지노를 찾았다. 불빛이 흘러나오는 호텔 건물이 그들을 반기듯 서 있었다.

"때론 저게 꼭 집처럼 보인단 말이야."

손이 말했다.

카지노와 집. 타고난 도박사한테나 들어맞을 비유라고 생각했지만 반가운 건 현도 마찬가지였다. 게임의 시작은 순조로웠다. 열 번의 베팅에서 일곱 번 적중했다. 한 번만 더 맞아떨어지면 편안한 잠자리와 여행 경비 마련이라는 두 마리 토끼를 잡을 수 있을 것 같았다. 하지만 토끼는 달나라에나 있는 현실처럼 돼갔다. 잃기와 따기가 지루하게 되풀이되더니 게임 시작 다섯 시간 만에 결과는 원점으로 돌아와 있었다.

"이러다가 침대는커녕 공원 벤치 구경도 힘들겠는걸."

손이 걱정스러워하며 말했다. 이틀간 벤치 신세였으니 그도 편한 잠자리가 절실할 터였다. 하지만 게임은 기대치에서 점점 멀어져갔다. 새벽으로 접어들면서 편한 잠자리는 완전히 물 건너간 것처럼 보였다. 게임 테이블 앞에서 밤을 꼬박 밝혀야 했다. 이튿날 저녁 무렵이 되어서야 손은 목표액을 달성하고 간신히 테이블에서 일어날 수 있었다. 현으로서도 지루하고 힘든 밤이었다. 호텔 객실로 들어서자 손은 침대에 쓰러지듯 드러누웠다. 그로서는 사흘 만에 접하는 침대였다.

"구름 위에 누운 것 같네."

손의 감탄이 효과를 냈다. 구름의 맛, 그것을 현도 몸으로 느낄 수 있었다. 이를 위해 그가 게임을 그렇게 펼친 게 아니었을까, 싶을 정도였다.

홍콩, 마카오, 뒷골목

"이제 홍콩으로 한번 날아가볼까."

손이 다음 행선지를 알렸다.

웬 두서없는 행로인가, 하면서도 현은 홍콩 거리의 빨간색 이층 버스와 화려한 야경에 마음이 기울었다. 현에게 홍콩은 이층 버스가 빽빽한 잿빛 빌딩 숲을 비집고 다니는 사람들로 붐비는 쇼핑 도시로 각인돼 있었다. 정작 여행이 시작되고부터는 그런 기대와는 거리가 멀었다.

손은 게임에 별 관심을 보이지 않았다. 몇 차례 카지노를 드나들었지만 구경만 했을 뿐 테이블에 앉지는 않았다. 대부분의 시간은 배낭여행족처럼 발품 여행에 바쳐졌다. 그것도 변두리 동네, 재래시장을 끼고 있는 뒷골목을 유난히 좋아했다. 그 덕에 현은 홍콩 느와르 영화에 단골 메뉴로 나오는 을씨년스러운 홍콩 뒷골목 구경을 실컷 할 수 있었다. 생선 비린내 나는 나무 상자들이 그득그득 쌓여 있는 악취 나는 선적 하치장, 백열등이 희미하게 밝히는 컨테이너 창고와 허름한 골목길, 좁고 가파른 계단……. 거기에 하나 더 보탠다면, 노점 가게에서 파는 국수와 만두를 물리도록 먹은 일이었다. 그것도 같은 가게에서 매 끼니를 꼬박꼬박. 그나마 현이 견딜 수 있었던 건 홍콩 영화 덕이었다. 비좁은 골목길 한 모퉁이를 차지하고 있는 포장마차를 드나들 때마다 느와르 영화의 정취를 느낄 수 있었다. 어릴 적부터 보아왔던 〈열혈남아〉, 〈무간도〉에서 〈중경삼림〉과 〈타락천사〉, 〈화양연화〉까지, 곳곳에서 영화 속 장면과 마주칠 수 있었다. 그 위로 탄광촌 뒷골목과 유황 물이 흐르는 개천가 집들 같은, 어린 현의 손끝에서 그림으로 살아났던 고향의 풍경도 떠올랐다. 기억의 프레임이 재생해낸 시간의 미로를 걷고 있는 기분이었다. 시공간이 자아내는 그런 묘한 분위기는 실제인지 환상인지조차 헷갈리게 하면서 현의 마음을 사로잡았다. 그러다 엉뚱한 길로 곧잘 들어서곤 했다.

"그쪽이 아니라 이쪽이야."

그때마다 손이 현을 일깨우며 방향을 잡아주었다. 어느새 그가 길잡이 역을 맡고 있었다. 그 일도 나중에는 지쳤는지 손이 해결책을 내놓았다.

"이렇게 하자고. 각자 따로 다니다가 나중에 숙소에서 만나는 걸로."

적절한 해결책이라고 생각하며 현이 고개를 끄덕이기도 전에 그는 사라지고 없었다. 텅 빈 골목만 현의 눈앞에 놓여 있었다. 빈 호텔 방을 보는 것처럼 가슴이 휑해왔다. 골목을 등지고 큰길로 나섰다. 혼자가 되니 그나마 선택의 자유는 있었던 것이다. 대로변 정류장에서 버스를 탔다. 차 안은 지친 다리를 쉬기에도 좋았다. 차가 번화한 시내 중심가로 들어서자 쇼핑센터와 무역과 금융 관련 회사들로 빼곡한 빌딩숲이 펼쳐졌다. 현이 처음 기대했던 홍콩 분위기였다. 사람들의 분주한 발걸음과 반짝이는 유리창 건물과 패스트푸드점들의 요란한 간판들, 색채와 움직임에서 도심다운 생동감이 느껴졌다. 현은 다음 날도 홍콩의 심장부를 한 차례 더 돌았다. 홍콩이란 섬을 통째로 정복하는 데 일주일은 충분한 시간이었다. 손도 현과 비슷한 생각이었다.

"이제 진짜 도박의 도시로 건너가볼까."

일주일 만에 손은 다음 행선지를 거론했다. 마카오였다. 호텔과 카지노가 맨홀 뚜껑보다 많다는 그곳은 카지노 사업가 한 사람이 내는 세금이 도시 총수입의 60퍼센트를 차지하는 도박의 도시였다. 홍콩에서 배로 한 시간도 채 걸리지 않는 그곳으로의 여행은 자연스러운 수순이었다.

다음 날 그들은 마카오행 페리에 올랐다. 관광객 90퍼센트가 카지노와 경마, 경견을 하기 위해 찾는다는 소비 도시인만큼 마주치는 사람 열에 아홉은 도박과 관련한 사람일 터였다. 현은 누군가와 마주칠 때마다 습관적으로 그가 10퍼센트에 속하는 사람일까 아닐까, 점쳐보곤 했다. 그러고 나면 이상하게도 그 결과를 가지고 누군가와 내기를 하고 싶은 기분이 들었다. 마카오라는 도시의 기운이 그런 마력을 부리기라도 하듯.

"오늘은 저곳에서 묵자고."

손은 카지노 타운에서 가장 크고 화려한 호텔을 가리켰다. 뉴 리스보아. 수십 년간 이 지역 최고 호텔의 지위를 누려온 리스보아 호텔 옆에 새롭게 지어진 건물이었다.

"예전엔 저곳이 마카오 최고의 호텔이었지."

격세지감이라는 듯 그가 구舊 리스보아를 가리켰다. 한때 최고였던 건물은 상대적으로 볼품없고 초라했다. 그것은 잘 키운 자식을 앞세우고 서 있는 부모처럼 뉴 리스보아의 우월성을 증명해 보이기 위해 존재하는 것처럼 서 있었다.

"이곳은 해가 져야 깨어난단 말이야."

호텔 룸에서 일몰을 감상하던 손은 완전히 어두워지자 밖으로 나섰다. 마카오는 밤이 되면서 활기를 띠었다. 도시 전체가 화려한 조명으로 뒤덮였다.

"옛정을 생각해서라도 첫 게임은 리스보아에서 해야겠지."

손은 구 리스보아 카지노를 택했다. 그것은 겉에서 보던 것과는 달랐다. 로비에서부터 진열돼 있는 굵직한 중국 골동품들이 박물관을 연상시켰다. 어느 카지노에서도 볼 수 없는 독특한 분위기였다. 손에게는 옛 기억이 깃든 곳인 데다 모처럼 하는 게임이어서 의욕적인 판이 될 거라 예상했지만 아니었다. 생각보다 그는 일찍 자리에서 일어났다.

"온통 카지노 세상인데, 뭐하러 한곳에 눌러앉겠어."

장소를 옮기겠다는 말이었다.

마카오행 페리에서 만난 남자의 조언이 떠올라 현은 걱정스러웠다.

'꼭 공인된 카지노에서 해야 합니다. 워낙 꾼들로 넘쳐나는 곳이라 개중에는 야바위꾼도 심심찮게 섞여 있거든요.'

큰손으로 보이던 중년 남자는 자신이 마카오에 처음 왔을 때 당했던 경험을 자세히 들려주었다.

'나야, 카지노 에이전트를 통해 정식으로 게임을 하러 들어왔지요. 일주일 묵으며 게임을 했는데 이상하게도 잘 안 풀리더라고요. 같이 데리고 간 친구까지 엄청나게 잃는 바람에 입장이 난처했지요. 그다음에 갔을 때도 마찬가지였어요. 아무래도 낌새가 이상해서 사람을 시켜 캐고 들었더니 아니나 다를까 그곳은 공인된 카지노가 아니고, 테이블을 임대해주는 카지노였던 겁니다. 그러니까 딜러도 에이전트도 모두 한패로, 말 그대로 짜고 치는 고스톱 판이었던 거죠. 그러니 안 당할 재간이 있겠어요. 이제는 마카오도 라스베이거스 분위기를 많이 닮아가고 있지만, 어쨌든 아직도 곳곳에 사기 도박판이 도사리고 있으니 조심해야 합니다.'

배에서 내리기 직전까지 남자는 조언을 잊지 않았다.

리스보아를 나온 손은 불빛이 어지러운 도심을 가로질러 어딘가로 향했다. 반 시간이 넘는 거리를 걸어 손이 다다른 곳은 쇼핑센터가 밀집해 있는 지역이었다. 그는 건물들을 하나하나 자세히 살펴보며 몇 차례나 주위를 돌았다. 한참 만에 그가 멈춘 곳은 어느 대형 사우나 건물 앞이었다.

"예전엔 여기가 하우스 같은 작은 카지노였는데."

손은 자신의 기억을 확인하려는 듯 건물 입구에 있는 매니저 남자에게 다가갔다. 한국 관광객이 많이 찾는 업소인지 마침 매니저도 한국인이었다.

"없어진 지 한참 됐어요. 이 건물이 그 위에 지어졌죠. 그리고 요샌 그런 작은 카지노 찾기 힘들어요."

현실을 일깨우는 남자의 말에 손은 아쉬워하며 발길을 돌렸다.

배에서 만난 한국인 남자의 조언이 손에게는 경각심이 아니라 향수를 일깨웠던 것이다.

라스베이거스 스트립

"여기 오면 이곳부터 둘러보는 게 순서야."

차에서 내리는 순간, 후끈 뜨거운 열기가 엄습했다. 끝 간 데 없이 펼쳐진 사막 위로 태양이 뜨겁게 내리쬐고 있었다. 손홍수는 라스베이거스 카지노 타운 대신 이곳으로 현을 이끌었다. 보는 것만으로도 눈꺼풀이 뻑뻑해지고 목이 말라오는 메마른 땅이었다. 뒤에 서 있는 택시가 그들을 버려두고 가버리기면 어쩌나, 걱정스러울 정도였다.

이곳으로 오기 전, 손은 영국 카지노에서 빈손으로 일어섰던 것이다.

"어쨌거나 몸은 가벼워서 좋네."

히드로공항에서 비행기가 이륙할 때 손이 길게 기지개를 켜며 말했다. 마지막에 '올인'이라는 무리수를 둔 건 아마도 영국 카지노 방식이 마음에 들지 않아서였던 것 같았다.

"이런 곳에서 도박할 마음이 나겠어?"

애당초 그는 엄격한 룰이 적용되는 영국 카지노에서의 게임을 내켜하지 않았다. 카지노 출입을 하려면 적어도 이틀 전에는 예약을 해야 하는 '마흔여덟 시간 규정'과 정장을 갖춰야 하는 복장 엄수 규칙에다 영업시간 제한 등 룰이 너무도 까다로웠던 것이다. 게이머는 딜러에게 팁을 줄 수 없고 알코올성 음료라면 샴페인조차 허용되지 않았다.

"고지식한 카지노 분위기 한번 접해보지 뭐."

여행 끝 무렵 웬일인지 그가 마음을 바꿔 게임을 하겠다고 했다. 예약 마흔여덟 시간 후, 그는 호텔 근처 세탁소에서 양복까지 빌려 입고 카지노로 들어섰다. 영국 카지노 아니면 결코 볼 수 없을 손의 새로운 면모였다. 분위기도 여느 카지노와는 달리 차분하고 격이 있어 보였다. 딜러나 매니저한테서도 영국 신사다운 매너를 실감할 수 있었다. 게임은 초반에 내리 잃기만 하다가 두번째 슈부터 조금씩 만회하는 분위기였다. 중반을 넘어서면서 승률이 점점 높아졌고 그대로 현상 유지만 해도 제법 쏠쏠한 수입을 기대할 수 있을 것 같았다. 하지만 마감 시간을 코앞에 두고 그의 승부사 기질이 발동했다. 올인을 택한 것이다. 그 결과 프랑스 니스와 모나코의 몬테카를로 해변을 감상할 기회는 날아가버렸다. 행선지는 전격 바뀌었다. 라스베이거스로.

"이런 불모지 한복판에 라스베이거스가 들어섰단 말이야. 도박꾼 아니면 상상이나 할 수 있는 일이겠어?"

　거칠고 광막한 땅을 바라보며 손이 말했다. 그러면서 그는 라스베이거스 사상 최고의 도박꾼 이야기를 꺼냈다. 사막의 신기루를 진짜 오아시스로 만들어놓은, 라스베이거스를 이야기할 때 빼놓을 수 없는 인물. 스티브 윈이 아닐까, 하던 현의 예상은 보란 듯 빗나갔다. 성공 신화로 흔히 꼽히는 모범적인 사업가는 그의 관심 대상이 아니라는 듯, 그가 예로 든 인물은 벤자민 시걸이라는 마피아 두목이었다. 매춘과 도박과 향락의 도시를 지금의 기업화된 현대 도시 라스베이거스로 만들어낸 갱 출신 사업가. 마피아 시절 그의 이름이 벅시였다. 현도 〈벅시〉라는 영화를 통해 잘 알고 있는 인물이었다. 대중적 흥미와 재미가 적절히 어우러진 전형적인 할리우드 영화로, 벅시라는 인물 또한 할리우드 영화 속 캐릭터로 현의 기억에 남아 있었다.

　"도박꾼에도 여러 유형이 있더라고. 이렇게 세상을 상대로 도박하는 놈이 있는가 하면, 테이블 게임에서 카지노를 상대로 하는 프로 갬블러도 있고 말야, 또 자기 삶과 정면 대결하는 승부사도 있지."

　그 말을 들으며 현은 그가 세 가지 유형 가운데 자신을 어느 경우로 생각하는지 궁금했다. 물어볼 용기는 나지 않았지만 아마도 세 번째 경우라고 생각하지 않을까, 싶었다.

　"이제 갈증을 좀 식힐 수 있는 곳으로 가보자고."

다음으로 그가 찾은 곳은 콜로라도 강의 후버 댐이었다. 메마른 땅을 거쳐온 탓인지 물이 가득한 것을 보는 것만으로도 기운이 나고 상쾌해졌다.

"물을 만나면 사막도 이렇게 신데렐라로 변신할 수 있단 말이지."

손은 댐의 물을 바라보며 말했다.

이 후버 댐이 생겨나면서 사막이었던 라스베이거스 신화가 가능했다. 삼십 년 동안 세계에서 가장 빠른 경제 성장을 이루었다는 성공 신화. 하지만 애틀랜타 시에 새로운 카지노 타운이 조성되면서 라스베이거스는 한때 시 전체가 파산 선고를 해야 할 지경에 처했다. 변신이 불가피했다. 기존의 퇴폐적인 환락가 이미지에서 벗어나기 위해 라스베이거스는 거리의 창녀와 마피아부터 몰아내기 시작했다. 그런 다음 각종 위락 시설과 공연장을 갖춘 가족 중심의 대규모 레저타운으로 변해간 것이다. 그리고 지금은 대규모 컨벤션센터까지 들어서면서 국제 비즈니스 중심지로 다시 변신을 꾀하고 있었다. 그것이 한 도박꾼의 황당무계한 야심에서 시작해 걸어온 라스베이거스의 발자취였다.

"신기루를 오아시스로 변신시켜놓은 신화 같은 실화네요."

그의 설명을 듣고 난 현이 말했다.

"도박꾼들한테야 그건 변신이 아니라 일종의 배신 같은 거지. 카지노 도시다운 순수성을 잃어가고 있으니까. 순수 카지노 수입은 이제 마카오가 라스베이거스를 앞질렀을걸."

이 모든 것이 라스베이거스 입성을 위한 절차처럼 보였다. 아쉬운 건 손의 주머니가 비었다는 사실이었다. 여행 도중 몇 차례 겪은 일이었다. 그때마다 손의 해결사 기질도 발휘되었다. 큰손들 게임을 대신 해주는 병정 역할이었다. 베팅이 적중했을 때는 제법 큰돈을 만질 수 있었으나 그렇지 않을 때는 며칠을 그 일에 매달려야 했다. 여행 경비를 현지에서 번 돈으로 충당한다는 원칙은 여행 내내 철저하게 지켜졌다. 불안정한 상황을 피하기 위해 현은 미리 앞날을 대비하려 했지만 손은 달랐다. 있으면 있는 대로, 없으면 없는 대로 지내는 게 그의 방식이었다.

"자넨 프로 도박사와 여행하고 있다는 걸 잊지 말라고."

밑천이 바닥나도 그는 별로 조바심 내지 않았다.

"한 번씩 빈손이 돼봐야 해. 하이롤러든 생계형 도박사든 게임에서 헝그리 정신만한 힘도 없어."

손의 그런 태도는 좋게 말하면 자유인의 경지였고 냉정하게 말하면 무모했다. 그런 방식 때문에 여행 내내 긴장과 조바심의 연속이었다. 하지만 그것 역시 이 여행의 놓칠 수 없는 경험이었다. 손은 그것조차 의도한 것 같았다. 여행에서 일어날 수 있는 모든 경우의 수를, 그는 배제하거나 피해 가려 하지 않았다.

"자, 이제 라스베이거스로 가자고."

그들이 다시 차에 올랐을 때는 땅거미가 깔릴 무렵이었다. 차는 목적지를 향해 거침없이 달렸다. 차창 밖으로 일몰을 바라보던 손은 어느새 의자 깊숙이 몸을 묻은 채 코를 골았다. 오랜 비행과 사막의 뙤약볕에 지치고 그을린 모습이었다. 타고난 방랑벽과 모험심에다 체력과 열정이 남다르긴 해도 황혼기에 접어든 나이만큼은 그도 어쩔 수 없을 터였다.

장도長途였다. 해발 1800미터에 있는 겐팅 하일랜드에서 시작해, 아시아와 유럽 여러 나라를 거쳐 이곳 라스베이거스로 오기까지 반년이 훌쩍 넘는 기간이었다. 성탄 분위기에 젖어드는 십일월의 마닐라에서 시작한 여행이 이곳 라스베이거스에 오니 여름에 접어들고 있었다. 옮겨 다녀야 하는 번거로움에서부터 번번이 바뀌는 낯선 환경 자체만으로도 고된 행군이나 다름없는 여정이었다. 거기다 도박의 결과에 따른 부침까지 더해져 현의 체감으로는 혹한의 극지방이나 아프리카의 오지 여행에 견줄 만했다.

"지금껏 살아온 삶이 꼭 이랬어. 밑바닥과 꼭대기를 널뛰듯 오르내렸다고. 빈털터리든 하이롤러 생활이든 다 익숙하지."

영국 카지노에서 빈손으로 일어났을 때 그가 말했다. 일희일비하지 않는 게 그의 도박사로서의 철칙이었다. 그를 보고 있으면 고수의 경지란 어떤 상황에서든 '무덤덤'할 수 있는 여유가 우선인 것처럼 보였다.

밖은 어느새 캄캄해졌다. 그들이 탄 차는 건조한 바람을 가르며 어두운 사막 한복판을 질주했다. 달나라에서도 보인다는 라스베이거스의 불빛이 멀리서 불야성을 이루었다. 차는 기꺼이 빛의 중심으로 빨려 들어갔다. 눈에 익은 대형 호텔 상징물들이 하나씩 보이기 시작하자 라스베이거스 입성이 실감났다. 화려한 불빛을 지나자 주위가 차분해지는가 싶더니 차는 구시가지인 다운타운으로 들어섰다.

"조용히 쉬려면 이 구시가지가 스트립보다 낫죠."

택시 기사의 한마디가 위로처럼 들렸다.

차는 소박해 보이는 어느 호텔 앞에 멈췄다. 호텔이라기보다는 고속도로변 모텔 같았다. 그런 느낌은 실내로 들어서자 훨씬 강해졌다. 커튼과 침대 시트가 군용을 연상시키는 카키 톤의 체크무늬 천인 데다 더 결정적인 건 구석 테이블에 놓인 작은 화병에 꽂힌 조화 한 송이였다. 그나마 이곳에 묵을 수 있는 걸 다행으로 여겨야 했다. 맨 처음 택시가 사막에 멈췄을 때, 현은 혹시나 손이 덤불과 모래투성이인 사막에서의 하룻밤을 생각하는 건 아닐까, 가슴 졸였다.

"이곳 라스베이거스에서는 지금까지 한 번도 객실 룸에서 쉬어 본 적이 없었어. 이번에는 열일 제쳐두고 잠부터 실컷 자야지."

손은 쓰러지듯 침대에 드러누웠다.

현은 호텔을 나섰다. 라스베이거스의 첫날 밤을 잠으로 보낼 수는 없었다. 다운타운을 벗어나 이 카지노 도시의 진면목을 느낄 수 있는 스트립으로 향했다. 거대한 스핑크스, 화염으로 이글거리는 화산, 신비로운 물줄기의 분수 쇼는 영상으로 익히 봐온 모습이었다. 온 세상이 불꽃놀이 축제장처럼 화려했다. 디즈니랜드가 아이들을 위한 환상의 놀이마당이라면 라스베이거스는 도발적이고 불온한 매력을 내뿜는 어른을 위한 밤의 향연장이라고나 할까. 그 현장 속으로 현은 미끄러져 들어갔다. 낮에 거쳐왔던 사막이 떠올랐다. 뙤약볕의 사막과 화려한 도시의 야경이 공존하는 곳. 여행 중에도 이렇듯 이중적 환경에 처하곤 했다. 손의 게임 결과에 따라 여행 환경도 극단적이었다. 특급 호텔에서 하이롤러처럼 지내는 날이 대부분이었지만, 가끔은 카지노 휴게실에서 새우잠을 자거나 노숙을 해야 할 때도 있었다. 그는 그마저 즐기는 것 같았다.

미라지 호텔 앞 분수를 지날 때였다. 스쳐간 사람이 낯익은 얼굴 같았다. 현은 걸음을 멈추고 고개를 돌렸다. 오렌지 빛 모슬린 원피스에 흑갈색 머리를 늘어뜨린 동양 여자. 걸음걸이나 체형이 영락없는 제니였다.

'제니, 아마 지금쯤 라스베이거스에 있을걸요.'

필리핀을 떠나오기 전, 마카티의 어느 웨스턴 바 주인 여자에게서 들은 얘기였다.

현은 오렌지 빛 원피스를 뒤쫓았다.

"제니!"

현의 외침에 여자가 돌아보았다. 가무잡잡한 피부의, 동남아 출신으로 보이는 여자였다. 현은 머쓱해하며 발길을 돌렸다.

제니, 아마 지금쯤 라스베이거스에 있을걸요. 그렇게 말했던 웨스턴 바 주인은 캐서린이라는 이름의 여자였다. 그녀는 현의 신상을 대충 전해 듣고는 제니를 아느냐고 물어왔던 것이다. 놀라웠다. 예기치 않은 곳에서, 더욱이 낯선 필리핀 여자에게서 제니 소식을 들을 줄이야.

'제니는 한때 우리 집 단골이었어요. 나랑 술친구이기도 했구요.'

그렇게 말하면서 캐서린은 현에게 명함을 한 장 내밀었다. 한글로 된 명함이었다. '마닐라 연예인 프로모션 대표.' 캐서린이라는 이름 앞에 찍혀 있는 직함이었다. 그녀에 따르면 필리핀 연예인 밴드와 가수 등을 알선해주는 회사라고 했다. 그녀는 한국행을 두어 달 앞두고 있었다.

'100만 달러가 목표예요.'

수치로 정확하게 내놓는 그녀의 꿈이 현은 부러웠다.

'돌아오면 마닐라에 현대식 가라오케를 하나 차릴 거예요. 일본과 한국인 관광객을 상대로 하는 가라오케. 이곳에서는 외국인을 상대로 해야 큰돈을 벌 수 있으니까요.'

자신만만하게 자신의 꿈을 펼쳐놓던 웨스턴 바 주인 여자 캐서린도 지금쯤이면 한국 생활에 적응해 있을 것 같았다.

"헤이!"

젊고 늘씬한 백인 미녀들이 오픈카를 타고 거리를 누비고 있었다. 주변 남자들에게 손 키스와 웃음을 날리는 여자들은 호객 행위 중인 것 같았다. 거리는 유혹의 손길로 넘쳤다. 뷔페식당과 공연장과 가라오케, 일일 관광 등을 알선하는 문구가 적힌 광고 종이판을 몸에 걸치고 있는 피에로도 있고, 한켠에서는 미성년자에게 가짜 신분증을 만들어 파는 불법 브로커도 있었다. 거리는 황금을 갈구하는 사람들로 넘쳤다.

도박에만 프로

첫날을 잠으로 푹 쉬고 난 손홍수는 다음 날 날아갈 듯 가뿐해 보였다. 피부색은 물론 목소리까지 맑고 윤기가 흘렀다. 정오가 가까워질 무렵 그는 외출 준비를 했다. 약속이 있다는 얘기였다.

"점심 약속 있어. 같이 가자고."

도박의 본고장인 이곳에 그가 아는 사람이 없을 리 없었다. 언제 어디서든 필요로 하면 그의 인적 네트워크는 여지없이 작동되었다. 불가피한 경우에 한해서였지만…….

손이 앞장서 간 곳은 유명한 M호텔이었다. 넓은 뷔페 레스토랑으로 들어선 그는 약속 상대를 금세 찾아냈다. 구석 쪽 테이블에 앉은, 진 바지에 아이보리 면 남방을 걸친 캐주얼한 차림의 여자. 그녀 역시 그를 알아보고는 손을 흔들어 보였다. 현은 순간 멈칫했다.

제니였던 것이다. 전날 밤에도 엉뚱한 여자를 제니로 착각할 만큼 그리워했건만 막상 그녀가 눈앞에 나타나자 이상하게도 비현실적인 느낌이었다. 이렇듯 쉽고 싱겁게 만나게 되다니. 현은 자신도 모르게 예정된 이 상황에 약간 비위가 상했다.

"라스베이거스 물이 역시 좋은가 보네. 신수가 훤한 걸 보니."

손이 웃으며 제니에게 악수를 청했다.

"후버 댐 수질이 나쁘진 않죠."

그녀가 웃으며 대꾸했다. 시간을 거슬러 살기라도 한 듯 제니는 마닐라에서보다 훨씬 생기 넘치고 젊어 보였다. 손과 인사를 나누고 난 그녀는 현에게 손을 내밀었다. 얼떨떨해하며 현은 그녀의 손을 잡았다. 손마디가 유난히 도드라지는 야위고 차가운 손의 감촉에 그녀의 존재가 실감났다.

"모처럼 식구들끼리 식사하는 기분인데요."

뷔페 첫 접시를 놓고 셋이 둘러앉자 제니가 말했다.

"그동안 많이 외로웠나 보네, 제니."

넘겨짚듯 말하면서 손은 스파게티에 후춧가루를 뿌리기 시작했다.

"외로울 틈이 어딨어요. 목구멍이 포도청이라 먹고살기에 바빴죠. 배운 도둑질 남 주겠어요."

넋두리처럼 늘어놓는 말에서 그녀가 하는 일이 윤곽을 드러냈다.

"하긴, 배운 도둑질 우려먹는 거, 그걸 우리는 직업이라 하지."

손이 받았다.

그녀의 일을 시작으로 이곳 카지노에서 일하는 한국인 에이전트에 관한 이야기가 한동안 이어졌다.

"참, 얼마 전에 마이클과 전직 필리핀 시장 아저씨도 여길 다녀 갔어요."

화제는 다시 태평양 넘어 그들이 왔던 곳으로 되돌아갔다.

"마이클이야 이 나라 출신이니 그렇다 쳐도, 전직 시장까지?"

제니의 말에 따르면, 월드 포커 시리즈가 열리던 중이었는데, 전 직 시장이 거기 참가하러 왔으며 그 스케줄에 맞춰 마이클도 같이 왔다는 것이다.

"그때 미스터 손 여행 얘기가 나왔죠. 이곳에 아직 안 오셨다니 까 다들 놀라던데요. 이곳을 제일 먼저 찾으실 줄 알았나 보더라고 요. 그래서 제가 '아마도 라스베이거스를 제일 마지막으로 들르실 거다'라고 얘기했죠."

"족집게야, 제니. 스트립 한쪽 모퉁이에 돗자리 깔고 앉아도 되겠 어."

손이 농담처럼 말했다.

"저 같은 동양인 여자라면 이곳에서 먹혀들죠. 근데, 말로 먹고사 는 직업, 그거 저랑 안 맞아요."

"하긴, 나도 해보니까 말보다는 발로 먹고사는 게 진짜더라고."

손이 지금까지의 여행을 은근슬쩍 생색냈다.

식사 내내 화기애애했다. 제니는 밝고 여유 있는 표정이었다.

"미스터 손께선 여전히 '국수주의자'시네요. 뷔페식당을 분식점 취급 하시니."

제니는 다시 스파게티로 채워져 있는 손의 세번째 접시를 보며 말했다.

"하던 걸 그만두는 게 나한테는 왜 이리 힘든지 몰라."

손이 하소연하듯 자신의 중독증을 인정했다.

"카드는 안 그러시잖아요. 과감히 잘 끝내시면서……."

"그러니까 도박에만 프로지."

손이 웃으며 대꾸했다.

"어쨌든 카지노 무전여행, 그거 가능한 사람은 이 세상에서 미스터 손밖에 없을걸요."

제니가 감탄 섞인 어조로 말했다.

"해보니 남들이 안 하는 이유를 알겠더라고. 도박꾼 정서에 안 맞는 여행이야."

손은 두 번 다시는 하고 싶지 않다며 고개를 저었다.

그는 세번째 스파게티 접시를 말끔히 비웠다.

"모처럼 만났으니 천천히 얘기 나누라고."

식사가 끝나자 손은 바로 일어났다. 현과 제니, 두 사람을 위해 마련한 자리라도 되는 듯.

"놀랍네. 미스터 손께서 어떻게 식사 중 와인을 안 드시지?"

제니는 멀어져가는 손의 뒷모습을 보며 중얼거렸다.

"금주. 이번 여행의 중요한 수칙이에요. 마닐라를 뜨는 순간부터 도박사가 아니라 도인의 반열에 올라서신 것 같았죠."

그걸 시작으로 여행 얘기가 물꼬를 텄다. 제니는 솔깃해하며 귀를 기울였다.

"그런데, 이 바닥 사람들 스타일이 원래 그런가요?"

여행 얘기 도중 현이 불쑥 화제를 바꾸며 물었다.

무슨 말이냐는 듯 제니는 어깨를 으쓱했다.

"말 한마디 없이 사라지는 거요."

그제야 제니는 마닐라에서의 일이 생각났는지 빙그레 웃었다.

"그땐, 그럴 수밖에 없었지. 그때 심정으론 이 넌덜머리나는 바닥을 완전히 뜨고 싶었으니까. 근데 그놈의 배운 도둑질이 뭔지, 할 게 이것밖에 없는 거야."

자조 어린 말에 낙관적인 믿음이 깔려 있었다.

현이 보기에 제니는 마닐라 베이 방파제 위를 휘청거리며 걷던 여자가 아니었다. 적어도 그녀는 스스로 산 넘고 물 건너, 사막까지 가로질러 이곳에 다다른 것이다.

"솔직히 말해 난, 이 세계가 싫지 않아. 적어도 이 바닥에서는 모두가 평등하거든. 룰렛에서 대박을 터뜨릴 기회는 백만장자나 웨이트리스나 똑같으니까."

본전, 잃은 자의 향수

"거미가 어떻게 거미줄을 안 치고 살 수 있겠어."

라스베이거스 체류 나흘째 되던 날, 손이 말했다. 게임을 하겠다는 의미였다. 하지만 그는 자금을 마련해놓지 않은 채였다. 이전처럼 병정 역할을 하지 않을까 하던 예측은 빗나갔다.

'계좌 개설을 하셨어.'

제니의 귀띔이었다. 원칙이 처음으로 허물어진 것이다.

'난들 어쩌겠어? 그거야 내 직업이기도 하고, 비즈니스는 비즈니스니까.'

제니는 짐짓 냉정한 어조로 자신이 그 일을 처리했음을 알렸다. 그녀로서야 손의 부탁을 거절하기 어려웠을 터였다. 제니 입장은 그렇다 쳐도, 손으로서도 지금껏 지켜온 원칙을 어기는 일인 만큼 간단한 문제는 아니었을 것이다.

"위기의 순간에 한 번쯤 운용의 묘를 발휘할 수 있어야지. 그게 살아 있는 원칙 아니겠나."

궤변도 그의 목소리로 들으면 만고불변의 진리처럼 들렸다.

"사업도 말야, 원칙과 소신을 지키다가 한 번씩 편법을 써야 할 때가 있거든……."

그는 사업가 시절의 일들을 예로 들었다.

"결과적으로 파산하지 않으셨습니까?"

현이 따지듯 되물었다.

"그야 IMF라는 천재지변 때문이었지. 그전까지 내 사업은 승승장구였어."

그도 쉽게 물러나지 않았다.

VIP룸으로 들어서자 여러 피부색의 사람들이 게임 테이블에 앉아 있는 모습이 보였다.

"역시 라스베이거스다운 기운이 느껴지는걸."

룸을 둘러보며 손이 말했다.

맨 가운데 테이블에 앉은, 검은 팔자수염에 하얀 터번을 두른 아랍 남자가 유난히 눈에 띄었다.

"오늘의 최고 게이머랍니다. 석유 부자답게 100만 달러 게임이라는데요."

제니가 손에게 귀띔해주었다.

"흠, 100만 달러라……."

손은 나직하게 중얼거리며 맨 안쪽 테이블에 자리 잡았다. 오랜만에 앉아보는 VIP룸 테이블이었다. 더욱이 영국에서 크게 낭패를 본 다음 하는 첫 게임이었다. 셔플이 시작되고 제니가 바꿔온 칩이 그 앞에 놓였다. 10만 달러어치 칩이었다. 손은 무리한 베팅을 자제하면서 게임의 흐름을 살펴보았다. 흐름을 읽으며 차근차근 따 들인 칩은 게임 시작 반 시간 만에 두 배로 늘어나 있었다. 20만 달러.

한 슈가 끝나고 두번째 슈가 시작되었을 때, 그의 베팅은 조금씩 과감해졌다. 초반에 비해 승률이 높지는 않았으나 베팅액이 커 진행이 빨랐다. 위험 부담이 큰 만큼 결실도 컸다. 시작 한 시간 만에 30만 달러가 되었다. 그는 이전의 하이롤러 감각을 빨리 되찾았다. 현과 제니는 이쯤에서 그가 게임을 멈추었으면 싶었다. 여느 때 같았으면 게임을 끝내고도 남을 시간이었지만 웬일인지 그는 게임을 중단하지 않았다. 한동안 따고 잃기가 반복되더니 급기야 공격적 베팅이 시작되었다. 뭔가 확신이 든 것처럼 보였으나, 게임의 흐름은 이미 돌아섰다. 베팅액이 컸던지라 무너지는 것도 순간이었다. 불과 몇 분 만에 처음의 시드 머니로 돌아갔다.

"제니, 이제 그만 잠그지."

더 이상 승산이 없다고 판단했는지 손은 게임을 접고 일어났다. 아쉽긴 했어도 다행이라는 생각이 들었다. 그가 이번에도 빈손으로 일어날까 봐 현은 내내 마음을 졸였던 것이다.

"그나마 본전이어서 다행입니다."

VIP룸을 가로질러 나오며 현이 말했다.

"본전이라……."

손은 현의 말을 되뇌면서 천천히 걸음을 옮겨놓았다.

"도박에서 본전이란 말이지, 잃은 자가 갖는 일종의 향수야. 본전 같은 건 없어."

본전은 시위를 떠난 화살 같은 것, 도박이 시작되면서 사라지는 것이었다.

"도박꾼이란 본전에 대한 생각이 원래 이중적이거든."

그에 따르면 나중에는 최고로 땄을 때의 액수가 본전으로 둔갑한다는 것, 그 최고치가 목표액이 되면서 게임을 되풀이하게 만드는 빌미가 되고 거기서 도박 중독이 생겨난다는 얘기였다.

밖으로 나오자 아침이 부옇게 밝아오고 있었다. 빛의 향연장을 방불케 하던 지난밤 풍경은 오간 데 없었다. 바람 빠진 풍선, 찢겨진 광고 전단지, 패스트푸드점의 일회용 컵들이 보도 위에서 이리저리 뒹굴었다. 불야성이던 거리의 새벽은 조명에서 벗어난 쇼걸의 민낯처럼 안쓰럽고 외면하고 싶은 모습으로 변해갔다. 카지노에서 밤을 꼬박 밝히고, 그것도 다 잃고 나왔을 때의 심정을 닮은 풍경이었다. 현이 따르고 있는 손흥수의 모습도 별반 다르지 않았다. 피로가 묻어나는 초췌한 몰골이었다. 입가는 거뭇거뭇했고 목소리는 가라앉고 눈은 충혈돼 있었다.

분수대 앞을 지나쳤다. 현란한 조명과 음악이 물과 함께 흘러나오던 분수대는 작동을 멈춘 채였다. 공사 현장의 철골처럼 금속 파이프들만 비죽비죽 앙상하게 솟아 있었다. 그걸 지나친 현은 손의 곁으로 다가섰다.

"지금껏 지켜오셨던 원칙, 그걸 왜 깨셨습니까?"

현이 진지한 목소리로 물었다.

"원칙, 그건 필요할 때나 의미가 있는 거야."

"이제는 상황이 바뀌었다는 말씀이신가요?"

현의 물음에 손은 장난스런 표정을 지어 보였다.

"난, 원칙을 깬 게 아니라 거기서 벗어났을 뿐이라고."

얼핏 모순처럼 들리는 그 말이 여운을 남겼다.

"도박에서 정작 중요한 게 뭔지 아나?"

반사적으로 '이기는 것'이라는 답이 떠올랐으나, 혀끝에서만 맴돌 뿐이었다.

"이기는 것보다 중요한 게 있지."

현은 속내를 들킨 기분이었다.

"지는 게 뭔지 아는 거야. 그걸 몰라 다들 무너진다고."

현 자신의 문제를 너무도 적절하게 표현해준 것 같았다. 좌절당했을 때 속수무책일 수밖에 없었던 건, 이기는 것만 생각하고 그것에 집착해 살아온 때문인지도 몰랐다.

"그건 왜 아무도 가르쳐주지 않죠?"

"그야, 이기는 걸 가르치는 것보다 어려우니까."

그 질문에 그 답

라스베이거스에서 벌인 두번째 게임이었다. 본전에 머물렀던 첫 날에 비해 타격이 심했다. 손은 신중하게 게임에 임했으나 시드 머니 10만 달러는 이내 바닥났다. 처음 열 번의 베팅에서 단 한 번도 적중하지 못했다.

"제니, 그간의 우정을 나한테 증명해 보여야 할 때가 된 것 같아. 확실한 방법으로."

손은 제니를 돌아다보며 의미심장한 웃음을 지었다.

그녀는 영문 모를 표정으로 그를 쳐다보았다.

"나한테, 신용 대출 얼마나 해줄 수 있지?"

"미스터 손, 오늘은 이 정도에서 끝내시는 게……."

난감해하며 그녀가 말했다.

"천하의 제니가, 많이 소심해졌네."

손이 웃으며 말했다.

"10만 달러예요. 맥시멈."

제니는 단호한 목소리였다.

"흐음, 그래…… 그럼 10만 달러 만들어줘."

손의 당부에 제니는 말없이 자리를 떴다.

"포도주라도 한잔 해야 손이 좀 풀리겠는걸."

그가 현을 돌아보며 말했다.

원칙 같은 건 이제 그의 안중에 없어 보였다. 그가 왜 갑자기 태도를 바꾸었는지 알 수 없었다. 라스베이거스에 얽힌 지난 기억 때문일까. 그의 삶을 송두리째 흔들어놓았던……. 이곳에서의 결전을 위해 그는 지금껏 그토록 철저하게 원칙을 지켜왔던 것일까. 손의 삶을 결정적으로 바꿔놓은 불운을 떠올리며 현은 그의 지시대로 따랐다.

"미스터 손, 와인 준비됐습니다."

손은 와인 테이블로 몸을 돌렸다. 잔에 와인을 채운 다음 그는 천천히 들이켰다.

"미스터 손, 10만 달러입니다."

제니가 칩을 그 앞에 놓았다. 새로운 게임을 위한 준비가 된 것이다. 고액 베팅이 계속 이어졌다. 내리 잃기만 했던 처음과는 달리 간간이 따기도 했다. 게임이 풀릴 조짐이었다. 한숨 돌리듯 그는 와인을 한 모금 들이켰다. 상승 조짐은 오래가지 않았다. 결국 칩이 하나만 남았다. 1만 달러짜리 칩 한 개. 이런 경우, 대부분의 게이머는 칩을 작은 단위로 바꾼다. 100달러나 10달러짜리 소액으로 바꾸면 1만 달러짜리 칩은 여유 있는 자금으로 변해 훨씬 더 느긋하게 게임을 할 수 있다.

'병아리 타조 쫓아가는 격이지. 100달러 베팅으로 10만 달러를 어느 세월에 되찾누.'

잃는 속도야 늦출 수 있겠지만 회복은 불가능하다. 손이라면 다 잃고 일어나거나, 역전시켜 휩쓸어오거나 둘 중 하나였다.

그는 마지막으로 남은 만 달러짜리 칩을 플레이어에 걸었다. 올인. 지면 그대로 일어나야 한다. 20만 달러를 카지노에 고스란히 밀어 넣은 채.

"플레이어 윈."

현도 제니도 가슴을 쓸어내렸다.

다음 베팅에서 그는 2만 달러를 다 걸었다. 또 한 번의 올인. 손흥수다운 배짱이었다.

"플레이어 윈."

다시 손의 승리다. 현은 가까스로 안도했다. 더 이상의 모험은 없기를 바랐다.

"줄이 생긴 것 같은데……."

손이 스코어 카드를 들여다보며 중얼거렸다. 플레이어가 연속해서 다섯 번 나오고 있었다. 그는 플레이어에 모두 걸었다. 또다시 올인.

"플레이어 원."

놀라웠다. 한 개 남았던 칩이 어느새 여덟 개로 늘었다. 8만 달러. 모험의 결과였다. 세 번의 베팅으로 본전을 되찾기 직전이었다. 그는 예전 스타일로 돌아가 있었다. 이런 게임을 펼치기 위해 지금껏 철저하게 참아왔던 것일까. 수조의 물고기가 살던 바다로 돌아간 것 같은 자유를 만끽하기 위해⋯⋯.

"플레이어 원."

스트리크 현상이었다. 플레이어가 계속해서 열 번 나온 것이다. 이럴 때면 현도 도박에서의 확률이란 것 자체에 의심이 든다.

칩은 어느새 30만 달러가 돼 있었다. 현은 그쯤에서 손이 게임을 접을 것으로 예상했다. 시간도 어느새 새벽을 향해 가고 집중력도 떨어질 때가 되었다. 그럼에도 그는 일어날 기미를 보이지 않았다.

"카지노에 시간이 어딨어. 도박꾼이야 자기 리듬에 따라 움직이는 거지."

한 번씩 시간을 일깨우면 손은 그렇게 대꾸했다.

그동안 딜러는 다섯 명이 교체되었고 포도주는 완전히 비었다.

"이건 자학이나 다름없어."

제니가 현의 귀에다 대고 나직이 말했다. 승산 없는 게임을 그가 연장해가고 있다는 생각은 현도 마찬가지였다.

"올인!"

손이 또다시 칩 모두를 내밀었다. 10만 달러. 그가 지금 제정신인지조차 의심스러웠다. 취기가 빚은 충동처럼 보였다.

딜러가 마지막 카드를 뒤집었다.

"뱅커 윈."

카지노의 승리였다.

밤을 꼬박 밝히면서 벌어들였던 것이 고스란히 카지노로 들어갔다. 손은 덤덤한 표정으로 자리에서 일어났다. 불콰해진 그의 얼굴은 실망한 낯빛도 지친 기색도 아니었다.

"미스터 손께는 게임이 대체 어떤 의미인가요?"

제니가 카지노를 나서면서 물었다. 이번 게임을 이해할 수 없다는 듯 따지는 어조였다.

그러자 손이 웃으며 대꾸했다.

"그거 알면 내가 아직도 카드에 매달려 있겠어, 제니?"

도박을 위한 도박

"100만 달러요?"

제니는 자신의 귀를 의심하며 되물었다.

손은 고개를 끄덕였다.

"아니, 미스터 손, 100만 달러라뇨……?"

제니는 여전히 믿기지 않는다는 투였다.

"여기까지 왔는데 큰판 한번 벌이고 가야지."

"그래도, 여기가 필리핀 현지도 아니고."

"제니가 이곳에 있는데 그게 무슨 문제가 돼?"

"지난번에도 말씀드렸잖아요, 맥시멈 10만이라고. 이곳 규정상……."

"어허, 선수끼리 왜 이러나. 그런 상식적인 얘기나 늘어놓다니."

제니 역시 물러서지 않겠다는 기색이었다. 그가 원하는 액수가 상상을 초월하는 데다, 그의 심리 상태나 기세로 미루어 결과가 뻔히 보이는 게임이었다. 이런 경우는 가능한 한 빨리 게임을 중단해야 했다. 제니는 자신의 직업을 떠올리며 냉정한 셈법을 하기도 했지만 아무리 생각해도 그를 말릴 수밖에 없었다.

"도대체 왜 무리한 게임을 펼치시려는 거죠? 미스터 손답지 않게 100만 달러라는 숫자에 집착하시는 것도 이해하기 힘들고……."

"100만 달러 게임, 여기 아니면 어디서 해보겠어. 처음이자 마지막 기회라고."

"이건 누가 보더라도 도박을 위한 도박이에요."

"맞아, 제니. 실은, 내, 그거 한번 해보려는 거야. 도박을 위한 도박! 아니면 미친 짓이라고 해도 좋고……."

"미스터 손, 제발 농담은 그만하시고요, 어쨌든 그건 현실적으로 불가능해요. 제 재량권 밖이라고요."

제니는 단호하게 말하고 자리에서 일어났다.

"허어, 참."

제니는 뒤돌아보지 않고 그곳을 나왔다. 위험한 일에 동참하고 싶지 않았다. 한 번씩 극단적일 정도로 무모한 판을 벌이는 그의 스타일을 잘 알고 있었다. 더구나 '100만 달러'는 문제가 다르다. 그런 판은 중동의 석유 재벌 같은 백만장자, 아니 억만장자에게나 어울리는 게임인 것이다. 손흥수라는 프로 도박사의 일은 아니다. 제니자신이 이곳 카지노 에이전트로 있는 한 그의 파산을 보고 싶지는 않았다.

손이 어떤 게임을 펼칠지 제니는 잘 알고 있었다. 설령 그가 100만 달러를 따더라도 그는 거기서 멈추지 않을 것이다. 100만 달러라는 돈이 목적이라면 문제는 달라진다. 그런 경우가 아니라는 걸 제니는 잘 알고 있었다. 한번 마음먹으면 끝까지 가버리고야 마는 그의 기질 때문이다. 한때는 그녀도 손흥수의 그런 면모에 매혹당했던 적이 있었다. 카지노 게임 테이블에서의 손은, 특히나 게임을 진행하며 가까이서 지켜보는 딜러들에게는 매력적인 도박사였다. 그의 게임 스타일에 딜러는 자신의 본분도 잊은 채 빠져들곤 했다. 그만큼 그가 펼치는 게임은 남달랐다.

제니가 손흥수를 처음 만난 건 마카오 카지노에서였다. 데이브 문제로 제니는 한동안 라스베이거스를 떠나 있어야 했다.

'나하고 같이 일해보지 않겠어?'

손에게서 그런 제안이 나왔을 때, 제니는 그가 자신을 여자로 본 게 아닐까, 의심했다. 하지만 아니었다. 그는 순수하게 같이 일할 파트너를 찾고 있었다. 비극으로 끝난 가정사에 얽힌 기억 탓인지 그는 사람 관계에 결벽증이 있었다. 여자라면 더더욱 그랬다. 그런 손의 이상 심리, 혹은 지나친 분별력 덕에 둘의 관계는 지금껏 잘 유지될 수 있었다. 제니가 필리핀행을 쉽게 결정한 것도 손의 그런 성향 때문이었다. 지금껏 잘 유지해온 관계를 제니는 깨뜨리고 싶지 않았다.

"100만 달러요?"

현이 놀란 목소리로 되묻자 제니는 고개를 끄덕였다.

"이 일도 진짜 못해 먹겠다 싶을 때가 있어."

제니는 담배를 꺼내 물었다.

"사실 미스터 손이 큰판 벌이면 나도 한몫 챙길 수 있어 좋지. 의리고 뭐고 다 집어치우고 굿이나 보고 떡이나 먹을까 싶기도 해."

제니는 한숨처럼 길게 담배 연기를 내뿜었다. 손의 문제가 적잖이 고민스러운 모양이었다.

제니의 우려는 며칠 뒤, 현실화할 조짐을 보였다.

"여, 제프! 잘 지냈나."

호텔 현관으로 박 이사가 들어섰던 것이다. 현은 자신의 눈을 의심했다.

"그동안 대장 모시고 댕기느라 고생 많았제."

박 이사의 손을 잡으면서도 현은 이 상황이 잘 실감나지 않았다.

"내 참, 대장께서 호출하시이까 우짤 수 없었다만, 살다 살다 벨 일도 다 있네. 이 멀고 먼, 라스베가스까지 불리오고……."

박 이사의 사투리가 차츰 현실을 일깨웠다. 정황이 대충 짐작이 갔다. 제니가 끝까지 그의 부탁을 거절하자 손은 결국 박 이사를 불러들인 모양이었다.

"암만 캐도 대장이 큰일 한번 내실 모양인갑다. 우째 요 몇 년 잠잠하시다 싶었다."

박이 걱정스럽게 말했다.

"여행 내내 생계형 도박사 역할에 많이 답답하셨던 모양입니다."

현은 손의 심정을 이해한다는 듯 덧붙였다.

"그래, 그동안 여행은 어땠노. 재밌었디나?"

박 이사는 커피숍으로 자리를 옮겨 앉자 그동안의 여행 얘기로 방향을 돌렸다.

현은 여행 경로를 따라 그간의 일들을 간략하게 들려주었다. 손홍수가 여행에서 보여주었던 원칙과 철저한 생활에 대한 얘기가 핵심이었다.

"원래 그런 면에서 무서운 양반인 기라. '지존' 그거 아무나 하는 거 아이다."

박 이사는 그 정도야 예상한 일이라는 듯 말했다.

"그나저나 이번 일이 우째 될란지 모르겠다. 이 타국 만리에서……."

박 이사는 다시 당면한 과제로 넘어왔다.

현도 마닐라에서부터 익히 보아온 일이었다. 손이 큰 게임을 펼칠 때, 특히나 무모해 보일 만큼 과감한 베팅을 할 때는 주위 사람들까지 초비상이었다. VIP룸 바깥에 대기하고 있던 직원들 사이에는 비상 회의가 열리고 대책 마련으로 부산했다. 우선은 손이 게임을 그만두도록 유도하지만 그게 먹혀드는 경우는 거의 없었다.

"펭소에는 원칙을 철저히 지키는 양반인데, 시쳇말로 뚜껑 한번 열리마 변칙도 서슴지 않는 기라. 그라모 아주 골치 아프다카이."

박 이사가 말하는 손의 '변칙'이란 위기에 내몰렸을 때, 물불 가리지 않고 끌어다 쓰는 자금을 두고 하는 말이었다.

"언젠가 한번은, 회사 자금 몽땅 날리시고 그것도 모지래서 VIP 고객 잔고까지 바닥낸 일이 있었제. 막판에 도로 찾았지만, 그때 생각 하마 아직도 등꼴이 써늘하다. 조직 단번에 날아가고 직원들 모두 도망자 신세 될 뻔했는 기라."

"미스터 손께서는 끝까지 가봐야 해결책이 나온다고 생각하시는 모양입니다."

"그라이 우리가 미치고 환장할 노릇이제. 발동 한번 걸렀다카마 직원들 애간장 다 태워놓고는 게임 끝나모 아무 일 없었던 것맹키로 걸어나가시는기라. 그럴 때 보마, 우째 저런 괴물이 다 있으꼬 싶다카이. 참, 걸물은 걸물이제."

"그만큼 실력 있으시잖아요."

"누가 그 실력을 의심하나……. 문제가 그리 간단치 않으이께 그라제. 만에 하나 이번 판에서 다 날리뿌마 대장도 우리랑 똑같은 신세로 전락하는 기라. 예전에도 한 재산 말아묵고 그나마 남은 기 아닐라오 리조튼데. 그것마저 날리봐라. 막말로, 이제 쪽박 차야 되는 기라."

이번 도박 자금의 출처가 밝혀진 것이다. 해변의 아닐라오 리조트가 현의 눈에 선히 떠올랐다.

"늘 잘해오셨잖습니까."

현은 박 이사를 안심시키듯 말했다.

"하기야, 대장도 대장이지만 우리도 머 지금껏 그런 파도타기 걸은 인생살이로 잔뼈가 굵어온 사람들 아이가. 배운 도둑질 남 못 준 다꼬, 대리 만족인지 뭔지, 한 번씩 대장이 그런 큰판 펼치마 우리 사 그거 보는 낙도 빼놓을 수 없는 기라."

같은 게임은 없다

그날이 왔다. 모두가 우려했던, 손흥수의 일전―戰이 펼쳐지는 날. 저녁 식사 후 다들 카지노로 향했다. 제니가 앞장섰고 손과 박 이사 뒤로 현이 따랐다. VIP룸은 여느 날보다 게이머들이 많았다.

"제니, 카지노 측에다 리미트 없이 하자고 한번 얘기해보지."

자리를 잡고 앉은 손의 첫마디였다.

제니는 자신 없어하면서도 매니저를 찾아 나섰다.

시작부터 심상찮은 손의 기세에 박 이사도 긴장하는 눈치였다.

"그렇게 하겠답니다, 미스터 손."

매니저와 얘기를 나누고 돌아온 제니가 결과를 알렸다.

"역시 라스베이거스 카지노답군."

만족스런 미소가 그의 얼굴에 번졌다.

아닐라오 리조트가 걸린 게임이었다. 산호초 섬, 심해의 바위, 눈부신 열대어 떼……. 황홀했던 열대 바다의 풍경이 현의 눈에 선하게 펼쳐졌다. 그로서는 죽음의 문턱까지 갔다 온, 잊지 못할 기억이 서린 곳이기도 했다. 그래서 더 애착이 가는지도 몰랐다.

셔플이 끝났다. 제니가 테이블에 칩을 올려놓았다. 100만 달러어치 칩. 박 이사를 가운데 두고 양쪽으로 현과 제니가 서 있었고 카지노 측 핏보스와 매니저, 그리고 이 VIP룸 단골로 보이는 동양인 남자 두엇과 백인 남자도 관심을 보이며 테이블 주위에 둘러서 있었다.

손은 현이 마닐라에 처음 도착하던 날 보았던 분위기와 흡사했다. 적어도 그는 승패에 집착하는 게임을 펼치지는 않을 거라고 현은 생각했다. 지금껏 해왔던 것처럼 그가 도박사로서 깨우친 삶의 비의가 담긴, 그리고 아닐라오 리조트의 가치에 걸맞은 게임일 거라고 생각했다.

'게임이란, 살아 움직이는 거거든. 지금까지 한 번이라도 같은 판이 있은 줄 아나?'

누구도 같은 시냇물에 발을 담글 수 없는 이치, 그건 게임도 마찬가지였다.

'프로는 매번 새로운 게임을 펼쳐야 하지. 그러니 늘 깨어 있어야 한다고.'

도박에 관한 그의 이야기는 때론 작가의 창작론처럼 들렸다. 실제로 그가 지금껏 펼쳐온 게임에는 늘 어떤 의미가 담겨 있었다. 우

려와 긴장 속에서도 현의 마음은 그가 펼쳐 보일 게임에 대한 기대
로 넘쳤다.

2만 달러 베팅. 시작부터 금액이 컸다. 흐름을 살피기 위한 베팅
이 한동안 이어졌다. 열 번의 베팅에서 잃고 진 경우가 반반, 칩은
게임 시작 때와 같았다. 흐름을 살피고 난 손은 자신감이 생겼는지
베팅액을 높였다. 5만 달러. 한 슈가 끝날 즈음 칩은 150만 달러로
늘었다. 높은 적중률이었다. 그다음 베팅액은 10만 달러였다. 게임
스타일이 점점 과감해졌다.

"익스큐즈 미 써."

매니저가 딜러를 바꿀 것을 알려왔다. 적중률 높은 게이머의 흐
름을 끊어놓으려는 셈법이었다. 카지노 측도 비상이 걸린 게 분명
했다. 손흥수는 개의치 않았다. 그 정도 수법이야 예상했다는 듯,
그는 보조 테이블에 놓인 와인을 들고 마시며 여유를 부렸다.

"와인 한 잔만 더 준비해주지."

잔을 다 비우고 난 그가 말했다. 새 딜러가 자리를 잡고 셔플이
끝날 즈음 와인 한 잔도 다시 마련되었다. 새로운 슈가 시작되자 손
은 다시 차분한 베팅을 이어나갔다. 차츰 액수가 높아졌다. 5만에서
10만으로, 10만에서 다시 20만으로……. 따고 잃고 따고 잃고, 결과
가 어지럽게 엇갈렸다. 급기야 베팅 금액이 50만 달러가 되었다. 두
번 적중하자 칩은 350만 달러가 되었다. 시드 머니를 제하고 250만
달러를 따 들인 것이다. 놀라운 액수였다.

"미스터 손, 대단한 성과예요. 이쯤에서 잠그시지요."

제니가 나섰다.

"좀더 지켜보라고, 제니."

손이 나직한 목소리로 제니를 안심시켰다.

새로운 슈가 시작되었다. 손은 다시 베팅에 들어갔다. 이번엔 100만 달러였다. 지켜보는 이들에게서 탄성이 흘러나왔다. 시드 머니 100만 달러로 시작한 도박사의 한 번 베팅 금액이 100만 달러가 되리라곤 누구도 예측 못했을 터였다. 흥분과 긴장의 강도도 베팅 금액에 비례했다. 손은 그걸 즐기는 것처럼 보였다. 카드 한 장 크기만 한 열 개의 플라스틱 칩, 그것이 100만 달러였다. 지폐로 바꾸면 바닥에서 천장까지 닿는 빽빽한 지폐 더미가 될 터였다. 그것은 이내 아닐라오 리조트로 바뀌어 바다를 바라보고 선 4층짜리 파스텔 톤 건물이 현의 눈에 어른거렸다. 손이 이 게임에서 결코 지면 안 되는 이유가 명확히 보였다.

마지막 카드가 슈에서 미끄러져 나온다. 손은 받은 카드를 열어 본다. 결과는 카지노의 승리. 100만 달러가 딜러에게로 넘어간다. 남은 건 250만 달러다. 다시 100만 달러 베팅이 이어진다. 이번에는 손의 승리다. 100만 달러가 한동안 카지노와 손을 어지럽게 오가더니 마침내 손의 칩이 500만 달러가 된다.

"미스터 손, 최고 기록입니다. 오늘은 여기서 마무리하시는 게……."

이번에는 박 이사와 제니가 같이 나서서 청한다. 애원에 가깝다.

대답 대신 그는 와인 잔을 입으로 가져간다. 목을 축이고 잔을 내려놓을 뿐 묵묵부답이다.

"올인."

나직하고 힘 있는 한마디. 그는 앞에 쌓여 있던 칩 모두를 테이블 중앙으로 밀어낸다. 사람들에게서 탄성이 흘러나온다. 500만 달러 베팅이다. 카지노 측 사람들도 동요한다. 딜러는 난색을 표하며 매니저와 피트 보스 쪽으로 시선을 돌린다. 매니저가 딜러에게 고개를 끄덕여 보인다. 걱정 말고 게임을 진행시키라는 뜻이다.

박 이사와 제니는 거의 사색이다. 하지만 주사위는 던져졌다. 손의 전 재산이 걸린 극단적인 게임은 마침내 현실이 되었다. 그의 도박 사상 유례없는 큰판이다. 현과 제니는 물론 박 이사로서도 처음 접하는 규모였다. 현은 자신이 아는 손홍수는 적어도 그런 수치에 의미를 둘 사람은 아니라고 생각했다.

'게임 테이블에서 베팅 액수란 숫자에 지나지 않아. 만 달러나 1달러짜리 칩이나 플라스틱 조각에 불과하다고. 그럼에도 다들 수치에 휘둘리지. 하긴 나도 한때는 그랬으니까.'

영국 카지노에서 나올 때 그가 한 말이었다.

'왜 유독 바카라인가요?'

현의 물음에 그의 표정이 시니컬해졌다.

'난 남의 패에는 관심 없어. 내 패로 승부를 가리고 싶을 뿐이지.'

그가 말한 패란 그걸 쥔 자의 운명을 뜻하는 것으로 들렸다. 그러니까 그가 펼치는 게임은 바로 자신의 운명과의 한판 대결인 셈이다. 일생일대의 불운을 맞은 이곳 라스베이거스에서 그는 숙명적

한판을 기다려왔던 것이다.

그럼에도 현은 이 피 말리는 도박 장면을 지켜볼 용기가 나지 않는다. 생각 같아서는 당장이라도 이 룸을 뛰쳐나가고 싶은 심정이다. 손은 이런 것까지 예상한 것일까. 잘 봐두라고. 전날 그는 현에게 미리 다짐해두었다.

달각. 슈에서 카드 나오는 소리. 첫 장이 손 앞에 놓인다. 에이스다. 두번째 카드는 클로버 3. 손은 세번째 카드를 청한다. 카드가 그의 손으로 들어온다. 세 카드를 합한 수는 8. 충분히 승산이 있다. 상대 쪽 카드의 합이 9만 아니면 이기는 것이다.

딜러가 마지막 카드를 보여준다. 카드의 합은 9. 게임은 끝난다. 카지노의 승리다. 500만 달러는 카지노로 흘러든다.

다들 일시적 패닉 상태에 빠진다. 아무런 움직임이 없다. 모든 것이 실재감을 잃는다. 딜러가 칩을 정리하고 매니저가 피트 보스에게로 다가가는 모습이 유리벽 안에서 일어나는 움직임 같다.

손이 몸을 일으킨다. 현은 그의 시선과 마주친다. 잘 봐두었겠지. 그런 뜻이 담긴 눈길이다. 그가 보여주려 했던, 자신이 가진 모든 것을 걸고 보여주려 했던 것은 대체 무엇일까. 또 다른 수수께끼가 현의 가슴에 얹힌다. 이건 게임이 아니라 일종의 퍼포먼스다. 그렇지 않고서야 500만 달러를 한순간에 날린 결과가 이렇듯 현실감이 없을 수 있을까.

"지고도 이기는 게임이 있어."

게임을 지켜본 누군가 한마디한다. 그 말이 패닉 상태의 사람들을 일깨운다. 너도나도 한마디씩 늘어놓기 시작한다. 두런거리는 소리가 점점 커진다. 게임을 지켜본 그들은 결과에 상관없이 게이머에게 찬사를 보낸다. 500만 달러 베팅에 대한 허탈과 공허함을 그들은 그렇게 메우는 것 같다.

현은 손의 뒤를 따라 룸을 나선다. 박 이사와 제니 역시 충격에서 벗어나지 못한 표정이다. 차라리 걸어가는 손의 뒷모습이 현실감 있어 보인다. 약간 지쳐 보이는 어깨, 휴식을 향한 기대가 담긴 걸음걸이가 하루의 일을 끝내고 집으로 돌아가는 노동자의 일상적 모습 같다. 저런 무심함, 아니 초연함은 어디서 나오는 것일까. 언젠가 그가 말했던 '지는 것'의 진정한 의미를 알고 있어서일까.

"내가 졌다고 생각하나?"

불현듯 그가 뒤를 돌아보며 묻는다.

"천만에, 난 그저 500만 달러를 잃었을 뿐이야. 게임은 내가 올인하는 순간 이미 끝났어. 내 목표는 500만 달러를 따는 게 아니었으니까."

당신의 패를 보여줘

"침대 스프링 내려앉겠네. 대체 언제 일어날 거야."

눈을 뜨자 제니가 침대 앞에 서 있었다.

어리둥절해하며 현은 주위를 둘러보았다. 전날 밤, 지하 바에서 늦게까지 제니와 둘이 마셨던 일이 생각났다. 화장실 가려고 일어나다 술잔을 엎질렀던 일까지만 기억났다.

"술 마실 때는 같이 취해야지. 안 그러면 취한 사람 뒤치다꺼리에 등골 빠져."

제니가 투덜거렸다. 지난밤 취한 현 때문에 고생이 많았던 모양이다. 현은 자신이 어떻게 이곳으로 왔는지도 알 수 없었다. 여행나서고 처음 마신 술이니 그럴 만했다. 간신히 몸을 일으키자 머리가 더 지끈거렸다.

"미스터 손, 이미 체크아웃 하셨더라고."

현은 뒤를 한 대 얻어맞은 느낌이었다.

"박 이사님도요?"

제니는 당연한 것 아니냐는 표정으로 머리를 끄덕였다.

"아마 지금쯤 태평양 하늘을 날고 계실걸."

현은 창밖으로 시선을 돌렸다. 밖은 눈부시도록 환한 대낮이었다. 여전히 꿈속을 헤매고 있는 듯 얼떨떨했다.

"이걸 남기셨더라고."

제니는 프런트 데스크 직원한테서 전해 받은 거라며 현에게 쪽지를 건넸다.

현은 채권자의 독촉장을 받는 기분으로 그걸 받아 들었다. 호텔 비치용 종이에 펜으로 직접 쓴 그의 필체가 눈에 들어왔다.

고향을 찾기는 이른 것 같아.

내 여행이 아직 끝나지 않았음을 깨달았거든.

또 보세.

처음 손과 약속했던 마지막 여행지가 강원랜드였음이 떠올랐다. 쪽지를 손에 든 채 현은 한동안 멍하니 있었다. 두통 때문도, 홀로 된 막막함이나 소외감 때문도 아니었다. 그의 말 없는 떠남이 뭔가를 암시하고 있는 것 같아서였다. 손은 자신의 패를 다 보여주고 빈손으로 떠났다. 그로써 이 여행을 마무리한 것이다. 나머지는 현의 몫으로 남겨둔 채. 게임을 영원히 살아 움직이게 할 희대의 프로젝트……. 손이 차 선생에 대해 가졌던 부채 의식 또는 의무감이 내림 굿이라도 하듯 고스란히 현에게로 옮겨와 있었다. 손의 마지막 게임, 무언의 작별까지도 그의 계획에 들어 있었던 것 같았다. 신기한 것은 그의 부재, 그의 떠남이 현에게 더 이상 막막함을 불러일으키지 않는다는 점이었다. 어쩌면 이마저 손에 의해 예견돼 있었던 게 아닐까? 생각이 거기에 미치자 현은 등줄기가 서늘해왔다. 그는 현에게 이렇게 요구한 것이다. 이제 네 패를 보여줘.

"바람이나 쐬러 갈까?"
제니가 말했다. 현은 제니의 빨간색 랜드로버에 올랐다. 시내를 벗어나 교외로 접어들자 헐벗은 산이 겹겹이 둘러싸고 있었다. 건조한 황토 빛 풍경이 끝도 없이 이어지는 길 위를 달리는 빨간색 지프차는 혈관을 흐르는 피처럼 삭막한 길 위에 생명을 불러일으켰다. 제니가 모래바람을 일으키며 거침없이 달려간 곳은 그랜드캐니언이었다. 켜켜이 쌓인 아득한 시간의 퇴적층. 압도하듯 펼쳐져 있는 장관 앞에 현은 주눅 든 기분으로 서 있었다.
"이 납득하기 어려운 여행은 대체 어떻게 시작된 거지?"
제니가 물었다.
눈앞의 풍경 때문인가? 그녀의 질문은 기나긴 시간의 퇴적층을 거슬러 오는 것처럼 아련하게 들렸다. 손과 함께 나섰던 여행이 아니라 그보다 훨씬 오래된 여행으로 더듬어 올라가게 했다. 고향을 떠나 서울이란 도시를 향할 때, 아니 더 오래전 빈집을 나서 골목을 헤매 다닐 때, 그보다 더 오래, 부모가 황금빛 꿈을 품고 탄광촌을 찾아 나설 때…… 먼지가 쌓여 흙이 되고 흙이 석탄이 되고 돌이 되고 보석이 되게 하는, 시간의 조화가 시작된 기점에까지 가닿을 것 같았다.

대답을 재촉하듯 제니는 현을 쳐다보았다. 그제야 현은 풍경에 빼앗겼던 마음을 수습했다. 여행지에서 있었던 에피소드는 숱하게 늘어놓았지만 속내를 털어놓았던 적은 한 번도 없었던 것이다. 그녀의 질문에 모호하고 복잡했던 생각들이 강제적으로 정리가 되는 느낌이었다. 손이 자신에게 부과해준, 하지만 아직 윤곽조차 제대로 잡히지 않은 과제, 그리고 자신의 위치에 대한 본질적 물음, 그 두 가지였다.

현은 자신의 문제를 솔직히 털어놓았다. 그러면서 두 가지 문제 중 하나는 그녀가 알고 있을지도 모른다는 생각이 들었다.

"누굴까요? 나를 이곳으로 보낸 이가……."

뜬금없는 질문에 제니는 눈을 멀뚱거렸다.

"K, 아닌가요?"

현은 가슴 깊은 곳에서 맴돌던 답을 마침내 꺼내놓았다.

"K……? K가 누구지?"

제니가 눈을 동그랗게 떴다.

유일한 실체적 답이었던 K. 현은 자신의 짐작이 빗나갔음을 알았다. K, 존경하는 선배이자 곤경에 처할 때마다 번번이 현을 구해주었던 은인. 원죄 의식과도 같은, 자신의 유년을 막 내리게 한 기억을 일깨우는 사람. 그래서인지 가끔 운명인지 악연인지 헷갈리는 관계……. 손의 질문이 그런 실체적 답이 아닐 거라는 생각은 일찍부터 하고 있었다. 보다 근본적인 그 무엇, 잡힐 듯 말 듯한 그 무엇에 대한 적절한 답이 떠오르지 않아 느끼는 답답함이 그런 오답을 확인하게 만든 건지도 몰랐다.

"나도 한때 그런 질문 많이 했지. 무엇이 나를 이곳으로 내몰았을까, 하는……."

문제는 어느새 제니에게로 옮겨 가 있었다.

"데이브, 아니면 가난했던 내 부모? 그도 아니면, 가진 것도 배운 것도 없는 사람한텐 기회조차 주지 않는 내 나라……?"

제니는 고개를 저었다.

"내가 찾아낸 답, 하나는 말이야, 바로 저거라고."

제니는 손으로 눈앞의 풍경을 가리켰다.

그랜드캐니언은 석양에 거대한 황금빛 퇴적층으로 변해 있었다.

공항은 국경을 넘나드는 이들로 넘쳤다. 배낭여행족, 단체 관광객, 어학 연수생, 출장길에 오른 비즈니스 맨……. 현은 게이트를 찾아 걸었다. 저마다의 짐을 끌거나 메고 오가는 사람들 틈에 끼여 걸음을 옮겨놓으면서 그는 한 번씩 흘끗 뒤돌아보았다. 뭔가가 자꾸 뒤를 따라오는 느낌이었다.

'이 세계의 지존이 그렇게 쉽게 사라질 것 같아?'

제니는 손흥수의 건재함에 대해 한 치 의심도 없었다.

'마지막 게임이 아니었단 말인가요?'

'글쎄, 테이블 게임으로는 마지막일 수도 있겠지. 머잖아 향수가 돼버릴……. 게임이란 건 끊임없이 변신, 발전하니까. 지상에서 지하로, 지하에서 사이버 세상으로 옮겨가기도 하면서…….'

현은 또다시 뒤를 돌아보았다. 양쪽으로 도열해 있는 화려한 면세점을 지나오는 동안에도 그는 누군가 자신을 따라오고 있다는 느낌을 떨치기 어려웠다. 그럴 때마다 눈에 들어온 건 무심한 눈빛의 낯선 여행객들이었다. 현 자신처럼 등에 배낭을 메고 걷거나 짐을 손에 들거나 끌고 걸음을 옮겨놓는 이들……. 저마다 가슴에 황금빛 꿈을 간직한 채, 그 눈부심이 이끄는 대로 대양과 하늘을 넘나드는 그들은 또 다른 제이슨, 마이클, 제니였고 박 이사거나 라일라였다. K였고 손흥수였다. 아아 K……. 결국 현은 그가 있는 곳으로 향하는 비행기를 택했던 것이다.

'상상 초월 예측 불가, 그게 우리 만남의 묘미 아닌가요?'

현은 작별의 쓰라림을 농담으로 받아넘겼다.

제니와 마지막으로 포옹을 하고 난 느낌은 뭐랄까, 구름이나 바람을 안은 것 같았다. 가까이 있어도 실체가 잡히지 않고, 멀리 있어도 거리감이 느껴지지 않는 이들, 소유도 없고 구속도 없는, 허허로운 들판의 바람 같은 이들. 현에게는 제니도 손흥수도 그런 사람이었다. 기약은 없었지만 재회에 대한 믿음이 없지도 않았다. 그래서 현도 바람처럼 떠나올 수 있었다.

비행기는 활주로를 힘차게 내달렸다. 기체가 땅에서 막 떠오르는 순간, 현은 자신이 내보여야 할 패의 첫 카드가 영감처럼 떠올랐다.

— 도박이 뭐라고 생각해?

— 다 걸었지만 결국 빈손만 확인하는 것?

— 그건 실패한 사랑이고.

— 그럼 도박은?

— 황금빛 꿈에 올인하는 것, 그리고…….

— 그리고……?

— 그다음은 생각지 않는 것.

(끝)

작가의 말

아버지와 둘이 화투를 치던 때가 있었다. 예닐곱 살쯤 되었을까. 동네 제과점 진열장의 양갱을 어떻게 하면 실컷 먹을 수 있을까, 하는 게 유일한 고민이던 시절이었다. 아버지 덕에 글자보다 화투놀이를 먼저 배웠다. 고사리 손으로 화투짝을 들고 어른들 놀이를 한다는 사실에 우쭐했다. 때론 아버지를 이기기도 했다. 요즘의 고스톱처럼 복잡한 룰에 기술과 심리를 전략적으로 구사해야 하는 것도 아닌, 주어진 패로 반쯤은 승부가 판가름 나는 단순한 화투 놀이였건만 아버지는 어린 자식에게 진다는 사실이 부담이었던가 보다. 아버지는 가끔 속임수를 썼다. 어쩌다 나한테 들키기도 했다. 그 놀이에서 아버지의 최대 고민은 코흘리개한테 져서 체면 구기는 일만은 없었으면 하는 데 있는 것 같았다.

그런 아버지와 달리, 나의 가장 큰 고민거리는 어떻게 여덟 장 혹은 열 장의 화투를 내 손에 온전히 펼쳐 들 수 있을까, 하는 것이었다. 작은 손으로 화투 열 장을 제대로 펼쳐들기는 어려웠다. 짧은 손가락을 아무리 벌리고 오므리고 해도, 때론 화투를 반으로 나누어 2단으로 쥐려고 해보아도 역부족이었다. 화투짝을 번번이 손에서 떨어뜨려 패를 들키곤 했다. 내 깜냥에 화투를 잘 치고 못 치고는 건 손의 크기에 달린 것 같았다. 내겐 어른이 된다는 것이 열 장의 화투를 한 손에 보란 듯 펼쳐 들 수 있는 큰손을 갖게 된다는 의미였다.

　　큰손을 갖게 된 후로 아버지와 마주앉아 화투를 쳐본 일은 없다. 아버지와 눈높이를 맞추었던 적도 그때의 기억이 유일하다. 그 뒤로도 남은 의문은, 아버지가 나에게 왜 속임수를 썼을까 하는 것이었다. 당신 체면 때문에, 아니면 나의 주의력과 눈치를 테스트해 보기 위해, 그도 아니면 어린 자식과 놀아주듯 하는 놀이가 너무 단조롭고 지루해서? 정확한 이유는 알 수 없다. 이제는 그것 또한 화투 놀이의 소중한 부분이라는 건 알고 있다. 우연히 주어진 패의 행운이 승패를 가름하는 결정적 요소가 아니듯, 경험과 실력이 승리를 장담하는 것도 아니다. 또한 이기고 지는 것이 절대적으로 중요한 것도 아니다. 패를 주고받는 상대의 눈빛과 표정, 지거나 이겼을 때의 감정, 우연과 변수, 주고받는 이야기, 손기술과 손맛 등등 그 모든 것이 모여 세상의 축소판이라는 그 세계를 이루기 때문이다.

글을 쓰는 내내 아버지를, 아버지의 세계를 이해하려 했다. 그러면서 나는 그것이 어느새 내 일이자 내 문제가 돼있음을 알았다.

신통치 않은 패를 들고 오래 고심하다 내놓는 도박꾼 심정이다. 패를 던진 뒤에는 결과에 연연하지 않는 것, 그것이 나의 운명과도 같은 게임을 지속하기 위한 방법이라는 것쯤은 나도 깨우쳤다. 그러니 이후의 일은 이 놀이판을 기웃거린 당신의 몫이다.

표지에 내걸린 작가의 이름은 한 권의 책을 가능케 한, 보이지 않는 여러 사람들의 정성과 땀에 빚졌다는 사실을 나타내는 대표적 고유명사다. 책이 나오기까지 이름 없이 애써주신 이들께 진심으로 감사드린다.

2012년 비를 그리워하는 여름

표명희

네 가지 비밀과 한 가지 거짓말 | 방현희 장편소설

방송국 PD 장, 프랑스인 마르셀, 일본인 마쓰코, 정신과 의사 정이라는 네 남녀의 섹슈얼한 관계를 파고드는 소설이다. 사랑과 욕망, 성애와 관련된 사회적 금기를 즐겨 다뤄온 작가는 더욱 은밀하고 강렬한 사랑의 방식을 택해 더욱 짙은 농도로 풀어내고 있다.

실연당한 사람들을 위한 일곱시 조찬 모임

| 백영옥 장편소설

백영옥 작가 3년만의 신작 장편소설. 세 사람의 시선에서 바라보는 사랑과 연애, 이별에 대한 내러티브가 담담한 시선과 섬세한 필치로 균형과 긴장을 잃지 않고 유감없이 펼쳐진다.

양파의 습관 | 김희진 장편소설

일류 요리사를 꿈꾸는 스무 살 청년 장호와 그들의 사고뭉치 가족, 그리고 희안한 이웃들의 이야기. 나와 가장 가까운 관계, 가족 안으로 들어와 가족의 의미와 역할에 대해 고민하며 타인과의 '관계'가 주는 가치에 대해 생각해볼 여지를 주는 김희진 신작 장편.

지식인의 언어생활 | 김병덕 소설집

도덕과 교양의 기준을 제시하던 권위를 잃고 이제 한낱 지식 노동자가 되어버린 지식인의 존재론에 대한 자조와 불안을 품은 김병덕의 작품. 새삼 오늘날 지식인이란 과연 무엇인가, 소설가(예술가)란 무엇인가, 우리 시대의 지성과 윤리의 위치가 어디인가를 우리에게 질문한다.

레몽뚜 장의 상상발전소 | 김하서 장편소설

함부로 상상하지 마! 죽을지도 몰라! 제2회 자음과모음 신인문학상 수상
작가, 김하서 신작 장편소설. 현대판 메피스토, '레몽뚜 장'이라는 인물을
통해 불확실한 미래에 대한 인간의 불안, 그로 인한 공포가 어떻게 상상
과 욕망을 구축하게 되는지를 그로테스크하게 그려낸다.

Y씨의 거세에 관한 잡스러운 기록지

| 강병융 장편소설

독립적인 60여 개의 기사와 9개의 만평이 하나의 이야기로 귀결되는 독
특한 형식의 소설. 끝없이 갈라지는 패러디의 향연. 아이러니와 풍자를
넘어 가슴을 움직이는 강렬한 페이소스!

오럭맨스티 | 최윤 장편소설

이상문학상·동인문학상 수상작가 최윤, 8년 만의 신작 장편. 작가 특유
의 냉정하고 지적인 문장 속에 파국을 향해 치닫는 지리멸렬한 인간군
상의 모습을 긴 호흡으로 느낄 수 있다.

콩고, 콩고 | 배상민 장편소설

제1회 자음과모음 신인문학상 수상작가, 배상민. 걸출한 입담, 무서운 이
야기꾼의 탄생을 알리는 첫 장편소설. 세상과 맞짱 뜨는 불순한 진화 인
류의 고군분투기! 인류의 진화론을 바탕으로 SF와 신화적 요소를 절묘하
게 버무린 최고의 기대작.

1994년 어느 늦은 밤 | 유현산 장편소설

제2회 자음과모음 네오픽션상 수상작가, 유현산 신작 장편소설. 폭풍 같던 1990년대를 수직으로 관통한 정통 사회파 스릴러! 한국 역사상 가장 끔찍했던 범죄 집단 '지존파' 사건을 모티프로 삼아 지금 이 사회를 병들게 하는 청춘의 박탈감을 되짚는다.

조드 – 가난한 성자들 (전 2권) | 김형수 장편소설

테무진이 광활한 몽골 초원을 누비며 칸이 되기까지 겪었던 유목민의 생활과 삶에 대한 이야기. 칭기즈칸이라는 인물의 영웅서사가 아닌, 칭기즈칸을 중심으로 한 유목민들의 삶에 초점을 맞추어 아시아의 중세를 새롭게 그려냈다.

서울의 낮은 언덕들 | 배수아 장편소설

낭송극 전문 무대 배우 '경희'가 고향을 떠나 먼 나라 낯선 도시와 낯선 사람들을 차례로 방문하는 혼란과 매혹의 여정. 소설과 에세이의 경계를 무너뜨리는 배수아 특유의 작품세계를 만날 수 있다.

동주 | 구효서 장편소설

"자신의 뜻과 상관없이 민족 저항 시인이 된 윤동주, 그것이 그를 죽게 한 이유다!" 모국어를 잃어버린 두 남녀를 통해 새롭게 밝혀지는 윤동주의 삶과 문학, 그리고 죽음.

제저벨 | 듀나 장편소설

기발한 상상력으로 무장한 SF소설의 대표, 듀나. 『브로콜리 평원의 혈투』
에 이은 링커 우주의 또 다른 변주! 링커 우주의 구석에 박힌 크루소 행성
에서 죽음과 멸망의 공포로 두려움에 떨던 종족들이 진화하고 살아남기
위해 벌이는 처절한 혈투.

하루의 인생 | 김현영 소설집

서로가 서로를 연기하는 '나'와 '그'의 평행 우주적 현실, '삶'과 '죽음'이
교차되는 악몽과 태몽을 동시에 보여준다. 그리고 그 연결되는 '악몽'들
의 가장 높은 곳에 위치한 작품이 바로 타이틀작 '하루의 인생'이다.

일곱 개의 고양이 눈 | 최제훈 장편소설

무한대로 뻗어가지만 결코 반복되지 않는, 단 한 편의 완벽한 미스터리를
꿈꾸다! 하나의 코드 혹은 전체의 서사를 엮어 계속해서 생성되고 소멸
되는 이야기의 향연. 출구를 찾을 수 없는 미로 같은 이번 작품은 작가의
무한한 상상력의 결정판이다.

환영 | 김이설 장편소설

자의든 타의든 삶의 벼랑 끝에 내몰려 가족을 위해 자신을 희생하고 타락
시켜야만 했던 여자, 윤영. 그녀의 모습을 통해 불공평한 현대사회의 이
면을 탄탄하고도 긴장감 넘치는 문체로 재현함으로써 우리가 눈감고 싶
은 불편한 현실을 강렬하게 그려냈다.

황금광 시대

© 표명희, 2012

초판 1쇄 인쇄일   2012년 7월 20일
초판 1쇄 발행일   2012년 7월 27일

지은이 표명희   펴낸이 강병철   주간 정은영
책임편집 임자영 허원   편집 황여정 최민석
제작 고성은 김우진   마케팅 조광진 장성준 박제연 윤선영
e-콘텐츠 사업 정의범 조미숙 이혜미

펴낸곳 자음과모음
출판등록 1997년 10월 30일 제313-1997-129호
주소 121-840 서울시 마포구 서교동 396-33
전화 편집부 (02)324-2347, 경영지원부 (02)325-6047
팩스 편집부 (02)324-2348, 경영지원부 (02)2648-1311
이메일 munhak@jamobook.com   홈페이지 www.jamo21.net
커뮤니티 cafe.naver.com/cafejamo

ISBN 978-89-5707-679-8 (03810)